KB021232

공작새 길들이기

공작새 길들이기

1판 1쇄 찍음 2015년 10월 28일
1판 1쇄 펴냄 2015년 11월 4일

지은이 | 다미레
펴낸이 | 고운숙
펴낸곳 | 봄 미디어

기획·편집 | 정수경 박혜진

출판등록 | 2014년 08월 25일 (제387-2014-000040호)
주소 | 경기도 부천시 원미구 소향로17, 304(두성프라자) (우)420-864
영업부 | 070-5015-0818 편집부 | 070-5015-0817 팩스 | 032-712-2815
E-mail | bommedia@naver.com
소식창 | http://blog.naver.com/bommedia

값 9,000원

ISBN 979-11-5810-148-0 03810

※파본은 구입하신 서점에서 교환하여 드립니다.

다미레 장편 소설

t r a i n   a   p e a c o c k

공작새 길들이기

contents ●

프롤로그

지지잉.

크지는 않지만 결코 무시할 수 없는 파동.

신경을 건드리는 자잘한 반복음이 하진의 머릿속을 헤집으며 자연스레 짜증과 신음의 길로 인도했다. 그러나 결코 굴복하고 싶지 않은, 굴복할 수 없는 강단과 분분한 심정에 무감함을 가장한 채 하진은 시선을 창밖의 어딘가로 던졌다.

계절은 가을인데 메마르고 버석한 거리는 겨울과 다르지 않았다.

겨울이란 긴 터널로 들어서기 전, 짙푸른 초록의 모습을 어딘가에 숨기고 단단히 긴장한 가을의 모습은 꽤나 경직되어 보였다. 가을의 풍광에라도 의지하고 싶었던 하진은 자꾸만 목 안 저 깊은 곳에서부터 입 밖으로 튀어나오려는 신음을 야금야금 삼켰다.

충분히 괴롭지만 징징거리거나 끙끙거려 봤자 아픔이 잦아들진 않는다. 그저 이 상황을 만든 자신이 한심스럽게 느껴질 뿐.

그렇다면 조용히, 누구도 모르게 되도록 반듯한 모습으로 삼키고 삭이는 게 맞다.

하진은 의식적으로 창밖 어딘가에 점 하나를 찍고 그 점만 죽어라 응시했다. 하지만 그 틈을 생각이란 녀석이 교묘히 파고들었다.

타투.

자연적으로는 절대 지워지지 않는 자국.

일상적인 문제이자 지지리 궁상이 가족들을 잠시나마 잊으려고 충동적으로 한 선택이었다. 이 히피적 일탈은.

양서류나 파충류만큼, 아니, 어쩌면 그보다 더 질색하는 게 조류였다. 그중에서도 생김새조차 연상되지 않는 공작새라니……

분명 본 적은 있겠지만 그게 언제인지 정확히 기억나지 않는, 하진의 이상야릇한 취향과 까칠한 성향으론 절대 좋아하지 않을 공작새를 이처럼 살갗에 새기게 될 줄은 몰랐다.

"아프면 소리 내도 돼."

"……"

"무식하게 참지 말고."

이제 막 초보 수준을 벗어난 신출내기 타투이스트 초아는 입술도 달싹이지 않는 하진이 걱정스러운지 내내 숙이고 있던 고개를 들어 그녀와 눈을 맞췄다. 살짝 긴장한 채 고집스럽게 통증을 견디는 하진의 콧등과 인중엔 어느새 식은땀이 송골송골 맺혀 있었다.

"나한테까지 센 척하지 말라고."

이 순간, 생각 없이 발목을 내준 하진보다 발목을 캔버스 삼아 갖고 노는 초아가 더 심란해 보였다. 휴대용 타투 머신을 움켜쥔 초아의 화려한 손끝은 징그러운 조류의 발톱처럼 잔뜩 힘이 실려 있었다.

'내가 미쳤지. 저런 소심한 심장을 믿고 발목을 내밀다니.'

"빨리 끝내기나 해. 괜한 걱정으로 남의 살에 초짜 티 내지 말고."

무심하고도 냉랭한 어조에 초아는 새빨간 입술을 새초롬히 삐죽이더니 하진을 노려봤다.

"독한 계집애."

"입 닫고 집중해."

"그래, 인간아. 초짜한테 어디 제대로 당해 봐라."

초아는 안 그래도 큰 눈을 부라리며 쓴웃음을 짓더니, 이내 가냘픈 발목을 향해 타투 머신을 공격적이면서도 저돌적으로 들이댔다.

지지잉—

다시 이어지고 반복되는 낮은 파동의 기기한 울림.

완성을 목전에 두고 지금에 와서 후회한다는 말을 하고 싶지는 않았지만 후회됐다.

　그까짓 게 뭐 그리 특별한 일이라고…….

　제법 익숙하면서도 적당히 데면데면한 누군가를 불러 몸을 섞거나 술이나 한잔하고 말 것을, 괜한 호승심과 객기에 발목엔 어느 노래 가사의 한 토막처럼 새가 날아들게 생겼다.

　온갖 잡새 대신 도통 새 같지도 않으면서, 어느 역사의 한 페이지를 장식한 공작 귀족의 초상화처럼 화려하고 알쏭달쏭한 공작새가.

　대대로 물려받은 땅만 믿고 선한 웃음을 지으며 보증 서 주고, 쥐뿔도 없으면서 돌려받지 못할 돈을 담보 잡아 빌려주고, 끝내 받아 내지도 못할 거면서 측은지심에 눈물 바람 일으키며 융통해 주고, 수북이 쌓인 각종 독촉장을 빤히 보면서도 결국은 연민으로 끝내지 않고 월급까지 내주는 무지몽매한 사람들이 바로 하진의 가족이었다.

　늘 무언가를 하는 것 같으면서도 이익은 고사하고 손실과 적자에 허덕이는 사람들. 하진을 제외한 아빠, 엄마, 쌍둥이 머저리 하륜까지.

　이로 인해 부수적이고도 필수적으로 따라오는 채권자들이 주는 수모와 상처. 제 딴엔 날을 세워 보지만 결국엔 어그러질 수밖에 없는 자존심과 진즉에 뭉개진 자존감.

　이 모든 사태로 벌어진 감정의 질곡과 부스러기는 늘 가족의 단합과 인간애를 호소하는 세 사람이 아닌, 하진만의 개별적인 몫이 되었다.

가족이 영혼의 안식처이자 둥지라고 누가 말했을까…….

하진에겐 다 헛소리에 개소리였다.

제 상황도, 제 주제도, 제 그릇도 모르면서 착한 척하는 인간은 결코 착한 게 아니다.

가족이니 그래야 한다는 당위성과, 가족이기 때문에 허용하고 포용해야 한다는 선입견도 전부 다 지겨웠다. 그 어떤 범죄자보다 폭력적이고 나쁜 사람들. 선량한 척하면서 정작 걱정하고 챙겨야 할 제 식구에게는 아무렇지도 않게 상처를 주는 무능한 사람들이 바로 그들이었다.

"계집애, 끝까지 신음 한 번 안 지르네."

지속적이면서도 끈질긴 아픔으로 인해 진작부터 멘탈이 삼천포로 빠졌던 하진을 보며 초아는 졌다는 듯 고개를 내저었다.

"봐 봐, 이 몸이 어떤 고퀄리티의 낙서를 했는지."

초아는 어디선가 제 몸만 한 거울을 들고 와 여전히 아픔으로 꼼짝도 못 하는 하진의 하반신을 비춰 주었다.

거울 속, 유독 하얀 살갗의 어느 지점에 고개를 외로 하고 긴 꽁지깃을 한쪽으로 내린 파랑새, 아니, 공작새가 보였다.

얇고 폭 좁은 발목을 제 뜰로 생각하는지 공작새는 그 우아한 부챗살 날개는 한 번 펴 보지도 못하고 외로운 뒷모습만 보일 뿐이었다.

"꼬리 활짝 편 공작새를 그리자니까, 이게 뭐야? 처량하게."

초아의 표현대로 발목을 조심스럽게 점령한 공작새는 살짝 처량해 보이기도 했다.

외롭기는……. 원수 같은 가족들 없이 혼자인 모습이 좋기만 한데.

스물세 살의 생일을 이렇게, 이런 방법으로 기억하게 될 줄은 몰랐다.

혹시나 하고 기대했던 미역국은 아침부터 쳐들어온 빚쟁이들의 거친 발길질에 무위로 돌아갔고, 안 그래도 좁은 거실은 거친 발자국으로 빈틈없이 조목조목 난자당했다.

이런 날 왜 생일 같은 걸 맞이해서는…….

하진은 설움 대신 비감한 웃음만을 비식비식 흘렸다.

평생 할 생각도 없었던 문신을 다 하다니, 인생 정말 한 치 앞두 무를 일이다.

좁은 다락방에 절묘하게 삽입된 다섯 개의 계단을 내려오면서 하진은 이날의 퍼포먼스에 대해 깊은 의미를 두지 않기로 했다.

도시, 시골과 상관없이 칠팔십 할머니들도 눈썹 문신을 하는 시대다.

대학 졸업을 앞둔 스물세 살의 생일날, 유명 타투이스트를 꿈꾸는 친구이자 꿈나무에게 기꺼이 마루타가 돼 주었을 뿐이다. 365일 시도 때도 없이 신세 지고, 정작 친부모보다 밥을 더 잘 챙겨 주는 오랜 지기에게 이깟 발목 한쪽 내준 게 뭐 그리 대수라고.

기듯이 엉성한 자세로 계단을 내려온 하진은 좁은 사각의 상을 발견했다.

　초코파이에 꽂은 촛불 하나, 그 주위로 따뜻한 국과 고슬고
슬한 밥, 상표가 다른 통조림 반찬들까지…….

　다락방 천사가 준비한 스물세 살의 생일상은 눈물 나게 화
려하고 황송했다.

chapter 1

관심 촉발

작지 않은 사무실엔 개별적인 섹션으로 분류된 다섯 개의 책상이 사적인 공간을 염두에 둔 듯 적당한 간격을 두고 배치돼 있었다.

그중 가장 구석진 창가 바로 앞, 스며든 햇빛을 의도적으로 차단해 그늘이 져 있는 데스크에 앉은 하진이 한 손엔 전화기를 들고, 다른 손으로는 건조해서 빡빡해진 눈 주위를 연신 비벼 대며 조곤조곤 말했다.

"지금 와서 스토리 라인을 바꾸겠다고 하시면…… 저로서는 뭐라 드릴 말씀이 없네요. 제가 이렇게 말씀드리지 않아도 저희 사정 누구보다 잘 아시는 작가님이시니 시간 촉박하다는 건 당연히 아실 테고, 라인업도 작가님 의견 적극 수렴해서 대기하고 있던 신인 작가님들 모두 한 달씩 뒤로 밀어서 만든,

비현실적이고도 판타스틱한 날짜라는 거 아시죠?"

대신 꽂아 넣거나 자리를 메워 줄 작가도 없는데 갑자기 이
게 무슨 날벼락인가 싶었다.

"네, 날짜는 무슨 일이 있어도 지켜 주세요, 작가님."

이런 비매너, 무경우인 인사가 어찌 그리도 '꿀잼'인 글을
쓸 수 있는지.

이쪽 업계에서 밥을 먹을 만큼 먹은 하진도 중견 작가의 인
격과 작품의 불일치를, 신기해하는 건 기본이고 이해하고 해
석하기조차 쉽지 않았다.

"작가님, 잠시만요. 제 말 좀 들어 보세요. 오늘은 그만 손
놓으시고 밖에 나가서 바람 좀 쐬시는 게 어떨까요. 가을이라
그런지 바람도 좋고 작업실 근처 공원도 나쁘지 않을 거예요.
네, 저야 다 이해하죠, 작가님 막막한 심정. 암요, 알다마다
요……."

이해하긴. 계약금 받아 놓고 미적대다 이제야 뒤늦게 발동
걸린 것도 모자라 자기 소관도 아니면서 출간 날짜까지 요란
하게 검수를 해 댔다. 그런데 이제 와서 처음부터 방향을 잘못
잡았네, 글이 안 써지네, 집안 분위기가 뒤숭숭해 못 쓰겠네,
이런 무책임한 말을 하고 있는 인사를 도대체 무슨 수로, 어떤
버전의 감수성으로 이해할 수 있을까.

이 순간 철저히 자하 출판사의 기획자이자 편집자인 하진은
반복되는 작가들의 궁색하고도 현실성 떨어지는 변명에 신물
이 났다. 그러면서도 입 밖으로 나온 말과 어감은 생각과 불일

치요, 전혀 일맥상통하지 않았다.

"맞아요. 전 기획이랑 편집에 관해서는 도가 텄어도 글은 쓰지 않아 잘 모르겠지만, 작가님들 말씀 들어 보면 대체적으로 그런가 봐요. 글이란 게 참, 사람 멘탈 붕괴는 물론이고 파헤치고 들쑤시니⋯⋯."

어느 직업이 골 파먹지 않고 사람의 정신을, 자존감을 끌어내지 않게 할까. 이 땅에 태어나 남의 돈 먹는 일이 다 똑같지⋯⋯.

"네, 결정 잘하셨어요. 오늘은 그냥 다 잊고 좀 릴렉스하게 계셔 보세요. 내일이면 분명 오늘보다 더 좋은 생각, 스토리가 생각나실 거예요. 네, 저도 기도할게요."

하진은 긍정적인 기운과 웃음기가 밴 목소리를 전화기 너머로 한껏, 한가득 주입했다.

기도는 무슨. 무신론자이자 무교인 하진이 기도해서 해결된 일은 지금껏 살면서 단 한 번도, 한순간도 없었다. 나쁜 일이나 버거운 일이 닥치면 온몸으로 맞서고 부딪히며 산산이 깨지고 부서질 뿐.

몇 번의 긍정적인 위로, 예의와 격식을 격하게 갖춘 알찬 인사말로 어렵게 전화를 끊었다. 그제야 하진은 삐져나오는 한숨을 마음 놓고 내쉬었다.

이렇게 애를 먹이고 앙앙거리지만 이 작가의 장점은 분명히 있었다.

우선 현실에선 단 한 번도 본 적 없어도 로맨스에서는 흔하디흔한 남주 천재 의사물, 달달 키잡물, 늘 옳고 기본은 하는 절절 후회남, 재벌가의 사생아, 정략결혼, 여주를 핍박하는 여조와 친척들, 남주의 옛 연인들과의 재회 등등.

로맨스 소설에서 짜증 날 정도로 허구한 날 등장하는 기본적인 캐릭터와 뻔한 클리셰가 없다는 것에는 정말이지 경의와 함께 박수를 쳐 주고 싶었다.

물론 다양성 면에서는 이 모든 게 필요악일 수 있지만, 어찌 됐건 적지 않은 시간 물리도록 보고 겪은지라 피하고 싶은 게 사실이었다.

빈틈없는 재미를 기본으로 가벼운 듯하면서 전체를 관통하는 소설은 순문학에 견주어 봐도 결코 가볍지 않았다.

에세이나 잠언도 아닌데 나르시시즘 문학관에 빠져 뻔한 캐릭터와 단순 줄거리를 뼈대 삼아 아름다운 문장과 은유에 유독 집착하는 작가들과 달리 기발한 스토리를 기반으로 어느 정도의 작품성과 대중성을 함께 잡은 점은 충분히 환호하며 인정했다.

그렇다고 해도 결정적으로 성격과 성정이 너무 제멋대로다, 이 작가님은.

순문학도 전혀 아니라고 할 수 없지만, 장르 문학은 특히 독자 개인의 취향에 따라 크게 좌우됐다. 무엇보다 독자와의 교감이 중요한 현 출판계 실정상 개인적인 만족감보다 다양한 재미에 목마른 대중들을 위해 분전하는 열성적인 작가들을 보면 편집자로서 응원해 주고 싶었다.

하지만 그 같은 성과의 이면에 하진처럼 이중으로 고충을

겪으며 괴로워하는 인간군, 직업군이 존재한다는 것도 간과할
수 없는 현실이었다.

"부장님."

"말해."

대답을 하면서도 하진은 데스크에 고개를 처박고 있었다.

이런 모습을 수시로 봐 온 백아현은 물러서지 않고 다음 말
을 이었다.

"문 작가님 시대극 책 시안이요."

"……."

"일단은 팀장님 의견보단 제 느낌대로 가 보려고요."

"알았어."

하진은 여전히 데스크에서 머리를 들지 않고 조아린 상태
였다. 아현은 차라리 잘됐다 싶어 준비했던 말을 마저 쏟아 냈
다.

"그러니까 지금은 아무 말 마시고 이틀 뒤에 시안 나오는
거 보시고 결정해 주세요."

"그래."

하진은 대답하면서도 책상에서 상체를 떼지 않았다.

방금 전 끊은 작가와의 통화가 늘 그렇듯 피곤한 모양이었
다.

"팀장님 말씀처럼 책 표지가 독자들을 낚는 미끼고—"

나름 철저히 준비하고 외웠는데 저 공격적인 뒤통수를 보니
전부 다 잊어버렸다. 아현은 그 같은 이유로 늘어져 있는 뒤통

수가 그렇게 얄미울 수가 없었다.

"누구라고 하셨더라……. 하여튼 임팩트 있는 디자인이 사람들의 시선을 사로잡고 그럴싸한 글귀가 소유욕을 충동질한다는 말씀엔 공감하지만, 그림과 그래픽을 전공한 디자이너의 입장에서 이번 시안은 무난함과는 거리가 먼 추상적인 이미지로 가려고요. 그러니까 이틀 뒤에 사무실 사람들 전부 모아서 팀장님이 미시는 시안과 제 시안 두고 평가받고 싶어요."

"알았다고요!"

하진은 더는 쫑알대는 소리가 듣기 싫어 고개를 쳐들었다. 그러자 기운차게 연설하고 있던 일명, 야한 길쭉이 북 디자이너 아현이 놀란 토끼 눈을 하며 입을 다물었다.

"열심히 해서 좋은 시안 내. 나도 바라는 바니까."

"네."

진심을 담은 마무리에 아현은 하진만큼이나 공손한 답을 하곤 그녀의 자리와 대척점에 있는 제자리로 돌아갔다.

백날 말하고 백골이 진토가 되도록 설명해도 인정하지 않을 때는 저 스스로 체감하도록 하는 게 능률적인 면에서나 결과에서 훨씬 좋다.

하진도 아현의 마음을 모르는 건 아니었다.

이제 막 일에 재미가 붙은 북 디자이너의 자존심은 물론 존중했다.

하지만 여기가 우아한 귀부인들 모시는 고급 갤러리도 아니고 개인적인 취향을 기저로 한 난해한 책 시안은 어찌 됐건 뜬

구름 잡는 일이었다.

로맨스 시장에서의 책 디자인이 요 근래 많이 발전했고, 유치하고 저급한 느낌이 덜해진 것도 맞지만 아직까지도 하진이 원하는 수준은 아니었다.

장르 문학 전부가 쫀쫀한 내용과 함께 외관까지 퀄리티가 높아지길 바라지만 전체, 전부가 아니라면 적어도 제가 이끌어 가는 자하 출판사의 디자인만큼은 순문학 버금가게, 아니, 그 이상으로 끌어올리고 싶었다.

뱅크 업체에서 이미지를 사서 변형하고 추가한다 해도 한계가 있다는 것 또한 알고 있었다. 아현도 누구보다 그 사실을 잘 알기에 이번엔 자기가 나서서 해 보겠다고 저리도 난리를 치는 거겠지만.

"네, 김 작가님. 안녕하세요."

한숨 돌리기 무섭게 전화가 울려 댔다. 하진은 전화기를 들고 오랜만에 헤어진 가족을 만나듯 최대한 반갑고 격하게 인사를 날렸다.

그런 하진의 일상적이고도 약간은 가식적인 모습을 보고 있던 경리 담당 곽미선이 어젯밤에 들어온 소설 투고를 꼭 확인해 보라는 쪽지를 하진의 앞에 놓아두곤 그녀의 시선이 따라붙길 기다렸다. 통화 중이던 하진은 정지한 듯 꼼짝 않는 미선을 슬쩍 쳐다보고 메모를 확인하고서야 답을 하듯 고개를 끄덕였다.

"저희 회사야 늘 김 작가님 작품을 목마르게 기다리고 있죠."

목이 마르긴 했다.

출근해서 릴레이 회의가 끝나자마자 이어진 또 다른 릴레이 통화에 입은 바싹바싹 마르고 진이 쭉쭉 빠졌다.

왠지 몸의 수분이 증발해 꾸덕꾸덕 육포처럼 마르는 듯도 했다.

"그럼 저번에 연재 중단하신 작품, 다시 시작하시는 거예요?"

조금 더 쉬고 공부하면서 작품과 내용의 퀄리티를 높이는 게 나을 텐데, 하는 생각을 아주 잠깐 했다.

"그럼요, 작가님 처녀작도 여기에서 출간했는데 두 번째도 당연히 저희 쪽에 주셔야죠. 네, 역시 인간사 으리으리한 의리죠."

하진은 통화를 하면서 가방 안에서 윙윙 울리는 또 다른 휴대전화의 액정을 슬쩍 보고는 데스크 위, 정면으로 놓인 달력의 날짜를 확인했다.

빨간색의 숫자를 본 그녀의 얼굴에 보일락 말락 한 미소가 살짝 걸쳐졌다.

제 이름만큼 오밀조밀한 작은 섬의 풍광은 도시와 전혀 달랐다.

현재 하진이 밟고 서 있는 소도는 펜션 영업을 기본으로 하는 곳이었다. 그런 이유로 바캉스 시즌이 아니면 대체로 한산하고 조용했다.

이렇게 외겼다고 할 수 있는 소도에, 암과 사투 중인 것도 모자라 통풍 환자인 삼촌을 둔다는 게 죄를 짓는 것과 다르지 않기에 하진은 결사반대를 했었다. 하지만 삼촌 특유의 알싸한 미소에 더는 반대의 깃을 올릴 수 없었다.

마릴린 먼로도 대적할 수 없는 현수 삼촌의 특급 미소는 하진의 아킬레스건이었다.

아주 오래전에 본 만화 '캔디'의 남자 주인공들인 안소니처럼 부드러우면서도 테리우스처럼 치명적인 남자. 하진에게 현수는 만화 속 완벽한 이상형이자 '찢남'과 다르지 않았다.

그 '찢남'이 머무는 집은 보통의 가정집처럼 아득하고 따뜻한 맛은 없었다. 대신 여러 각도에서 바다와 바람을 만끽하며 대면할 수 있었다.

철옹성 같은 암과 통풍의 고통으로 고생하는 삼촌에게 바람이라니······.

바람만 살짝 스쳐도 아프다는 게 통풍인데. 저 꼿꼿한 고집을 누가 꺾을까.

처음 현수가 안면도 끝자락 소도에 터를 잡겠다고 했을 때 하진은 반대했었다. 그러면서 맨 처음 이곳을 캠핑 장소로 물색했던 쌍둥이 하륜을 지독하게 원망했다.

소요 시간을 비롯해 서울과의 거리만 따지면 그리 멀다고 할 순 없지만, 섬으로 들어오는 입장에서는 무엇보다 밀물 썰물이란 자연현상으로 행동하는 데 제약을 받거나 영향을 받았다.

그런데 지금 눈앞에 펼쳐진 풍광을 보고 있자니 하진도 이곳에 작업실을 차리고 싶었다.

"마감 때문에 바쁘다면서 어떻게 온 거야?"

"올 만하니까 왔지. 아무리 바빠도 사람은 제 운신할 구멍은 만들어. 바빠서 아무것도 못 한다는 거, 다 핑계야. 마음 가는 곳에 발걸음이 가게 돼 있거든, 인간은."

하진은 제 말에 동의하는 삼촌의 희미한 웃음이 보이는 듯했다.

이곳 바다에선 삼촌의 향이 났다. 은은하면서도 외롭고 슬픈 향기.

그 아스라하고 아린 웃음을 닮은 저 잔잔한 물결에서 삼촌 특유의 존재감과 온화한 체온이 느껴진다면 자신이 이상한 걸까⋯⋯.

"참, 이번에 오신 아줌마는 괜찮아?"

"⋯⋯좋은 사람 같아. 말이 너무 없어서 탈이지만."

요즘 사람 중에 말이 없는 이가 있다니⋯⋯.

기특하고 감사해라. 하진의 주위에는 그런 인물이 드물었다.

"말 없으면 좋지 않아? 난 말 좀 안 하고 살았으면 좋겠어, 며칠만이라도. 아니면 '네, 작가님', 이 말이라도 생략된 하루를 살고 싶어. 난 필명을 공작새가 아니라 앵무새로 했어야 했나 봐."

하진은 창틀에 기대앉아 오늘따라 유난히 잔잔한 바다를 넋을 놓고 바라봤다.

볕에 반짝이는 바다 표면은 마치 빛을 반사하는 거대한 유리문이나 끝없이 이어진 모래사장 같았다. 뇌쇄적이고도 아찔하게 반짝이는 빛의 요란한 향연에 하진은 뇌에 마비와 함께 혼란이 오는 듯했다.

"그렇게 쫓기듯 살지 말고 출판사 맡아 줄 유능한 편집장을 찾아. 네 손으로 찾기 뭐하면 내가 알아봐 줘?"

과거 능력자였던 현수의 목소리엔 걱정이 한가득이었다.

"할 게 뭐 있다고……."

"……."

"알아보면 알아보는 거지."

"지하는 하진이 피와 땀, 아니, 혈육보다 더 끈끈한 관계잖아. 네 유일한 둥지니까."

유일한 둥지라……. 버젓이 살아 숨 쉬는 가족이 있는데 출판사가 둥지라니 참으로 슬프지 아니한가, 정말.

"내 둥지는 출판사가 아니라 삼촌이지. 좀 모양이 빠지긴 했어도 아직은 근사한 진현수 씨."

하진은 아직까지 완전히 잦아지지 않은 통증으로 패잔병이 돼 누워 있는 삼촌에게 시선을 돌렸다.

와서부터 내내 외면했는데, 끝까지 안 볼 순 없었다.

바싹 마른 종이꽃처럼 버석한 모습으로 힘없이 누워 있는 삼촌을 보면, 오늘 섬을 떠나는 건 절대로 피하고 싶었다. 그가 아무리 가라고 난리 블루스를 쳐도.

"슬럼프 왔다고 엄살 부리더니, 이제 글 좀 써지고?"

여전히 생기를 잃은 눈동자로 나무 천장을 응시하는 삼촌의 모습이 작살에 찔린 물고기 같아 하진은 참혹함을 느꼈다.

끈질긴 통증으로 인해 반복되는 참사는 도무지 그러려니 하게 되지 않았다.

늘 자행되는 사신의 잔악하고 사악한 조종에서 방관자일 수밖에 없는 하진은 통증에 완패당한 뒤 맥없이 누워 있는 삼촌을 볼 때면 조금이라도 그를 기쁘게 해 주고 싶었다.

하진이 10대 중반일 때부터, 현수는 그녀가 쓴 소설을 제일 먼저 검수하고 읽는 걸 가장 큰 기쁨이자 영광으로 생각해 주었다. 소설의 완성도보다 그녀의 꾸준한 시도와 용기를 칭찬해 주고 인정해 준 사람.

타인이나 진배없는 가족과는 다른 방식으로 탑처럼 쌓인 하진의 상실감과 피로감을 보듬어 주었다. 또한 그녀의 날카로운 지성과 아슬아슬 줄타기를 하는 듯한 위험천만한 이성을 핀잔주기보다 칭찬하며 더 많은 꿈과 욕심을 부리라고 응원해 준, 이 세상에 유일무이한 사람.

장르 소설계의 여제 '공작새'의 든든한 지원자이자 최초 발탁자이자 공범.

"쬐끔 썼어. 원래 이 세계가 무슨 일이 있어도 약속한 날짜는 맞춰야 하니까."

"아니지, 그건 네 꼼꼼한 성격 탓이지."

하진은 동의하지 않는다는 듯 어깨를 으쓱하고는 여전히 바다 저 어딘가에 시선을 뒀다.

"근데 하진아."

"응?"

삼촌은 고개조차 돌리지 못하고 높은 천장을 마치 구원인 양 바라보고 있었다. 그러면서도 얼굴에 미소가 번졌다는 걸 안다.

확신은 할 수 없지만 분명 웃고 있었다. 사지를 짓누르는 고통에 잠식돼 고통스러우면서도 소설에 진척이 있다는 그 말에 고통에서 조금은 비껴 나 있는 듯했다.

"삼촌은 네가 쓰는 판타지 무협 소설보다 로맨스 소설이 더 좋다."

"뭔 소리야?"

"그냥 그렇다고."

"지금의 날 있게 해 준, 체 게바라 같은 혁명적 성과를 보인 공작새의 작품들을 폄하하는 거야? 내 1호 팬 자격 박탈당하고 싶은가 봐, 그런 해괴망측한 소리를 다 하고?"

하진은 고통에 KO패 당한 삼촌을 위해 부러 더 과장해서 말했다. 그런 그녀의 노력을 아는지 삼촌은 그답지 않게 너무도 오랜만에 작은 소리를 내어 웃었다.

대체 얼마 만에 들어 보는 웃음소리인지. 시큰함에, 고마움에 아린 눈물이 났지만 신파를 병적으로 싫어하는 하진은 애써 감정을 억눌렀다.

"그래도 난 공허함과 잔인한 카리스마로 유명한 공작새 작품보다 예지인이 쓴 일상적이면서 달달한 로맨스 소설이 더 좋아."

"짜증 나는 신파는 기본이고 요즘 세상엔 없는 권선징악을 추구하면서 기승전 사랑, 동서남북 사랑, 위아래 사랑, 죽으나 사나 오로지 사랑 타령만 하는 대책 없는 로맨스가 좋긴 뭐가 좋아? 사실 쓴다는 것 자체가 마약 같아서 쓰기는 하지만 난 로맨스 쪽은 아닌 거 같아. 사랑이 모든 문제의 해결책이라고 생각하지 않거든. 물론 아침 드라마처럼 주·조연 합작으로 맹위를 펼치는 어벤저스급 신파도 내 취향 아니고."

"……."

"진부하신 어느 어르신은 절대 아니겠지만."

하진은 마치 들으라는 듯 현수를 돌아보며 말했다. 그는 다 안다는 듯 마치 신선처럼 하얗게, 강물처럼 말갛게 웃었다.

"그래. 그런데도 난 네가 쓰는 로맨스 소설이 좋아."

"뭐, 1호 팬이 좋다고 하니 기분이 영 나쁘지는 않네."

삼촌이 좋다면 그 무엇도 다 좋을 수밖에 없는 하진이니.

"네 로맨스 소설엔 뭐랄까……."

무슨 말이, 어떤 표현과 낭만이 등장할지 약간은 기대가 됐다.

"여지가……."

하진은 감미로운 목소리를 내뱉는 삼촌을 응시했다.

"보물찾기 같은, 숨겨 둔 내일…… 희망이 있거든."

약간 힘겨운 목소리로 그녀는 알지 못하는 여지와 희망을 언급하는 삼촌을, 하진은 안타까운 마음으로 눈에. 마음에. 오 감에. 그리고 표피에 촘촘히 담았다.

안다. 어쩌면 지금 이 순간이 삼촌과 마지막일 수도 있다는 걸.

일상을 살아 내면서 매일 준비하고 다짐하면서도 버거웠다, 그 잔인한 사실이.

유년 시절 하진에게는 삼촌과 삼촌이 운영하는 만화방이 유일한 숨구멍이자 비상구였다.

삼촌이 말한 모호한 여지와 숨겨 둔 희망을 하진은 만화방에서 느끼며 그 감정에 기대 무럭무럭 성장할 수 있었다.

오늘의 공작새를 있게 한 삼촌의 만화방은 꿈의 공작소였던 셈이다.

한때 문학 출판사에 다니던 삼촌의 꿈은 만화방이 아니라 자신의 색을 입힌 작은 출판사를 차리는 것이었다. 하나 인간사가 늘 그렇듯, 출판사를 운영하고 싶었던 삼촌은 정신을 차리니 엉뚱하게 만화방 주인이 돼 있었다고 했다.

그 생각지 못한 외도가 하진에게는 인생 최고의 수확이자 보금자리가 되었지만.

하진의 꿈과 무릎이 꺾이지 않은 건, 좋게 평가해 선량하고 착하기만 한 부모님과 그들보다 한참 어리면서 더 한심하고 어수룩한 쌍둥이 오빠 하륜 때문에 고달픈 나날 속에서도, 그 모든 상처와 모멸감을 자신만의 사색과 관조로 보듬어 준 현수 삼촌과 그의 만화방 덕분이었다.

하진을 먹이고 입힌 건 삼촌이고, 하진을 성장시키고 키운 건 만화적 상상력과 웃음, 만화 작가들이 만화책 곳곳에 숨겨 둔 비기와 삶의 팁이었다.

그녀는 그저 보물찾기를 하듯 보이고 느껴지는 온갖 지혜와 꿈, 기상천외한 스토리를 야금야금 주워 먹으면 됐다. 유일한 아지트이자 꿈의 공작소에서.

여타 아이들이 받는 부모님의 사랑과 몰아적(沒我的) 관심, 카테고리가 분명한 백과사전식 지식보다, 울타리 밖의 B급 문학과 거친 정서, 자유분방한 예술혼을 맘껏 함양한 하진이 장르 소설가로 성장한 것은 어찌 보면 당연했다.

그 모든 환경과 여건을 풀 버전으로 세팅해 준 삼촌에게 부모님보다 더한 애틋한 관계와 감정을 느끼는 것 역시 너무도 마땅했고.

그래서 그랬다. 자하 출판사의 주인을, 늘 까먹고 날리기 바쁜 부모님과 오빠가 아니라 예전부터 독특하고 개성 있는 출판사를 꿈꾸던 삼촌의 이름으로 명기한 건. 하진에게 만화방이란 큰 놀이터를 제공해 준 그에게 출판사의 명예와 이익을 전부 안겨 준 건.

물론 삼촌은 그 모든 걸 단 하루도 온전히 누리지 못했지만. 병이란 녀석 때문에.

삼촌의 명의를 빌렸기에 얼마 정도 자유로운 것도 사실이었다. 규모가 작긴 하지만 만약 회사가 하진의 소유란 걸 알면 타인에게 못 퍼 줘 안달하는 불나방 같은 가족들이 맡겨 둔 돈을 찾으러 온 것인 양 달려들 테니까.

"하진아……."

왜 또 저리 물안개처럼 아련하게 부를까. 뭔가 있구나.

"며칠 전에 하륜이한테서 연락이 왔었는데……."

"가지고 온 홍삼, 빠트리지 말고 꼭꼭 빨아 드셔."

"……."

"옆에 원 플러스 원으로 가지고 온 건 새로 오신 도우미 아줌마 드리고. 노골적이고도 철저히 계산된 뇌물이니까 중간에 개입해 입 닦지 말고 드리라고. 또 지금 쓰고 있는 소설, 완성까지 그리 멀지 않으니까 정신 집중하고 늘 긴장해. 촉이랑 감 잘 챙겨서 기다리고. 꼭, 반드시 삼촌이 감수해 줘야 하니까."

삼촌을 보지 않고 하진은 자신의 할 말을 쏟아 냈다.

"삼촌이 하도 잔인하고 감성이 피폐되는 느낌이라고 해서 중간에 살짝 수정했어. 이번 책은 철저히 삼촌의, 삼촌에 의한, 삼촌을 위한 소설이니까 삼촌이 썼다 생각하고 감수 잘해 주고. 또……."

"하진아……."

"환자가 그렇게 간드러지고 감질나게 부르지 마."

꼴 보기 싫은 하륜이 삼촌을 얼마나 괴롭혔을까 걱정이 됐다.

"나, 삼촌이 원하고 바라는 거 뭐든 다 들어줄 수 있는데……."

"진아……."

"그 지지리 궁상인 하씨 가족에 대한 일이라면 이제 사절이야.

생판 알지도 못하는 인간들한테 측은지심과 쓸데없는 오지랖으로 생활비 대 주는 꼴, 나 더는 못 해. 아니, 안 해. 그런 선행은 그 세 사람이 평생 하고 있는 보시이자 종교적 수행이니까 거기에 무신론자인 나까지 싸잡아 동참하란 말 하지 마시라고요."

"......"

"다른 말은 다 해도 그 말만은 하지 마, 삼촌."

공작소 공장장인 삼촌에게 섭섭한 마음 같은 건 없었다.

그동안 그 세 인간들에게 충분히 시달렸고, 그녀를 대신해 여태 무한 시주를 한 사람이 삼촌이란 걸 알기에. 다만 그가 안쓰러울 뿐이었다.

아직까지도 아픈 삼촌에게서 무언가 나올 게 있다고 생각하는, 타인에 대한 연민과 동정심을 삶의 원류로 삼아 살아가는 그 이해 불가한 진상들에게 어쩌면 지금까지도 시달릴지 모르는 삼촌이 걱정될 뿐, 섭섭하거나 답답한 마음 같은 건 전혀 없었다.

하진은 닮고 싶은 연한 미소를 흉내 내어 그에게 고스란히 돌려줬다. 자신의 바람만큼 연하고 푸른 웃음이 전해졌길 바라며, 하진은 시선을 바다로 돌렸다.

이 계절의 풍성한 들녘처럼 푸근한 모습을 한 바다가 아주 조금 상처 받은 하진의 마음을 다독여 주었다.

마치 그게 뭐든 많이는 섭섭해하지 말라는 듯.

"좋은 아침."

당사자의 의지와 다르게 로설 업계 전반에 만연되고 굳어진 별명에 반해, 형식적이고도 가식적인 말을 하자니 손발이 심하게 오그라들었지만 하진은 꾹 참고 직원들 한 명, 한 명에게 인사를 건넸다.

"내가 손수 사비 들여 값비싼 별다방 커피를 대령했으니 다들 맥 놓지 말고 정신 차려서 일하시길. 최 실장님은 15분 있다 제 자리로 와 주시고요."

하진은 오늘도 출근과 동시에 주요 로맨스 플랫폼과 대형 서점의 로맨스 베스트셀러 목록을 확인했다. 그리고 이북과 영업 파트를 전담하는 최 실장의 등장에 이번 달에 나오는 이북 신간들도 꼼꼼히 체크했다.

성격상 이북이라도 종이책과 달리 교정과 교열, 편집이 부실하고 허접하다는 소리는 절대로 들을 수 없기에, 하진은 요사이 더욱더 신경을 쓰고 있었다.

이북이 대세인 건 부인할 수 없는 현실이었다.

더욱이 하진이 몸담고 있는 장르 소설은 국내 전자책 판매에서 약 70~80퍼센트의 점유율을 차지하는 것은 물론, 어찌 보면 전자책 시장 전체를 견인하고 있었다.

꽤 오래전부터 국내외 장르 문학에 잠식당하고 있으면서 장르 문학, 그중에서도 로맨스라면 수준 낮은 싸구려라고 인식하는 이중적이고도 시대착오적인 사회 분위기 속에 10퍼센트

의 인세를 받는 작가라고 해서 어마어마한 수입을 자랑하는
건 아니었다.

그런 이유로 출판사보다 작가의 수입 배분이 높은 이북이
도전과 응전을 준비하는 신인 작가들과 중견 작가들에게 영양
제이자 약발이 되는 건 너무도 당연했다.

그 달콤한 코인과 알약 때문에 클래식한 종이책보다 물 건
너온 라이트노벨이나 웹소설을 출판사들마다 경쟁적으로 출
간하는 거겠지만.

하진은 편집자로서도 그렇고 작가로도 아직까지 웹소설에
발을 담구지 않았다. 취향과 퀄리티를 떠나 그 같은 고집에 특
별하고 대단한 이유 같은 건 없었다.

편집자로서는 웹소설 특유의 매력을 느끼지 못했고, 작가로
서는 짧은 호흡과 템포, 규칙적으로 이어져야 하는 웹소설이
부담이었다.

"소식 들으셨어요?"

"무슨 소식이요?"

급한 일을 처리한 하진에게 최 실장이 다가와 불쑥 말을 걸
었다.

한 손에 커피를 들고 얼굴을 들이밀며 소곤대는 최 실장이
부담스러워 하진은 자연스레 의사를 뒤로 빼며 방패 역할을
해 주는 커피에 살며시 입을 댔다.

"이김사에서 죽어라 꼭 쥐고 있던 공작새 처녀작 3부작이
곧 애장판이든 개정 증보판이든 나온다고……. 헉! 괜찮으세

요?! 덴 거 아니에요?"

뿜지는 않았지만 이 없는 어르신처럼 벌어진 입가로 커피가 줄줄 샜다. 하진의 우아한 크림색 블라우스가 순식간에 갈색으로 물들었다.

최 실장이 건네는 티슈를 받아 닦으면서 하진은 의심의 눈초리로 물었다.

"어디서 나온 거예요, 그 소문?"

하진의 날카로운 추궁에 최 실장은 살짝 당혹스러워하다 이내 주워들은 풍월을 읊었다.

"저도 누구한테서 나온 건지는 잘 모르겠지만, 총판 김 사장님이 언급한 거 보면 사실이지 않을까요. 그보다 공작새 처녀작, 요즘 독자들 입맛에 맞게 내용 조금만 수정하고, 그 유치한 표지 디자인 벗어 업그레이드된 양장본으로 나오면 예약거는 사람 숱하게 많지 않을까 싶어요."

애장판에 개정 증보판이라니, 누구 맘대로. 도대체 어떤 작자의 농간이야.

"근데 소문의 근원지라고 한다면……."

하진은 최 실장의 말에 귀를 잔뜩 세웠다.

"결국은 독점권을 가진 이김사 아닐까요. 공작새의 충성도 높은 독자들에게 주는 일종의 서비스일 수도 있고, 그런 대작을 손봐서 다시 한 번 허접물이 만연한 강호에 짠, 하고 내보이는 것도 나름 의미 있지 않겠어요? 사실 기본 부수는 확보가 된 작품이니까 2쇄까지는 무난할걸요, 세 작품 모두."

어릴 때부터 판무의 세계에 심취해 '오타쿠'로 살아왔다는 최 실장은, 이 순간 업계 사람이 아니라 순수한 독자 그 자체가 되었다.

희열에 차고 감흥에 젖은 그 모습을 보고 있자니 하진은 두려움에 몸서리가 쳐졌다.

말도 안 된다. 작가인 제 허락도 타진하지 않고 벌써부터 업계에 이 정도로 소문이 퍼지다니. 납득할 수 없는 전횡이자 횡포였다.

이김사는 '출판 재벌'이란 소리를 듣는, 순문학을 다루는 글마당에서 기획해 만든 임프린트이자 여러 세컨드 브랜드 중 하나였다. 뭐, 어찌 됐건 로맨스 쪽에서도 압도적인 우위를 보이는 회사고.

지금이야 신생 출판사임에도 신기에 가까운 작품 라인업과 개성 강하고 스토리 탄탄한 작가군을 보유한 자하에게 밀리고 있다는 평가를 받고 있지만, 로맨스를 비롯한 장르 업계에서 아직까지 부동의 1위가 이김사란 건 누구도 부정할 수 없었다.

그런 인간들이 저와는 일절 소통도 없이 애장판인지 개정 증보판인지를 운운하고 있다니.

올 초인가 여름인가, 그 집 아들이 신임 사장으로 굴러들어 왔다는 소리는 들었다.

일찍부터 본사로 들어가 자신들의 라인을 만든 기 센 누나들과 그 누나들보다 더 매서운 매형들의 견제로 본의 아니게 좌천됐다는 설도 난무했다.

여하튼 뒤늦게 어딘가에서 출판 마케팅을 공부하고 왔다는 그 인사는 아직까지 이쪽 업계에 얼굴을 내밀지 않고 있었다. 사장이라고 하지만 산전수전 다 겪은 경력직도 아니고 뚜렷하게 하는 일이 없으니 업계 사람들과의 만남이 개인적으로 그리 플러스가 아니라고 생각하는 모양이었다.

아니면 그냥 둬도 평균 이상으로 굴러가는 회사니 아버지인 회장님께 봉사하는 차원에서 그럴싸한 명함만 필요했거나.

그건 그렇고, 이렇게 손 놓고 있을 수는 없었다.

내년은 어이없게 놓친 공작새의 처녀작이 주인인 하진에게 돌아오는 해였다.

그때 하륜이 소도에 손발이 묶인 삼촌과 하진을 대신해 말만 잘 전달했더라면 진작 그녀의 손에 있었을 판권이었다.

쓸모없는 자식. 오빠란 이유로 평생 발목을 잡는 천하의 한심한 인사.

하진은 이 다방의 지난 시간과 오래된 역사를 방증하는, 조금은 유치해 보이는 금박의 커피 잔을 들었다. 그리곤 슬며시 시선을 피하는 박 영감님의 음흉스런 자태를 지켜보며, 그가 어서 커피를 다 마시기만을 기다렸다.

앞에 앉은 어르신은 커피를 흡입하기 전엔 일절 본론은 꺼내지 않는 괴팍하고 고집스런 성정을 갖고 있었기 때문이다. 답답하고 환장해 죽을 것 같아도 아쉬운 입장인 하진은 기다릴 수밖에 없었다.

"역시 커피는 둘둘둘이야."

"치킨 브랜드도 아니고, 당뇨 걸린다니까요."

늘 듣는 말에 하진은 늘 할 수밖에 없는 한마디를 날렸다.

"걸쭉하고 진한 게 영락없이 홍삼 엑기스 마시는 기분이야."

홍삼은 무슨, 갈색의 설탕 시럽 삼키는 맛이겠지.

"그건 그렇고, 여기처럼 역사적인 문화 공간들이 하나둘 사라진다는 건 정말이지 눈물 나게 슬픈 일이야. 그치, 하 사장?"

또 저런다, 또. 일부러 볼 때마다 신경을 긁어 대는 저 성정은 대체 왜 늙지도, 시들지도 않는 건지.

"귀지 언제 파셨어요? 자꾸 말을 왜곡하시는데 하 팀장이요, 팀장!"

"그 회사 팀장 위에 따로 직함이 없으니 팀장이 사장이지."

기름진 동그란 얼굴이 마치 어느 육가공 브랜드의 동그랑땡을 연상시키는 박 영감은 다 아는데 뭘 그러느냐는 음흉한 시선으로 그의 전매특허인 스무고개를 하려 했다.

"무슨 말씀이세요. 자하에 사장님 계세요. 지금은 요양으로 잠시 공석이지만."

"공석이면 처음부터 없는 기다, 그런 위인은. 지가 다 해 먹으면서……."

"해 먹긴 뭘 해 먹는다고 그러세요. 출판사가 함바집 주방도 아니고."

하진은 어서 커피나 드시라는 무언의 압박을 담은 눈으로 강렬한 잿빛 레이저를 쏘아 댔다. 그런 것 따윈 전혀 개의치 않는다는 듯 박 영감이 말꼬리를 돌렸다.

"내가 이 다방에서 하 사장이랑 처음 인연을 맺은 게 언제였더라……."

"15년."

"그래. 세월 참 빠르지, 하 사장."

"팀장이라 말씀드렸습니다, 팀장."

박 영감은 부러 회한에 찬 듯한 분위기를 자아내며 아련한 눈빛으로 허공을 응시했다. 저리도 타고난 연기 혼을 왜 진작 키워 개발하지 않고 삭였는지 모를 일이다.

"그때 악에 받쳐서 독설을 내뱉던 차돌 같던 꼬마가 이렇게 나이를 먹어서는 세상을 속이고 또 업계 지인들을 속이면서 하 사장이란 탈을 쓰고……."

"할배!"

하진은 열이 받아 더는 스무고개를 하고 싶지 않았다. 어서 자신의 질문에 대한 답을 듣고 싶을 뿐, 억지로 시간과 기억을 묶어 둔 싸구려 같은 실내에 더는 있기 싫었다.

이곳에 오면 그 시절의 자신이 떠올랐다. 지닌 것 이상을 얻고 싶고 손에 쥐고 싶어 거짓과 위악으로 똘똘 뭉친 채, 날 아오르기 위해 필사하듯 누군가의 작품을 외우고 베끼던 자신이 떠올라 이렇게 자리하고 있는 게 결코 쉽지 않았다.

"지가 고단한 시절 항일운동하는 각시탈도 아니면서 출판사 사장이란 탈을 쓰고 이 늙은 할배한테 소리를 빽빽 지르다니, 그런 거 보면 시절 많이 변했다. 그자, 진아?"

박 영감은 얼마 남지 않은 커피를 마시지 않고 잔을 손으로 휘휘 돌리며 시간을 끌었다.

"그래도 네가 소설은 아주 기가 막히게 기똥차게 썼지, 그 때도. 어린 가시나가 지가 만든 세계와 공식 안에서 날고 기었지. 그자, 진아?"

"얼마면 돼요?"

얼마란 소리에 박 영감이 남은 커피를 단박에 마셨다. 그러고는 보란 듯이 색이 바래고 금이 간 초록 테이블 위에 금박 입은, 자칭 앤티크한 잔을 내려놓았다.

"그야 하 사장이……."

"하 팀장."

하진은 이를 악물고 정정했다.

"하 팀장이, 이 할배를 어찌 생각하느냐에 따라 다르겠지. 안 그러나?"

"그래서 누구냐니까요!"

지갑을 든 하진은 박 영감 앞에서 현란한 파고를 탔다. 그 불규칙적인 리듬을 따라 그의 시선이 부지런히 움직였다, 쌍 방향으로.

"거참, 꼬마 때나 지금이나 참을성 없는 건 똑같아서는……."

하진은 물러서지 않고 지갑에 눈독을 들이는 박 영감을 노려봤다.

"누구긴 누구야? 그 좋던 총기는 얻다 다 버려 뿌렸나. 그 작품 독점권 가진 이가 누구야? 누구겠어? 당연지사 이김사 신임 사장이었지."

혹시나 했는데 역시나 그런 건가 싶었다.

"이번에 대대적인 이벤트를 계획한다고 카더라."

"작가 허락도 안 받고 무슨 이벤트요?"

"그야⋯⋯."

"그야?"

"비밀주의, 신비주의를 고수하는 공작새를 울타리 너머로 꺼내 보려는 이벤트지 모겠어."

그 말을 끝으로 하진의 손에서 지갑을 채 간 박 영감은 지갑에서 5만 원권 한 장을 꺼내 얼른 자신의 주머니로 감췄다. 그러고는 여전히 두둑한 지갑을 하진의 손에 쥐여 주었다. 박 영감은 지갑에 얼마가 있든 늘 5만 원권 한 장만 빼 갔다.

노친네, 500만 원을 달라고 해도 흔쾌히 줄 거 다 알면서.

"힘써 보라는 로비는 하고 계신 거예요?"

"무슨 놈의 로비?"

"할배!"

하진의 톤 높은 괴성에 박 영감은 그제야 생각났다는 듯 눈을 번쩍하더니 이내 누런 이를 드러내며 실실 웃었다.

"아, 로비야 하고 있지. 이도 안 들어가서 그렇지."

그렇긴 하다. 돈 몇 푼에 공작새의 독점권을 이양해 줄 얼빠진 출판인이 어디 있을까.

"그래서 이제 어쩔 것이야?"

"뭘 어째요? 할배가 중간에 다리 놔서 그쪽 인사랑 만나 이벤튼지 뭔지 못하게 해야죠. 이제 1년만 지나면 제 손에 들어올 텐데 가능한 잡음 없이 티 안 나게. 수면 아래서 무마해야죠."

"그러지 말고 이번에 좀 뜯어고쳐서……."

"할배!"

뜯어고치긴 뭘 뜯어고친다고. 그것들은 진작 뜨겁게 태워버렸어야 했다. 더 이상 그 누구도 보고 평하고 논하지 못하게.

"알았어. 뭘 그렇게 소리를 지르고 그러냐. 늙은 할배 귀청 떨어지게. 그러지 말고 맛난 거나 먹으러 가자. 노인네 기 빠진다. 아닌가, 당 떨어지는 건가."

하진은 순간 창백하게 변하는 박 영감의 낯빛에 놀라 탄력 죽은 인조 가죽 소파에서 스프링처럼 발딱 일어났다.

"얼른 일어나요, 뭐 드시고 싶은데요?"

"그야."

"……?"

"순대 국밥!"

그럼 그렇지. 그놈의 순대 국밥 타령은. 전생에 순대 만들던 장인이었나 보다, 이 영감탱이는.

이 코스는 마치 성지순례처럼 반복됐다.

언제 무너져 내려도 하나 이상할 것 없는 색 바랜 3층 건물, 볕 잘 드는 2층의 황제 다방 구석에서 진하게 농축된 커피를 마시고 11시 30분 정각에 아래 순대 국밥집에서 거하게 한 그 롯 비우고는, 거리를 지나가는 사람들을 보며 담배 피우는 걸 낙으로 사는.

하진과 장장 15년 넘게 인연을 쌓고 있는 장르 소설계의 살 아 있는 증인이자 괴팍스런 대부 박 영감의 특별할 것 없는 하 루였다.

점심시간인데도 하진은 홀로 자리를 지키고 있었다.

핸드폰을 노려보다 이내 시선을 거둔 그녀는 긴장된 몸과 마음을 이완시키기 위해 쏟아지는 타 출판사의 로맨스 신간과 독자들의 사랑과 관심을 한 몸에 받고 있는 책을 주도면밀히 검토했다.

이 중에서 시간의 흐름이 무색하게 오랫동안 기억되고 회자 될 만한 책은 얼마나 될까. 새삼 의문이 들었다.

하진은 장르 문학도 충분히 명작이라는 평가를 받을 수 있 다고 생각했다. 그런 수준의 책이 적지 않은 게 분명한 사실이 었지만 내심 의문스럽기도 했다.

자신이 그런 책을 만드는 데 과연 얼마나 일조를 하고 있는 지……

가까운 일본과 북유럽의 유명 번역서에 치이고 그들만의 상 찬과 의미를 찾느라 재미와 독자를 잃고 표류 중인 현재의 순 문학처럼 자신이 놓치고 있는 게 있지는 않을까, 늘 고민했다.

이 같은 고민은 출판사를 차리고 나서부터 시작되었다.

그저 쓰는 입장일 때는 깊게 생각하지 않던 것들, 솔직히 생각할 겨를도 없었다. 그저 먹고살려 아등바등할 때는 결코 하지 않던 생각들이기에.

어느 작가의 비유처럼 기본적으로 입과 항문을 가진, 먹어야 사는 몸의 구조를 한 인간으로 이 세상에 비굴해지지 않기 위해 미친 듯이 소설을 썼다. 그땐 성공보단 푸짐한 한 끼 식사와 편히 쉴 곳을 마련하기 위해, 기본적인 의식주를 위해 글을 썼다.

그래서 그랬다.

글을 알기 시작했을 무렵부터 보아 온 책들을 머릿속에서 교묘히 짜깁기하고, 편집하고, 기획하면서 기억하는 모든 장면과 장면을 자신만의 스타일로 재구성해 어느 날 세 권의 책으로 엮은 건.

살기 위한, 살아 있다는 하진만의 직조된 발악이었다.

가족이란 사람들이 오지랖을 떨며 상관없는 타인들에게 측은지심을 가지기보다 제 자식을 살뜰히 챙기는 성실한 구성원이었다면 어땠을까?

하진은 늘 궁금했다. 그랬어도 자신이 성공만을 목표로 그 같은 글을 썼을지.

악에 받쳐 세상에 내놓은 소설은 그야말로 대히트를 쳤다.

요즘 잘나가는 웹툰 작가가 작품 하나로 30억 원쯤 벌었다고 하는데, 못해도 그 반의반은 챙길 만큼 소설은 무섭게 팔려 나갔다. 일본과 대만에서도 출간됐으니.

작가라고 하기에 너무도 어렸던 하진이 삼촌을 대리인 삼아 신비주의라는 이름 하에 글을 생산하고 양산한 건, 소박한 욕심과 소유욕 때문이었다.

친구인 초아의 다락방도 삼촌의 만화방도 아닌 하진만의 개인적인 공간, 그 작고 견고한 둥지를 꼭 갖고 싶었다.

그때는 알지 못했다.

심신이 고달팠던 시절에 썼던, 처녀작이자 세 편의 판타지 무협 소설이 지금까지 제 발목을 잡고 실핏줄은 물론 정신까지 장악하게 될 줄은.

다행히 욕심을 버리고 쓴 그다음 작품도 그만큼의, 어쩌면 그 이상을 상위하는 히트작이 돼 주었지만, 그렇다 해도 사람들 입에서 회자되는 건 언제나 처녀작이었다.

그 당시에 너무도 파격적인 내용으로 모든 판무 꿈나무들에게 영감을 주었다는 빌어먹을 3부작.

내내 기다리던 벨소리가 울리자 하진은 기민하게 핸드폰을 집어 들었다.

"네."

—꿈쩍도 안 해.

예상하지 않은 것은 아니나 직접 들으니 목이 탔다.

"딜이 허술했던 건 아니구요?"

—딜이고 뭐고 이도 안 들어간다니까. 젊은 사장이 보통내기가 아니야. 뭐, 지는 아쉬운 거 없다는 거지. 실제로 애장판이든 개정 증보판이든 내지 않아도 그런 소문만으로 자기네

출판사 판매 부수가 올라가는 것도 있고, 아직까지 1년 남짓 독점권이 있으니까 양장본으로 내는 것도 손해라고 보지 않는 걸 테고. 하여간…….

"지금 쓰고 있는 소설, 이김사랑 독점으로 계약할 생각도 있다는 거 어필하신 거예요?"

—하고말고. 그런데도 시큰둥한 게 뭔가 믿는 구석이 있는 건지……. 진아, 너 그 젊은 사장 한번 만나 볼 생각은 없냐?

박 영감의 목소리가 심상치 않았다.

"왜요?"

—흘러가는 모양새를 보니 그 젊은 사장이 아쉬운 건 없는 것 같아 그러지.

"……."

—무조건적으로 회수하고 싶은 너야 똥줄이 타겠지만, 이김사 사장으로서는 공작새가 나란 노친네를 대리인으로 세워 딜을 하는 게 흥미로우면서도, 그 소설들에 대한 소유권에 더 집착하지 않겠느냐는 거지, 내 말은.

박 영감의 말처럼 지금 목이 타는 건 이김사가 아니라 하진이었다.

아직 아무도 모르고 모두에게 인정받은 성공작이라 해도 명백하게 제 치부인 소설을 회수해 당장에 소각하고 싶은 사람은 그 누구도 아닌 저자이자 음모자인 공작새뿐이었다.

—아무래도 진이 네가 나서는 게 빠르지 싶어. 돈이 없는 출판사도 아니고, 무엇보다 괜한 눈속임으로 파악될 인물이 아니

45

야. 젊은이가 아주 실해.

"……."

─초짜인데도 초짜답지 않게 유연하고 단단해. 딱 너랑 반대다.

"할배!"

하진의 비명 같은 외침에 박 영감은 조만간 다시 보자는 말을 하고 서둘러 전화를 끊었다.

"믿을 사람이 하나도 없네."

결론은 직접 만나 일대일로 승부를 보란 말이었다.

젊은 사장에 대한 정보는 업자들의 모임에서도 들려오지 않아 뭔가를 결정하는 게 쉽지 않았다. 그렇지만 언제까지 손 놓고 있을 수 없다는 건 안다.

이미 출간에 대한 소문이 돌았고, 눈 깜짝할 사이에 책이 나올 수도 있다. 그 잔악하고 미진한 소설이, 죽도록 감추고 싶은 치부가, 아직 아무도 모르는 그 원죄가.

오랜 시간 하진을 든든하게 지켜 주고 지지해 준 삼촌의 답보할 수 없는, 위태로운 건강이 부각되면서부터 그 두려움은 날로 커졌다. 삼촌이 없는 어느 순간 세상 밖으로 다시금 튀어나와 하진의 현재를 모조리 헤집고 난도질할 수 있단 생각에 무서웠다.

삼촌이 없을 때 우려하는 일이 생기면 어떡하지?

누구에게 이 마음의 짐을 털어놓고 의지해야 하는 걸까…….

막아야 한다.

아직 아무도 알지 못할 때, 그 누구도 공작새의 처절한 눈속임을 눈치채지 못하고 있을 때 회수해 남김없이 불태워 버려야 한다.

어느 시절의 마녀사냥처럼.

chapter 2

시선 교환

미팅을 시청하고 열흘 만에 응답을 받았다.

구걸하는 입장이 아닌데도 묘하게 기분이 상했다.

하진은 자하 출판사의 편집자로서, 이김사가 가지고 있는 공작새의 판권 문제로 급히 만나자는 제안을 했다. 비서인 것 같은 여자는 사장님께 말씀드린 후 연락을 주겠다고 하곤 근 열흘 만에 만날 날짜와 시간을 통보했다.

날이 갈수록 새로운 사장이란 사람이 도대체 어떤 위인인가 궁금해졌다. 뭐 그리 대단한 인사라고 같은 업계 사람을 이리도 야박스럽게 홀대하는지.

요사이 이김사와 같이 라인업이 붙은 자하가 작품마다 압도적인 승률을 보여 분연한 마음에 하는 유치한 보복인가 싶기도 하고, 업계 1위로서 신생 출판사 길들이기인가도 싶었다.

로맨스 신간을 소개하는 몇몇의 플랫폼에서 이김사는 브랜드 네임과 자금력, 파워로 부동의 자리를 고수하고 있었다. 책을 소개하는 배너도 자하는 물론이고 타사보다 훨씬 길고 자극적인, 화려한 광고가 주를 이뤘다.

하지만 증쇄를 찍어 내는 가시적 성과는 결코 자하를 앞지르지 못하고 있었다.

다행스럽게도 하진이 고심해서 전면 배치한 신간 소설들이 나오는 족족 증쇄를 자랑하며 선전했기 때문이다. 알짜배기 이북까지.

약속 장소 또한 출판사가 아니라 난데없는 호텔 프라이빗 룸이었다.

뭐 그리 은밀하게 감추고 싶은 게 많은지, 만나지도 않았는데 선입견이란 감투가 무겁게 얹혀졌다.

호텔 직원의 안내를 받아 들어간 룸은 큰 창과 전경이 매력적인 곳이었다.

시간을 확인하니, 아직 15분 넘게 여유가 있었다. 갑의 입장에서 절대 약속 시간 전에 오지 않을 것을 알기에 하진은 약간의 여유를 즐겼다.

몸의 곡선을 그대로 보여 주는 타이트한 원피스를 입은 그녀는 가방을 의자에 놓고 창가로 가 섰다.

전설에 가까운 박 영감조차 성사시키지 못한 계약을 도대체 어떤 미끼, 어떤 매력적인 조건으로 무위로 돌릴 수 있을까. 이김사가 갖고 있는 공작새의 다른 작품들도 빛을 볼 수 없게 만드는 것이 관건이었다.

그 생각에 몰두해서인지, 하진은 눈치채지 못했다. 이김사의 신임 사장이 룸에 들어서서 그녀의 꼿꼿하면서도 약간은 당돌하고 오만한 뒷모습을 관찰하듯 유심히 보고 있었다는 걸.

"그래, 일단은 회수부터 하자."

하진은 제 자신에게 주문을 걸듯 낮게 웅얼거렸다. 그러곤 단단히 결심을 한듯 주먹을 꼭 쥐고는 제자리에서 몸을 틀었다.

"……!"

분분한 기운으로 뒤돌아선 하진을 기다린 건 다시 보고 또 봐도 모자란 하륜의 수호천사, 강수호였다.

분명 기억회로의 착각이자 착시는 아니었다.

저 얼굴과 일대일로 대면한 시간들만 되짚고 복기한다 해도 착오일 수 없었다.

"강수호?"

하진은 되도록 담담하게 굴려 했지만 목소리는 미묘하게 떨리고 있었다.

"앉아, 하진. 아니, 공작새라고 해야 하나?"

"……!"

이게 도대체 무슨 일인지…….

앞에 앉은 인물이 강수호란 것도 당최 믿기지 않았고 그의 입에서 나온 '공작새'라는 말도 믿기지 않았다.

근 3년 만에 재회한 강수호는 공작새의 실체를, 업계에서도 두세 명밖에 알지 못하는 일급비밀을 정확히 알고 있었다.

하진은 놀란 마음을 숨기고 미심쩍은 표정으로 수호를 봤다.

수호는 저를 대면한 하진이 도대체 어떤 얼굴을 할지, 열흘이란 시간 동안 궁금했었다.

통제 불가능하다거나 미칠 정도는 아니지만 때때로, 문득문득, 그러다 어느 순간 찾아오는 생각 이상의 기대와 어쩔 수 없는 떨림.

하진에 대한 생각에 첫눈을 기다리는 듯한 설렘을 느꼈다고 하면 그녀는 뭐라 반응할까……

타인에 대해 감정 표현이 많지 않고 자신의 촘촘한 생각과 치밀한 계산을 흘리고 다니는 어수룩한 이도 아니기에 많이 놀라거나 어리둥절해하지 않을 줄은 알았다. 그래도 하진이 예상보다는 놀란 듯 보여, 수호는 오늘의 미팅이 또 다른 시작으로 나쁘지만은 않았다.

"개인적으로 서프라이즈 별로 안 좋아해. 그래서 묻는 건데 강수호, 네가 정말 이김사 사장이야? 대리인이나 변호사 뭐 그런 거 아니고?"

저 눈이 늘 탐이 나고 신경 쓰였다.

헤어져 있던 지난 3년을 제외하고 7년 전이나, 지금이나 사람에겐 그 어떤 집착이나 관심, 미련 따윈 절대 없다는 듯 필요 이상으로 담담하면서도 오만한 눈빛.

열일곱 살 봄날에 만난 인연.

스물세 살에 시작된 관계라고 하기엔 너무도 건조한 시선과 흐트러짐 없이 정돈된 호흡.

스물아홉 살의 가을까지 한 달에 두 번 몸을 섞은 남녀의 시선이라고는 도저히 생각할 수 없는, 감정 없는 태도와 지극히 공적인 질문들.

그 반응을 예상했지만 실망스러운 건, 상처이자 환부인 건 어쩔 수 없었다.

"묻잖아."

"늘 그랬어."

"무슨 말이야?"

"정작 물어야 할 것보다 묻고 싶은 걸 먼저 뱉어 내는 거."

알아야 하는 감정을 무시한 채 공격적이고 저돌적으로 할퀴는 것도.

"강수호도 어렵게 말하는 건 예전이나 지금이나 똑같네."

"내 말이 어려워?"

"쉬운 스타일은 아니지. 질문에 답을 한다 해도 말에서 의도와 생각이 읽히지 않으니까."

"알려고 하지 않은 건 아니고?"

"나 스무고개 딱 질색이야."

수호는 오늘의 만남이 3년 만이란 걸 하진이 알기는 하는지 궁금했다.

분신술에 가까운 묘기로 타인을 대할 때의 얼굴과 말투가

각기 다른 하진.

다른 타이틀로 다른 남자를 대면할 때도 지금과 같은 싸늘한 표정과 덤덤한 느낌일까, 궁금했다. 어쩌면 이 모든 일의 시작은 그 궁금함에서 연유한 건지도 몰랐다.

그들이 함께 나눈 지난 시간에 대한 솔직하고 가감 없는 소회. 그 시간이 하진에게 주었던 의미. 그와 나눈 섹스에 진정으로 감정이 없었는가 하는 진지한 의문. 그가 없는 시간들 속, 강수호가 아닌 다른 누군가와 단 한 번이라도 몸을 나누고 탐했는가에 대한 어쩔 수 없는 의혹과 유치하고도 졸렬한 질문. 마지막으로 다시 시작될 그들의 인연에 대한 그녀의 각오와 의지.

그 모든 궁금함과 집착이 오늘 공작새를 강수호란 새장 안으로 불러들인 이유였다.

"이제 와 공작새가 아닌 척한다면 더 이상의 대화는 없어."

생각이 많아 보이던 작은 얼굴이 순간적으로 혼란스러워졌다. 그러다가 이내 그녀 특유의 무감한 얼굴로 가면을 뒤집어 썼다.

수호가 이처럼 미리 못을 박는 이유는 하진을 알기 때문이었다.

그녀는 쉽사리 타인을 신임하지 않았다. 제 사고와 생각 안에서 확고한 결론을 유추해야 반응하고 행동하는 이가 바로 하진이었다.

"좋아. 그럼 하나만 물을게."

"……."

"내가 공작새의 세 작품을 회수할 수 있는 방법이 뭐야?"

이처럼 말해 주기만을 기다리며 지난 3개월 동안 버텼다면, 이 고집스런 아이는 뭐라고 할까…….

"못 들은 거 아니면 대답 좀 하지."

그래, 해야겠지. 하진도 그 자신도 이 순간을 얼마나 기다리고 기대했는지 잘 아니까.

"강수호……."

"지금 쓰고 있는 작품을 기본 전제로 하는 말이야. 내년 여름까지 공작새 필명으로 쓸 마지막 작품, 반드시 이김사에 넘길 것. 물론 공작새가 지향하는 평생 독점권이야. 마지막 소설을 넘기는 순간, 처녀작 판권은 작가한테 넘길 거야."

"하아!"

하진은 감탄사인지 탄성인지 모를 말을 내뱉으며 특유의 오만하고도 도발적인 눈빛을 반짝였다.

미국에 있을 때도 늘 저 눈빛이 떠올라 다른 이와 그 무엇도 시작하지 못했었다.

같은 공간에서 살갗을 맞대고 있을 때도 늘 혼란과 갈증을 느끼게 하는 아이였는데, 결국엔 가차 없이 버려지고 그로 인해 결정한 유학길에서 수호는 철저히 혼자였다.

지난 3년의 시간, 수호를 따라다니던 하진의 도도한 눈빛과 그녀만이 낼 수 있는 색의 끌림은 상상 이상으로 절대적이었다.

어느 날은 그녀의 뜨겁고 아름다운 몸보다 시린 눈빛과 건조한 말투가 더 그리웠다.

"또 다른 하나는."

"……"

"다시 시작할 거야."

평생 독점권을 언급했을 때보다 아몬드 모양의 눈이 한층 더 커졌다.

하진은 지난날과 다르게 조금씩이지만 상황에 대한 감정을 드러내고 있었다.

"뭘 다시 시작하는데?"

"우리 관계. 너와 내 사이를 증명하는 유일한 관계라고 해야 하나."

기묘한 빛을 발하던 눈이 마침내 분노로 일렁거렸다.

"……그러니까 잠자리를 한다?"

"맞아. 우리의 관계를 규정하는 말, 잠자리. 좀 더 축약하면, 섹스."

하진은 명쾌한 답을 준 수호를 죽일 듯 노려봤다.

애정이 아닌 분노뿐이라 해도 그녀가 이렇게 오랫동안 강수호란 인물을 눈에 담고 응시한 적이 있었나. 과거 하진의 제안과 도발로 시작된 관계는 역시나 그녀의 짤막한 통보와 고지로 끝이 났다.

그 긴 시간 동안 하진과 수호는 그들의 관계와 미래에 대해서 일절 언급하지 않았다.

의문을 제기하는 순간, 위태로운 관계가 끝날 것임을 알기에 그는 어떤 질문도 하지 않았었다. 다만 바보 등신처럼 비겁한 피해자 코스프레를 했었지.

"왠지 하나 마나 한 질문 같긴 한데, 혹시나 해서 묻는 거야."

"……"

"강수호가 한 그 제안, 내가 거절한다면?"

공작새는 그 제안을 절대 거부하거나 거절할 수 없었다. 그토록 오랜 시간 처녀작에 집착하는 이유가 분명 있을 거다.

조금만 손을 보고 약간의 투자를 한다면 이름값으로 투자금의 두세 배는 회수할 수 있을 텐데도, 그저 손에 쥐려 안달하고 종국에는 감추려는 이유가.

또한 영향력 있는 사람의 입과 힘을 빌려 관련된 인물들을 회유하고 적지 않은 돈을 미끼삼아 전 방위적으로 로비를 하면서 되찾으려는 그녀만의 비밀스럽고 은밀한 이유가.

"세 권의 책은 재출간될 거야. 더없이 화려한 양장본으로."

하진의 고요한 눈에서 열기와 분노가 느껴졌다. 동시에 수호의 마음속에서도 작은 희망과 기대가 생겨났다.

"광고는 이제껏 하지 않은 광범위하고 체계적인 스타일로 오랫동안 여러 매체와 월간지, 각종 공신력 있는 플랫폼에서 최대한 요란하게 진행할 거고. 아, 밤 10시 이후에는 TV 광고도 할 생각이야. 공작새의 처녀작 시리즈는 20대 이후의 남자 독자들이 특히 열광한다는 수치와 통계가 있으니까."

하진의 눈빛은 수호를 태울 듯 뜨겁게 타오르고 있었다. 수호를 매료시킨 저 눈빛. 언젠가부터 좇을 수밖에 없었고 내내 좇고 있던 눈빛.

3년의 시간, 버려지듯 헤어졌던 수호는 잔인하고도 절박한 진실을 알게 됐다.

제가 하진에 대한 설명은 물론이고 누구도 이해할 수 없는 갈증과 그녀만을 향한 짙은 갈망을 갖고 있었다는 것을.

"회장님 아들이라고 하니 돈이 필요한 건 아닐 테고, 실적이 필요한 거라 해도 그 3부작으로는 어림도 없을 텐데……."

"……."

"도대체 이렇게까지 하는 이유가 뭐야?"

이 순간 제가 감추고 있는 모든 것을 말한다면, 하진은 어떤 표정을 지을까…….

끝내 못 들은 척하며 그의 곁을 지나가지 않을까. 3년 전 그때처럼. 생애 처음으로 타인으로 인해 좌절감과 모호한 통증을 느끼던 그때 그 순간처럼.

"예지인이 쓴 로맨스 소설의 남주, 그 남자 주인공의 섹스 스타일이 전부 나더라구."

"……!"

하진의 눈은 정체된 것처럼 조금의 움직임도 없었다. 그건 수호만이 아는 버릇이었다. 그 어떤 동요보다 더 큰 동요.

"처음엔 괜한 착각인가 싶었는데 몇 번이나 확인했더니……."

예상한 대로 하진은 외면하지 않았다.

"하진과 강수호의 베드신, 맞잖아. 부정할 수 없을 정도로 침대 위에서의 내 버릇, 네 옷을 벗기던 순서, 내가 좋아하고 즐기는 체위, 지독하게 밀어붙이는 시간. 그에 따라오는 저질 체력인 네 반응, 네가 느끼고 몸서리치는 지점, 흥분한 네가 파트너의 입술을 무는 버릇까지 전부 다."

수호의 계산되고 계획적인 도발에 하진은 몸을 부르르 떨지는 않았지만 그만큼, 아니, 그 이상으로 흥분했다. 그는 한순간도 그녀에게서 시선을 떼지 않았다.

전부 다 알고 싶었다. 하진이 제가 하는 어떤 말에 동요하는지. 그 반응을 기반으로 앞으로 어떻게 그녀를 흔들고, 유혹하고, 야금야금 소유해 나갈지.

"강수호……."

"흥분하지 마. 광고하거나 소송 걸 생각은 없으니까. 대신."

대신이란 단서에 하진의 눈이 또다시 반짝였다. 탐스럽게, 몇 날 며칠 집요하게 탐닉하고 싶을 정도로 아름답게, 도도한 하진스럽게.

"이번엔 내가 헤어지자고 할 때까지 만나."

"……."

"강수호가 하진에게 흥미가 떨어지고 질릴 때까지."

"안 질리면?"

기대만큼 하진의 눈빛이 요기로이 빛났다.

"강수호가 나한테 안 질리면 그때는 어떤 타이밍에 끝나는 건데? 아니지, 그런 날이 과연 오기는 할까?"

하진의 총기 어린 눈빛은 늘 그렇듯 자신만만하게 빛났다.

그래, 강수호가 하진에게 질리는 날이 올까. 그 자신도 궁금했다.

7년의 시간, 한 달에 두 번. 그 적지 않은 시간으로도 채워지지 않던 병증이, 허기와 갈증이 다시 완벽하게 채워지는 순간이 올까 싶었다.

단 한 번도 완전히 소유한 적이 없으니 완전히 놓을 수 있는 날도 오지 않겠지.

"네가 나한테 질린 것처럼 나도 너한테 질려서 그만 보자고 하는 날이 오겠지, 언젠가는."

기한을 지정하지 않는, 모호한 대답에 하진은 수호를 죽어라 노려봤다. 그는 그런 사나운 눈빛까지도 반가웠다.

늘 정도 이상의 감정을 내비치지 않던 하진이 쏘아 대는 지금의 분분한 시선이 아까울 정도로 수호는 한 번도 하진의 관심과 모든 감정의 대상이 된 적이 없었다. 그가 기억하는 한.

"어쩌면 그때처럼 7년일 수도 있고, 4년이나 2년일 수도……."

수호는 되도록 무심히, 그러면서 가볍게. 집착 같은 감정을 내보이지 않았다.

그 순간이었다. 하진 특유의 날카로운 공격성이 드러난 건.

"임신하면?"

하진은 무척이나 담담하면서도 신랄한, 어쩌면 꿈같은 질문을 던졌다.

"내가 임신하면 그때는 어떻게 되는데?"

"7년이란 시간을 함께했어. 그때도 생기지 않던 아이가 이제 와서 생긴다?"

"그때 너랑 나, 한 달에 두 번이었어. 날짜 변동도 거의 없었고. 그래서 나도 나름대로 준비하고 조심했어. 좋아, 그럼 이번에도 한 달에 두 번이면 되는 건가? 더는 없는 거야? 난 그 부분을 이 자리에서 명확하게 했으면 하는데."

하진다운 직설적인 도발은 여전했다. 그 모습이 강수호에게 치명적인 것도 여전했고.

불리한 상황이면 더 강하고 거칠게 맞서고, 자기보다 약한 사람들에게는 결코 사나운 이를 드러내지 않는 아이. 변함이 없었다.

그 유연한 정의로움이 변함없이 수호를 충동질하고 집착에서 벗어나지 못하게 했다.

"생기지 않도록 하겠지만, 생겨도 상관없어. 생긴다면 당연히 책임질 거고."

"그건 강수호 혼자만의 생각이고."

하진은 냉담한 표정으로 수호의 말을 매섭게 잘랐다.

"난 단 한 번도 아이나 육아에 대해서 생각해 본 적 없어. 나 고작 서른둘이야. 우리나라 임산부 평균 나이에도 못 미치는 어린 나이라고. 근데 임신이라니 말이 된다고 생각해?"

하진은 버겁고 불필요한 숙제는 전혀 생각 없다는 표정을 짓고 있었다.

수호는 하진의 표정과 말, 그게 무엇이든 말려들 생각이 없었다.

틈이나 여지를 준다면 하진은 자신만의 합리적이고도 견고한 이유를 충분히 그럴듯하게 만들 테니까.

"더는 네 꼼수에 응수해 줄 마음 없어."

"꼼수? 강수호, 넌 임신을 꼼수라고……."

"난 말했어."

수호의 단호한 어투에 하진이 긴장 어린 표정을 지었다.

"아이가 생기면 무조건 책임질 거라고. 원하면 아이의 엄마까지 책임질 거야."

"누가 너보고 나 책임져 달래?"

수호는 처음으로 감정을 전부 드러내며 흥분한 하진을 응시했다.

"생기지도 않은 아이 때문에 달라지는 건 없어. 그리고 관계에 대한 횟수 제한, 그런 거 없어. 널 안고 싶으면 난 무조건 안을 거야. 지난날 네가 그랬던 것처럼."

못을 박는 그의 태도에 흥분한 하진이 거세게 반박했다.

"아니, 그때 우린 네가 말한 것처럼 그러지 않았어. 기억 안 나? 내가 제시한 만남의 횟수? 기억회로에 문제가 있어 기억이 안 나나 본데, 강수호가 사전에 동의하고 합의한 거였어."

하진에 대해서라면 그 무엇 하나도 잊지 않았다. 그녀가 전혀 알지 못하는 순간과 시간, 그 전부까지도 기억하는 게 그였으니까.

"내 기억회로는 아무 문제 없어."

"그런데도 그런 소리를 하는 거야?"

"그때 네가 어떤 얼굴, 어떤 뉘앙스, 그리고 어떤 단어를 써서 그만 보자고 했는지조차 전부 기억해. 빌어먹게 마지막으로 함께한 시간까지도."

"……."

"고작 3분."

하진에게 시선을 고정한 수호는 그때의 그녀만큼이나 냉정하게 말을 토해 냈다.

"네가 내게 이별을 고지하고 뒤도 보지 않고 떠난 시간."

수호의 디테일한 설명에 잠시 침묵을 지키던 하진이 결국엔 기가 막힌다는 듯이 웃었다.

"그러니까 뭐야. 강수호가 나한테 하는 이 모든 만행과 테러가, 3년 전 일방적으로 헤어짐을 당했다는 황당한 오해와 사적인 감정에서 기인됐다는 거야? 그때 네가 느꼈던 모욕감이나 모멸감, 뭐 그런 감정들에 대한 일종의 유치한 보복인 거냐고."

진실을 모르기에 사실을 왜곡하는 하진을 수호는 말없이 응시했다.

"강수호, 이제 와서 이러는 게 말이 된다고 생각해? 그때 너도 나도 서로에 대해 별 감정 없었잖아. 아니야?"

상대에 대해 무서울 정도로 계산하고 추적하는 심리전의 고수인 공작새라면서 이럴 때 보면 하진은 여전히 미성숙한 어린아이에 지나지 않았다.

흥분한 하진이 쉬지 않고 말을 이었다.

"시작이 어찌 됐건 동의는 물론이고 너도 나도 서로가 나쁘지 않고 싫지 않아서 유지했던 관계였어. 그리고 그날, 넌 내 결정에 대해 한마디 말이나 의견 조율 같은 거 하지 않았어. 그런데 이제 와서 그때의 내 태도와 매너에 대해 운운한다는 게 말이 된다고 생각해?"

수호는 평소답지 않게 열변을 토하는 하진의 모습을 그저 바라보기만 했다.

"그렇게 함구하지만 말고 말 좀 해 보지, 강수호 사장님."

"약속하고 명기할 수 없는 그 시간들이 죽도록 싫다면."

순간적으로 끊긴 말의 뒤가 무척이나 궁금한지 하진이 숨을 삼켰다.

"결혼해."

"뭐…… 뭐라고 했어, 지금?"

"결혼하라고."

결혼하자도 아니고 결혼하란 말에, 아니, '결혼'이란 대안에 하진의 눈이 더할 수 없이 커졌다.

"하진, 네가 결혼을 하면 우리 관계는 당연히 끝날 테니까, 나와의 시간이 그렇게 싫으면 네가 원하는 사람과 결혼하라는 거야."

"……."

"그것까지는 막지 않을 테니까."

순간 하진의 얼굴과 눈빛이 분화구처럼 벌겋게, 마그마처럼 뜨겁게 달아올랐다.

수호는 하진이 육아를 단 한 번도 생각한 적이 없듯, 결혼도 생각하지 않고 있다는 걸 잘 알고 있었다.

하진은 결혼도, 가족도 전혀 긍정적으로 생각하지 않는 상처투성이. 마음속이 그을림 범벅인 그 시절의 그 아이 그대로일 테니까.

하진은 지난 7년간 만나 온 그 어떤 날보다, 오늘 다양하게 자신을 노출하고 있었다.

늘 정도 이상으로 담담하고 누구에게도 곁을 내주지 않던 무채색의 그녀가 지금은 총천연색인 자신을 스스럼없이 보여 주고 있었다.

이 또한 공작새의 처녀작 판권 때문이겠지만 싸움을 시작한 이로서는 나쁘지 않았다.

일상적인 톤으로 관계를 파계하고 냉담하게 이별을 고지할 때보다 더 나쁜 일은 그의 인생에서 다시는 없을 테니까.

⋘⋘

어제 마감을 했기에 약간의 여유가 생겨 평소에는 절대 없을 빠른 퇴근을 했다. 집에 돌아오자마자 가방을 거칠게 내던진 하진은 내팽개쳐진 가방이 강수호였으면 했다. 아니, 강수호여야 했다.

"강수호! 아악! 강수호!"

공작새의 판권을 회수할 수 있는 방법이 생겼는데도 덥석 잡을 수도, 무를 수도 없는 곤란하고 난처한 지경에 빠져 버렸다.

　함정에 빠진 듯해 기분은 좀처럼 나아질 기미가 없었다.

　"이번엔 내가 헤어지자고 할 때까지 만나. 강수호가 하진에게 흥미가 떨어지고 질릴 때까지."

　"못된 자식! 아아! 나아쁜 자식! 치사한 인간!"

　다른 건 그렇다 치고, 하진이 공작새와 예지인이란 필명을 쓰는 걸 알고 있다는 사실이 놀라웠다.

　그리고 더 놀라운 건 제가 판권에 대해 일절 묻지도 따지지도 못했다는 것이었다.

　억울한 면이 있었지만 베드신에 대한 브리핑 또한 반박할 수 없는 사실인지라 초라해지기 싫어 모든 변명을 나오는 비명과 함께 함구할 수밖에 없었다.

　"참, 바지 사장이 로맨스 소설도 읽는 줄 몰랐네."

　딱 한 번 이김사에서 로맨스 소설을 낸 적이 있었다.

　지금은 능수능란한 전업주부의 길을 걷고 있는 지인이 오래전 작은 출판사의 신출내기 편집자였던 그녀들의 특별한 인연을 거론하며 소설을 써 달라고 한 적이 있었기 때문이다.

　다행히 소설은 나쁘지 않은 평가를 받았고 증쇄를 거듭해 서로 얼굴 붉힐 일은 생기지 않았다.

강수호의 발언처럼 그 소설 속 베드신은 그가 남주요, 하진이 여주였다.

로맨스 작가로는 시작이었고 리얼하게 표현하려는 욕심에 강수호를 베드신에 등장시키긴 했다.

순간적으로 그 시절 강수호의 단단한 몸과 근육, 이런 것들이 무작위로 어지럽게 떠올랐다. 그러자 얼굴에 낯선 홍조가 피었다.

하진은 그런 자신의 몰골이 당황스러워 거칠게 머리를 흔들며 냉정을 찾으려 했다.

"그렇다 해도 뭐 얼마나 썼다고 난리야. 내가 실명을 언급했어, 몸 치수와 말 근육 같은 힘을 적나라하게 삽입했어? 그냥 분위기만 살짝 풍긴 거 가지고 쓸데없이 눈치는 빨라서."

그 이후 몇 번 더 강수호와의 사적인 일을 스케치하듯 쓰긴 썼었다.

그리고 그의 도움을 받은 몇 편의 소설은 특히 신이 좋다는 칭찬을 들었다. 그 이후 강렬한 신도 제법 쓸 줄 아는 작가로 인정받게 되었고.

사실 하진의 입장에선 적당한 변명을 하고도 싶었지만 강수호의 기세등등한 표정에 말을 삼켜야 했다.

없는 일도 있는 것처럼 그럴듯하게 쓰는 이가 작가인데, 본인이 직접 경험하고 체험한 일을 미화해 쓴다는 게 결코 자랑일 수는 없었다.

그런 생각과 행동을 할 수밖에 없을 정도로 로맨스는 쉽지도, 만만하지도 않았다.

취향도, 해석도, 이해도, 공감도 전부 제각각인 예민한 독자들의 보편적인 감성과 감정을 파고들어 주인공들의 처지에 이입시키고, 공감과 생생한 감정을 유발시키는 건 난해한 수학 공식처럼 난공불락이었다.

그에 따라 몇 번이나 로맨스를 작파하고 판무에서만 승부를 보자고 다짐했었다.

하지만 어느 틈엔가 로맨스를 구상하며 써 내려가는 자신을 목도했을 땐, 쓴웃음이 나왔다. 이 또한 의지로는 안 되는 마약이구나 싶어서.

로맨스는 로맨스만의 매력과 존재감이 분명 있었다.

늘 바보처럼 사람과 사랑에 일희일비하면서도 그로 인해 힘을 얻고 그 때문에 반성하고 일어서게 되는, 이해 불가한 초능력과 마술 같은 기적. 또한 결코 얇지 않은 울림이.

"그래. 몇 작품 응용한 거 가지고, 뭐 소송은 없을 거라고? 강수호, 네가 그런 인간이니 내가 그만 보자고 했겠지."

사실 당시의 일이 도표나 부표처럼 정확하게 기억나지는 않았다.

자신이 무슨 말을 시작으로 그만 보자고 했는지, 어떤 표정과 어떤 톤으로 강수호의 심사를 뒤틀리게 했는지.

그나마 그 같은 행동의 이유를 찾는다면, 첫째로는 결코 인정할 수 없는 삼촌의 끔찍한 병명에 온 정신이 분열된 상태였었다.

당시엔 장르 소설에 대한 애정만큼이나 판권을 안정적으로 소유해서 출간을 직접 해 보고 싶은 욕심이 있었다. 그래서 출판사를 하겠다고 결심했었고, 결국 그 같은 결단을 굳혔던 때였다.

그 모든 꿈을 기획하게 된 원류이자 토양이 되어 준 삼촌의 상태는 병의 판명과 함께 나날이 나빠져 갔고, 지리멸렬한 가족들은 허구한 날 그랬던 것처럼 보증으로 또 한 번 그네들이 가진 전부를 날렸었다.

만사가 싫고 짜증이 나는, 슬픔으로 날카로우면서도 냉소적인 자아에 완전히 잠식되고 괴멸되어 가던 순간이었다, 그 당시는.

더 신랄하게 말하면 굳건한 연인 사이가 아니었기에, 저만큼이나 뻣뻣하고 무덤덤한 강수호가 눈에 들어올 수 없는 복잡한 시기였었다.

생각해 보면 그도 둘의 관계에 큰 의미나 책임, 미래를 생각지 않고 있다는 걸 알았다. 그래서 무겁지 않게, 모멸감은 물론이고 감정 역시 건드리지 않는 쪽으로 유순하게 말을 전했던 것 같다.

그런데 3년 만에 나타난 강수호는 제 작품으로 어설픈 치정 복수 영화를 찍으려 들었다.

"웃기지 마. 내가 미쳤어? 강수호 장단에 놀아나게!"

이처럼 호기롭게 외치면서도 한편으론 놀아나지 않으면 어쩔까 싶었다.

마치 작정한 듯 3부작이란 날카롭고도 치명적인 칼을 들고 나타난 그를 꺾을 수 있는 방법이 있을까…….

조상 군번 작가들의 혼과 땀이 실린 작품을, 단어를 교묘히 해체해 짜깁기한 3부작을 반드시, 무슨 일이 있어도 회수해야 했다.

문장과 구조를 베낀 건 아니지만 단어와 뉘앙스를 응용한 건 분명했다.

그저 시작점이자 발판으로 삼고 싶었던 작품이 그 정도로 히트를 치고 공작새를 판무 세계의 독보적인 자리에 올릴 줄은 단연코 몰랐다.

지금처럼 공작새의 위치가 공고해진 상태에서 큰 압박이자 공포로 다가올지도 몰랐고.

이김사와의 계약 만료는 아직 한참이나 남아 있었다.

아직 그 누구도 알지 못하고 말하지 않았지만, 어쩌면 지금처럼 영원히 눈치채지 못할 수도 있지만 3부작이 이 물색없는 세상에 나와 입에서 입으로, 말에서 말로, 언어와 언어로, 결국 폭력과 다르지 않은 원색적인 발언과 묘사로 뒤범벅되어 제 앞에 도달할 생각을 하니 긴장과 두려움으로 아찔해졌다.

마치 사선 위에 선 광대인 양 여유를 부리며 웃고 있었지만 절대 웃는 게 아니었다. 생각과 상상만으로도 간담이 서늘했다.

"휴우……."

대대적으로 광고하며 발간할 거라는 말이 거짓이 아니란 걸 알고 있었다. 강수호는 말이 많은 부류는 아니지만 하는 말마다 실행하는 실천적 존재였다.

하룬, 그 쓸모없고 대책 없는 인간이랑은 다르게.

"자식, 돌아왔으면 형님 먼저 찾았어야지!"

시작부터 거하게 취해 몸도 마음도 달아오른 하룬은 수호의 잔까지 뺏어 마실 기세였다.

귀국한 지는 꽤 됐지만 그간 회사 일을 파악하느라 부러 연락을 하지 않았단 말에 하룬은 섭섭해하면서도 그런 수호를 이해한다는 말을 건넸다.

수호는 하진이 경멸하는 하룬을 좋아했다. 수호천사라는 말도 안 되는 칭호를 들을 정도로 사이가 좋은 이유는 순전히 하룬의 인성 때문이었다.

타인에게 하진만큼이나 틈을 보이지 않고 냉랭하다는 소리를 듣는 자신이 하룬과 함께할 때는 전혀 다른 인격이 됐다. 내내 타이트하게 매고 있던 넥타이를 푼 것처럼 긴장이 풀어졌다.

"근데 말이야, 돌아와서 우리 하진이 본 적 있어? 아직 바빠서 업계 사람들 모임에는 얼굴 못 내미나?"

하룬은 하진을 동생이 아니라 어려운 상사 대하듯 조심스럽게 언급했다.

"요사이 만난 적 없어?"

수호의 질문에 하룬은 들고 있던 술잔을 냉큼 기울였다.

"연락하면서 지내는 거 아니야?"

술잔을 내려놓은 하륜은 먼 기억을 재생하듯이 아련한 표정을 지었다.

"우리 하진이 본 지가 한 1년 다 돼 가는 것 같은데……. 아니다, 중간에 잠깐씩 보긴 했다. 현수 삼촌이 일부러 하진이한테 말하지 않아서 스치듯 보긴 했지. 가족인데 안 보고 살 순 없잖아. 하진이가 아무리 날 싫어해도."

하륜의 말처럼 하진은 쌍둥이 오빠인 하륜을 천하의 쓸모없는 짐짝 취급하며 보지 않으려 했다.

물론 처음부터 그런 건 절대 아니었다. 하륜이 금전적인 사고를 칠 때마다 전담팀처럼 수습을 도맡아 해 주던 하진은 대학 졸업과 함께 그와의 인연을 끊다시피 했다. 동시에 한없이 선량하고 선한 부모님과도.

어려운 사람에게 한계가 없는 하륜과 달리 하진은 모든 부분에서 자신이 정한 선 이상을 넘으면 가차 없이 상대를 쳐 냈다.

자신이 어렵게 구축한 견고한 세계를 위협받지 않기 위해 그녀는 그 누구보다 강고하고 단호하게 행동했다.

"연락처나 집 주소도 몰라? 무작정 가서 보면 되잖아."

수호는 하진의 성격을 모르는 척하며 물었다. 그러자 하륜은 들고 있는 소주잔만큼이나 물기 어린, 술기운에 빨개진 눈으로 수호를 봤다.

"하진이가 저번에 그랬거든."

맨 얼굴에도 상처가 보인다면 그건 분명 지금 이 순간 하륜의 표정일 거라 생각했다.

"다시 연락하거나 집으로 찾아오면…… 이민 가 버릴 거라고."

독한 계집애. 독해 빠진 하진. 그러니 이 로맨스 업계에서 전혀 매치되지 않는 단어, 하드보일드란 이상한 명함을 달았지.

수호는 그 이상야릇한 이름으로 불리는 상황이 어렵지 않게 상상되면서 이해가 갔다.

"집도 알고, 핸드폰 번호도, 회사도 알지."

하륜은 그 모든 걸 자신이 알고 있다는 게 죄인 양 움츠러들었다.

"알긴 아는데…… 내가 가면 하진이가 정말로 이민 갈까 봐 못 가겠어. 나 병신 같지? 수호야."

취하면 어김없이 돌변하는 자색 고구마 같은 얼굴색에 빨간 눈을 하고도 하륜의 미모는 절대 퇴색되거나 바래지 않았다.

쌍둥이면서도 결코 쌍둥이 같지 않은 하진과 하륜의 미모는 고등학생 때부터 유명했지만 미모뿐만 아니라 판이한 성격으로도 이목을 끌었다.

하진은 냉소적이고 내향적인 성격이었고, 하륜은 정반대로 따뜻하고 웃음이 많았다. 하진이 형성한 저기압과 냉기류를 하륜은 모두가 어울릴 수 있을 만한 유한 분위기로 전환해 주었다.

하진이 그럴 수밖에 없는 이유를 전혀 모르던 아이들은 그녀를 험담하기도 했다.

하지만 타인에게 별다른 영향과 압박을 받지 않는, 제 생각과 제 세계가 전부였던 그녀는 그런 이유로 한층 더 소설을 쓰는 일에 매진할 수 있었다.

"조만간 자하 출판사 편집자랑 점심 먹을 거니까 그때 봐, 네 동생."

"정……말?"

"그래, 자연스럽게 보면 되지."

하륜은 함께 보잔 말에 벌써부터 흥분을 하고 있었다. 그러다 이내 어깨를 늘어뜨리며 시무룩해졌다.

"보고 싶다며?"

보고 싶다는 감정. 밉고 섭섭하면서도 오기나 결심과는 다르게 찾게 되는 그 감정을 누구보다 절실히, 뼈저리게 경험한 수호의 입장에서 하륜을 이해하는 건 어렵지 않았다.

하륜은 젓가락질을 반복하며 먹을 생각도 없어 보이는 안주를 난자하듯 지분거렸다.

"우리 하진이 정말 이민 갈 성격인 거 너도 알잖아. 괜히 객기 부렸다가 그마나 가뭄에 콩 나듯 보던 얼굴도 못 보게 되면 어떡하나?"

신기하고 궁금했다.

쌍둥이 남매라면서 어찌 이리도 다른 성격과 성향, 다른 눈빛과 표정을 가지고 태어났는지.

"사실, 나 요즘 일 때문에 바빠. 우리나라엔 돈 필요한 사람들이 왜 그렇게 많냐? 정말 어렵고 사연 많은 사람들이 수두룩하다. 맘 같아서는 조건 안 돼서 대출 못 받는 사람들한테 내가 가진 돈 전부를 빌려주고 싶다니까. 뭐, 맘과 달리 돈이 없어서 문제지만."

하진이 하륜과 갈라선 결정적인 이유가 저 대책 없는, 바닥이 보이지 않은 연민과 동정심 때문이란 걸 알고 있다.

하륜은 미모만큼이나 선량함과 선함을 타고났다.

곁에 있는 누군가가 곤궁한 모습을 보이면 남의 일처럼 지나치거나 무심히 보고 넘기질 못했다. 자신의 부모님만큼이나, 아니, 그들보다 더.

반대로 하진은 그만큼 자신이 피해를 받는 것을 질색했다. 가족의 분열은 모두 그 다름에서 기인됐다. 수호가 짐작하고 아는 선에서는.

"근데 넌 아직도 애인 없어?"

금세 아이처럼 밝아진 얼굴로 하륜은 늘 그렇듯이 수호의 사생활을 궁금해했다.

"왠지 이전이랑 다른 느낌이야. 말이나 감정 표현이 많아진 것도 그렇고 분위기가 뭔가 다른데. 뭐야, 있는 거야?"

"……모르겠다."

"왜 몰라?"

"……있는 건지 없는 건지. 애인인지 애간장 태우는 작가인지."

평소에는 절대 하지 않을 말을 수호가 지나가듯 내뱉었다.

떨어져 있던 3년을 제외하더라도 지난 7년간 일급비밀처럼 하지 않던 말을 이 순간, 이 자리에서 하고 말았다. 이렇게라도 내뱉고 싶을 정도로 수호는 늘 하륜에게 미안한 마음이 있었다.

여전히 요지부동인 하진을 난처하게 하고 싶은 건지 정확히는 알 수 없지만, 이만큼이라도 하륜에게 언급을 하고 싶은 게 사실이었다.

"뭐야, 맘에 두고 있는 사람이 작가야?"

"……."

"누구? 누군데? 예뻐? 착해?"

하륜은 이제껏 단 한 번도 누군가를 언급한 적 없던 수호가 이 정도로 반응한다는 게 신기한지 자기 일인 양 흥분해서 물었다.

"착한 건 모르겠고…… 예뻐. 성질이 고약해서 그렇지."

"성질이 고약해? 얼마나 고약한데? 근데 그건 우리 하진이랑 비슷하네. 너 힘들겠다. 얼마나 예쁠지 궁금해."

"얼마나 예쁘냐……."

"우리 하진이보다 예뻐? 아니다. 너 옛날에 우리 하진이 못생겼다고 했지."

하륜은 자신의 귀한 동생을 저평가했던 수호의 모습이 기억나는지 제법 매서운 눈빛으로 그를 흘겼다.

"눈에서는 시베리아 맹추위 저리 가라 할 만큼의 레이저가 나오고, 얼굴에는 심술이 덕지덕지 붙었다고 했잖아. 뭐더라, 못난이 인형 같다고 했던가, 너. 내 동생 보고."

수호는 자신이 그렇게 말한 적이 있었나 싶었다. 만약 있다면 하진이 못된 송아지처럼 하륜을 무시하고 벌처럼 쏘아 대는 것을 보고 순간적으로 한 얘기일 터였다.

성격은 모르겠지만 못났다고는 절대 할 수 없는 얼굴이니까.

"예쁘냐니까?"

"너보단 예뻐."

"뭐어!"

"……하륜보다는 예쁘다고."

"인마, 여잔데 당연히 나보다는 예쁘겠지. 여자는 여자인 그 자체로, 그 이유 하나로도 감사하고 아름다운 존재야."

수호는 여성을 진심으로 아끼고 칭송하는 하륜이 이 순간 더없이 멋있었다. 친구로서든 인간으로서든.

"날 믿고 사랑해 주는 여자는 더더욱 황송하게 예쁜 거고."

하진이 하륜의 반만큼이라도 착하고 긍정적인 성격이었다면 어땠을까.

그런 아이였어도 자신이 하진에게 연연하고, 어쩌면 많이 늦었을지도 모르는 지금처럼 발동이 걸려 애가 타고 닳았을지…….

외부의 위협에 동그랗게 몸을 말기보단 호기롭게 먼저 찌르고 보는 고슴도치 같은 하진을 건드려 놨으니 조만간 하진다운, 하진만이 가능한 답이 올 것이다.

얼마나 이기적이고 못된 답을 줄지 기대가 되면서도, 그렇다 해도 인질로 잡고 있는 공작새의 작품 때문에 그리 강력할 거라고는 생각되지 않았다.

설령 어처구니없는 답이라 해도 자신은 받아들일 수밖에 없으리라.

7년이란 시간은 무심한 척했지만 보지 못한 지난 3년 동안은 못돼 먹은, 못돼 빠진 하진이라 해도 결코 이 손에서 놓을 수 없다는 걸, 너무도 뼈아프게 배우고 깨달았기에…….

~~~~

"네, 유은조 씨인가요? 안녕하세요, 자하 출판사 편집자 하진이라고 합니다. '하버링' 투고하셨죠?"

무미건조했던 상대방의 반응이 통성명 하나에 에코 버전으로 급전환됐다.

"네, 보내 주신 원고 재밌게 잘 봤습니다. 미 8군 이야기를 군무원들 중심으로 흥미롭게 쓰셨던데요. 네, 군인물이 아니란 건 저희도 잘 알고 있습니다. 다름이 아니라 '하버링'을 책으로 출간했으면 해서요. 여보세요? 유은조 씨?"

아주 가끔 이런 신인 작가들이 있었다.

너무 기쁜 나머지 대답을 한 박자 늦게 하거나, 전화기를 아주 내려놓거나.

인정받는다는 건 분명 행복하고 감사한 일이다.

공들여 쓴 소설을 보낸 후의 긴 기다림, 그 살 떨리도록 잔인한 행복을 하진도 기억했다. 맨 처음 쓴 판무 소설을 들고 눈썹이 하늘로 승천한, 꼬장꼬장한 박 영감을 찾아갔을 때가.

그때의 하진은 두툼한 두께의 원고를 품에 안고 박 영감에게 날아갔었다.

삼촌은 무게도 무게지만 오버하는 것 같으니 그러지 말라고 했지만 그때는 소중한 원고를 실체도 없는 불안한 메일로 보낸다는 게 도저히 용납되지 않았다.

"혜진 씨."

"네."

하진은 편집자인 혜진을 불러 함께 확인한 원고를 재차 검토하고, 신인 작가와의 미팅 스케줄을 상세히 전했다.

계약은 대체로 우편으로 진행했지만 가끔 이 신인 작가처럼 직접 만나 계약하길 원하는 이도 있었다. 기쁨의 포화 상태를 좀 더 잇고 싶은 마음과 어쩔 수 없는 궁금함 때문이었다.

이름만 숙지하고 있는 출판사와 자신의 책에 생명을 불어넣어 줄 편집자에 대한 인간적인 호기심.

"부장님."

"응."

혜진은 제자리로 돌아가지 않은 채 하진을 불렀다.

"11월에 라인업 잡힌 김 작가님 작품 있잖아요."

"김유정희 작가?"

"네."

"근데?"

"죄송하지만 부장님께서 맡아 주시면 안 될까요?"

저 불안한 눈빛. 분위기가 심상치 않아 슬쩍 주위를 둘러보니 사무실엔 혜진과 자신밖에 없었다. 이런 상황이 거의 없는데 다행이다 싶었다.

"무슨 이유로?"

"저, 그게……."

혜진은 하진의 표정을 내내 살피다 이내 마음을 먹었는지 무겁게 입을 뗐다.

"그 작가님 작품, 제 상식으론 도저히 이해 불가예요. 남주가 늘 돈 많고 상처 많은 재벌이란 설정도 그렇고, 사실 상처로 인해 우수에 젖은 재벌이 어디 있어요? 불법적이고 수준 이하의 재벌들만 있지. 뭐, 하여튼 유치하고 오글거리는 대사 하며, 아무리 로맨스 책이라지만 지식과 교양적인 면은 전혀 없고……. 정말이지 그 작가님은 중견이면서도 원고가 교정 수준을 넘어 새로 윤문을 해야 할 정도라 하기 싫은 것보다……."

"……."

"편집자란 자긍심을 갖고서라도 못 하겠어요, 전."

혜진의 얼굴은 죽을상이었다.

혹자는 편집자는 책을 읽지 않고 만들 뿐이라고 하지만 편집자라고 해서 취향이 없는 건 아니었다. 독자만큼이나 호불호가 강한 이가 편집자다.

꼭 한번 같이해 보고 싶고, 마음속으로 시시하고 애정을 가지는 작가가 있는 반면 정말이지 다시는 작업하기 싫고 꼴도 보기 싫은 작가가 있었다.

편집자도 사람인지라 그럴 수 있다. 하나 자하 출판사의 편집자는 그러면 안 된다.

"할 수 있어. 또 해야 하고."

"부장님……."

"우린 프로네, 밥줄이네, 뭐 이런 고리타분한 말들 언급하는 거 나도 싫지만 김 작가님은 혜진 씨가 담당이야. 그래, 그렇게 맘이 안 가고 힘들다는데 이번 한 번쯤 내가 하는 거 어렵지 않아. 근데."

"……."

"그렇게 되면 혜진 씨는 김 작가님 작품 다시는 못 해. 다음에도 김 작가님 작품은 이해 불가한 스토리에 하기 싫은 업무일 테니까. 알다시피 편집자는 작품을 맨 처음으로 접하는 사람이야. 또 다양하다는 것은 기본적으로 싫은 것도 포함돼 있단 얘기고."

"……."

"그 필연적인 부분을 받아들일 수 없다면 편집자가 아니야. 그저 취향 운운하는 독자일 뿐. 난 혜진 씨를 재미는 기본이고 개성과 다양함을 함께 추구하는 자하의 편집자로 스카우트한 거야."

복잡한 감정을 담은 혜진의 시선을 하진은 피하지 않았다. 여기서 피하면, 그녀 스스로 한 말과 행동이 다른 의미가 되어 버리기에.

기막힌 타이밍에 직원들이 하나둘 복귀했고, 대화는 잔인하다고 할 만큼 일방적인 설명과 훈계로 종료됐다.

개인의 취향, 결코 무시할 순 없다.

공작새의 판무도, 예지인의 로맨스도 재미없어 싫다는 독자들이 수두룩했다.

아직 책을 접하지 않은 독자들을 가이드하며 동의하게 하는 진정성 있는 서평이 아니라, 방향을 잃은 자기만의 일방적인 비방과 비평을 하는 이도 분명 있다.

그렇다 해도 편집자는 그런 일반 독자들과는 다르게 취향을 넘어 완성된 하나의 작품으로, 개별적인 소설로만 평가를 해야 했다. 개인으로서 이해할 수 없는 온갖 설정과 막장 장치만 보는 게 아니라.

하진은 이 순간 어느 유명한 서평가의 말을 떠올렸다.

평가가 박한 작품의 서평일수록 냉정하고 자세하게, 긴 호흡으로 섬세하고 디테일하게 설명해야 한다는 그 정확하고 합리적인 이론이.

혜진은 여전히 난감한 표정으로 하진을 바라보고 있었다. 그렇다 해도 더 이상은 해 줄 수 있는 말이 없었다. 이제부터는 그녀 스스로 극복하고 풀어야 할 문제였다.

오늘은 골치 아픈 일이 연이어 터지는 날인가 보다.

패기는 물론이고 예술혼까지 불사르며 제출한 시안이 까이자 아현은 의기소침의 정점을 찍고 있었다.

구겨진 자존심을 스스로 회복하지 못하는 아현 때문에 하진도 마음이 편치 않았다.

더 정확하게 말하면, 위축된 자가 뽑아낼 디자인이 상당히 우려스러웠다.

이런 상황을 염두에 두고 디자인 전공자보다는 책 내용을 잘 아는 편집자나 인문학 전공자를 뽑아 디자인을 가르치는 게 낫다는 말이 나오는가 보다 싶었다.

모두가 퇴근을 준비하는데 유독 행동이 굼뜬 그녀가 눈에 들어왔다.

일단은 줄줄이 표지를 기다리는 신간들을 생각해 위로의 말 정도는 건네야 할 것 같았다.

"백아현, 잠깐 나 좀 보고 가."

그 말에 약간의 눈치작전이 팽배하다 세 사람이 나가고 하진과 아현만 남게 되었다.

하진의 책상에 의자를 끌고 온 백아현은 선수를 치려는지 긴 한숨부터 풀어 냈다. 아무래도 자신의 이야기를 들어 달라는 일종의 카밍 시그널 같았다.

"저도 작품전 하려는 거 아니에요. 그렇지만 문 작가님의 책 제목은 보기 드물게 길고 서정적이라 일반적인 책 시안으론 느낌을 살리지 못한다고 생각했어요."

"알아. 맞는 말이고."

"또 문 작가님도 일반적인 시안보다 강렬하면서도 고급스런 느낌을 선호하신다고 해서 제 딴엔 고민을 엄청 많이 했거든요."

"알지, 내가."

"까였지만 전 지금도 제 시안이 소설의 쓸쓸한 정서와 맥을 같이한다고 생각해요."

생각이야 자유다.

타인의 뇌에서 일어나는 자유로운 사고를 하진이 무슨 수로 통제하고 감수할 수 있을까.

하지만 이곳 자하는 공감과 이해보단 재미를 기본으로 이윤을 추구하는 회사였다. 시대를 뛰어넘는 대단한 작품을 출간하는 게 궁극의 목적이라는 건 장르 출판사로서 뜬구름 잡는 소리였다.

장르 문학은 의미보단 공감과 재미가 우선이니까.

그런 이유로 북 디자이너인 아현이 할 일은 재미있는 소설을 보기 좋게, 사고 싶게, 결국은 누군가의 서재에 자리 잡게 하기 위해 시각적인 효과로 독자의 마음을 마구 충동질하는 것이었다. 일종의 고급스런 호객 행위랄까.

"개인적으론 나도 아현 씨 시안이 좋아."

예상치 못한 하진의 고백에 아현이 일순간 생기를 찾았다.

"유명한 타 출판사 디자이너라고 해도 대략적인 스토리와 시놉만으로 그런 작품을 낼 수는 없을 거야. 탁월한 시안인 건 맞아. 공감해."

약발은 제대로 먹혔다.

365일 칭찬보다 눈을 내리깔고 묵언 수행으로 상대의 능력을 짜내는 고문관 하진이 지금 꺼내 놓는 황송한 멘트는 여지없이 어필됐다.

"문제는, 우린 몇몇 심층적인 심미안보다는 좀 더 많은 독자의 흥미와 호기심, 취향을 충동질하는 시안을 뽑아내야 한다는 거지. 내 말 무슨 소린지 알지?"

"네."

"이번 문 작가님의 시안은 더할 나위 없이 좋았어."

순간적으로 웹툰을 드라마해 대박이 터진 드라마의 대사가 알맞게 떠올라 줬다.

"그러니까 위축되지 말고 지금처럼 재능을 마음껏 발산해 줘. 이건 자하 출판사의 책임자로서가 아니라 아현 씨 디자인을 인정하고 지지하는 사람으로서의 개인적인 바람이고 부탁이야."

30분 넘게 아현의 투정과 드높은 자존심을 응원해 주고 나서야 개인 면담은 끝이 났다. 평소 절대 하지 않았던 일을 하려니 목이 타고 진이 빠졌다.

퇴근을 해야 하는데 몸이 의자를 침대로 착각하는지 도통 떨어질 줄을 몰랐다.

"휴우."

벌써 사흘이 지났다.

강수호가 내민 황당하고 기막힌 제안에 답을 줘야 하는 시간이…….

좋은 작품을 써 줘야 한다는 사실보다 어쩌면 그와 다시 예전처럼 몸을 나누고 서로의 살갗을 공유해야 한다는 게 더 고민됐다.

글을 쓸 때마다 더 좋은 작품을 욕심내는 건 작가라면 누구나 갖고 있는 욕망이었다.

그러니 공작새의 이름으로 최고의 작품을 달라는 요구는 특별히 두렵지 않았다. 설령 그것이 공작새란 필명의 마지막 작품이라 해도.

문제는 육체적 관계를 맺음과 동시에 필연적으로 이어질 감정이었다.

그땐, 부정할 수 없는 분명한 이유가 있었다. 더불어 7년이란 시간의 명확한 정의, 관계의 재정비란 말이 하진을 위협하다 뚜렷한 답을 내 보라고 압력을 가해 결국 답을 도출하지 못하고 끝내자는 말을 했었다.

헤어진 후, 어느 밤은 무작정 안기고 싶었던 적도 있었다. 길들여진 몸이 본능적으로, 공격적으로 강수호를 기다리며 원했다.

기발하고도 구성진 뼈대, 개성 강한 캐릭터와 흥미진진한 스토리, 결코 천박하지 않은 신, 강렬한 단어, 중언부언하지 않는 문장, 세련된 문체. 이 모든 것들이 어느 순간 공포로 다가와 무작정 누군가의 품으로 파고들어 도망치고 싶은 날, 마음속에서 강한 폭풍우가 치는 날. 그런 날은 강수호가 절실히 필요했다.

그러다 무섭다는 생각이 들었다.

대책 없이 나약해지는 순간 익숙한 누군가에게 매번 의지하게 될까 봐. 그 절대적 대상이 사라지면 제 전부가 흔들리고 좌초될까 봐. 상대가 마주 잡은 손과 엉켜든 몸을, 따뜻한 체온을 부담스럽고 불편하다고 느껴 거부하는 날을 정면으로 마주하게 될까 봐…….

하진은 그 모든 이유로 뒷걸음쳤다.

아직 감정이 투명하지 않을 때, 이 관계에 대한 근원적인 의문을 갖지 않을 때, 그로 인해 둘 중 어느 한 명도 혼란스럽지 않을 때 그만두는 게 현명하다 싶어 내린 결론이라 생각했다, 그때의 결정은.

이후 마음속에 거친 비바람이 부는 날엔 모른 척 소설을 썼다.

찾아들 곳이, 파고들 곳이, 믿는 구석이 없으니 손은 자연스레 자판을 찾았다. 결코 만족스런 평화는 아니었지만 누구에게도 지분거리지 않고 기대지 않으며 앓는 소리 없이 터득한 하진만의 호흡법.

강수호를 다시 만난다는 건, 그토록 어렵게 구축한 세계가 파열된다는 것이었다.

"세 권의 책은 재출간될 거야. 더없이 화려한 양장본으로."

절대로 출간되게 놔둘 수 없다.

이제껏 구축한 세계관이 전부 붕괴된다 해도 제 전부를 뒤엎을 수 있는, 퀼트를 짜듯 교묘히 짜깁기한 소설을 이 무서운 세상 밖으로 무책임하게 내보낼 순 없었다.

무슨 일이 있어도.

어떤 상황에 처해도.

또다시 관계를 맺음과 동시에 알 수 없는 불안감을 떠안고 부유한다고 해도.

재출간은 반드시 막아야 했다.

유 실장만이 할 수 있는 브리핑이 시작됐다.

"저희 회사 로맨스 신간들이 자하 출판사에 밀리고 있는 건 부인할 수 없는 사실이지만, 판무를 포함한 장르 소설 전체로 봤을 땐 아직까지 적수가 없습니다. 유명 작가들의 판권을 업계에서 가장 많이 보유하고 있고, 판무와 로맨스 파트 편집부장도 이북으로 시작해 지금은 거의 전설인 분이라……."

하진에게서는 아직까지 연락이 없었다.

유 실장의 보고를 받으면서도 수호의 머릿속은 하진의 계산과 대답을 유추하기에 바빴다.

오늘일까, 내일일까. 공작새가 그의 새장 안으로 완벽하게 날아들 날이.

"이번에 양장본으로 나올 공작새 처녀작이 빵 터져 주기만 하면……."

"그 안은 보류해 주세요."

"네?"

수호가 사장으로 발령을 받고 제일 신나 했던 사람은 그의 업무를 돕는 유 실장이었다. 본사 순문학에서 잔뼈가 굵은 그는 의외로 장르 문학 작가들의 족보를 달달 외우는 열혈 팬이자 마니아로, 멀지 않은 미래에 판무를 써 대박을 노리는 무명 작가였다.

"보, 보류라니요?"

유 실장은 작은 눈을 동그랗게 뜨며 흥분해 말했다.

"사장님, 제가 말씀드렸죠! 공작새 처녀작은 순문학 폴 오스터의 뉴욕 3부작에 버금가는, 아니, 개인적으로 그보다 천배는 엄청난 소설이라고요. 재미, 감동, 환상, 인간과 인간 사이에 반드시 등장하는 깊은 사유와 무심한 척하지만 애정 어린 관조, 완벽한 마무리까지 정말 한 문장도 눈을 뗄 수 없는 대작으로……."

"유 실장님 소설은 진척이 있는 겁니까?"

유 실장의 공작새 찬양을 멈추게 하기 위해 수호가 질문을 던졌다.

공작새의 광신도처럼 분분해하던 유 실장의 표정이 한순간 숙연해졌다.

"거야 뭐, 꾸준히 쓰곤 있지요. 진도가 안 나가서 그렇지."

그러더니 다시 한껏 높아진 톤으로 늘 하는 소리를 반복하기 시작했다.

"사실 위대한 공작새에게 얇고도 넓은 팁이나, 개인적인 수

업을 몇 번만 받으면 제 소설이 엄청나게 눈에 띄게 좋아질 것
도 같은데…… 어디 볼 수가 있어야죠. 결론적으로 위대한 공
작새가 저희 출판사로 날아들어야 할 텐데 그게 쉽지가 않으
니까요."

"……."

"그래도 저희 출판사가 공작새의 판권을 갖고 있던 출판사
를 인수했다는 것이 눈물 나게 행복하긴 하죠. 언젠가 작가님
을 꼭 뵐 수 있을 테니까요."

저렇게 장르 소설가로서의 꿈과 희망이 누구보다 강한 사람
이 어떻게 여태 성향에도 안 맞는 순문학에서 10년을 넘게 버
텼는지 의문이었다. 책임지고 부양할 가족도 없으면서.

회장님인 아버지가 그에게 장르 문학을 맡아서 키워 보란
말과 함께 책사처럼 유용하게 쓰일 테니 함께 발령 내겠다고
한 인물이 바로 유 실장이었다.

아버진 유 실장과의 특별한 인연은 설명하지 않았다. 그저
가끔 힘이 되고 늘 희(喜)가 될 인물이니 함께하란 말만 했을
뿐.

힘은 모르겠고 희는 분명했다.

"사장님, 이건 제가 전부터 생각해 오던 아끼는 아이템인데
요……."

유 실장은 묘한 시선으로 사무실 여기저기를 훑더니 수호의
곁으로 다가와 좀 전보다 훨씬 작은 목소리로 웅얼거리듯 말
했다.

"저희도 본사처럼 장르 문학만 전문으로 다루는 팟캐스트*를 운영해 보는 게 어떨까요? 진행은 장르 문학을 잘 아는, 예를 들면 순문학에서 잔뼈가 굵으면서도 장르 문학을 결코 하류 문화로 보지 않는, 넘치도록 애정 어린 맘으로 전체를 통달해 일련의 족보를 꿰고 있는, 저 같은 참신한 인물을 주인공으로 세워서……."

"……."

"거기다 동반 진행자로 공작새가 합류한다면?"

어떤 상상을 하고 있는지 눈에 뻔히 보일 정도로 유 실장의 표정은 행복, 그 자체였다.

"업계에 센세이션을 일으키면서 저희 이김사가 다시금 장르 문학의 1인자란 명성을 굳건히 하게 되지 않을까요, 사장님?"

장르 문학을 다루는 팟캐스트가 있으면 좋겠다는 생각엔 공감했다. 앞으로 훨씬 더 커질 장르 문학을 고려하면, 좋은 투자인 건 분명했다.

점점 고사돼 가고 있는 순문학과 달리 매년 10퍼센트 정도의 성장률을 보이는 지금, 장르 문학에 대한 다양한 투자가 미래 시장을 더 든든하게 해 주리란 건 부인할 수 없었다.

"근데요, 사장님."

---

*팟캐스트:인터넷망을 통해 오디오나 비디오 형태로 뉴스나 드라마, 각종 문화 콘텐츠를 제공하는 새로운 개념의 미디어. 예를 들면 문학 소설과 영화를 다루는 이동진의 빨간 책방.

"네."

"공작새요, 알음알음으로 도는 소문처럼 여성 작가일까요?"

공작새 처녀작을 재출간하자며 아이템을 내고 장르 문학의 족보를 줄줄 외면서도, 유 실장은 공작새가 남자인지 여자인지도 정확히 알지 못했다.

"고유의 작품관을 보면 절대 여자일 수가 없는데, 이 업계 원로나 고수들이 자꾸 그런 말을 흘린다고 하더라고요. 전 절대 믿기지 않지만."

"왜 믿기지 않는데요?"

"거야, 소설 읽어 보셨으니 아시잖아요. 인간사를 보는 시각이나 세계관이 무섭도록 냉정하고 건조한 거. 여성 작가라고 하기엔 정서가 너무 삭막하고 하드보일드해요. 책을 많이 읽는 사람들은 나름대로 저마다의 촉이 생기는데, 저랑 교류하는 장르 문학 애호가들도 다들 똑같은 소리를 한단 말이죠. 공작새는 절대 여자일 수가 없다고."

"……."

"그 비정한 사유가 모성을 가진 여성에게선 절대 나올 수 없다는 거죠."

늘 그렇듯 진지하면서도 알찬 회의가 유 실장의 마무리 인사로 끝났다. 그에 수호의 생각은 자연스럽게 하진에게로, 공작새에게로 흘렀다.

처음 하진이 공작새고, 공작새가 예지인이란 필명도 갖고 있다는 걸 알았을 땐 믿기지 않았다. 본사 회장님은 공작새의 판권을 가지고 있었던 출판사 사장이 업계의 고급 정보를 팔았다고 했다. 장르 출판사를 맡고 나서야 알게 된 그 정보는 수호에게 엄청난 충격이었다.

지난 기억을 좇으니 하나하나 생각이 났다.

하진의 발목에 있는 새침한 파란 공작새 타투를 시작으로 어느 밤, 관계를 위해 만났던 장소에 먼저 와 기다리던 하진의 노트북에 남겨져 있던 짤막한 문장과 암호 같은 문구들, 그 옆에서 피곤함을 숨기지 못하고 기절한 듯 자고 있던 모습, 그리고 관계를 하던 도중에도 문득문득 딴생각에 빠진 듯해 더 강하고 거칠게 치받던 불면의 밤들까지 전부 다.

결정적으로 공작새는 오랫동안 작품을 내지 않고 있었고, 예지인이란 필명의 소설은 전부 자하 출판사에서 출간되었다.

하진의 삼촌이 사장이고 하진이 편집장으로 있는 신생 출판사 자하.

수호는 손목시계 안 유난히 크게 보이는 날짜를 확인했다. 무한정 시간을 보낼 하진은 아니었다. 그럴 입장이 아니란 것도 잘 알기에 기다림이 마냥 지루하지는 않았다.

오래전, 한 달마다 어김없이 가진 두 번의 만남. 그때의 기다림과는 많이 달랐다. 그 당시는 하진만큼이나 수호도 그들의 관계와 만남에 대해 확실하게 정의 내릴 수 없었다.

하륜 모르게 하진과 은밀한 관계를 갖는 것이 친구를 기만하는 것 같았다. 하륜이 아는 즉시 자신들의 관계는 끝이라고 말하는, 속을 알 수 없는 하진으로 인해 입과 표정은 마음처럼 무거울 수밖에 없었다.

하진은 관계를 하는 도중엔 전혀 새침하게 굴지 않았다. 수호처럼 늘 타오르며 뜨겁지는 않았지만 만남의 횟수가 더해질수록 그를 자극하고 유혹하는 기교와 테크닉은 눈부실 정도로 일취월장했다.

어느 밤은 종교인처럼 엄숙했고, 또 어느 밤은 타고난 요부처럼 뜨거웠다. 감각과 여운이 잔뜩 남은 듯 망설이기도 했지만 결코 아침까지 함께한 적은 없었다. 단 한 번도.

그 사실이 못마땅해 어느 날은 작정을 하고 하진을 괴롭혔다. 그러나 노골적으로 파고든 날에도 하진은 극도로 피곤한 얼굴로 꾸역꾸역 침대를 벗어났다.

그 순간 느꼈던 알 수 없는 자괴감과 모멸감. 마치 자신을 철저히 이용한 듯한 느낌을 지금도, 이 순간도 정확히 기억하고 있었다. 더 이상 그런 감정을 느끼고 싶지 않았다.

본능적으로 하진을 만날 시간이 멀지 않음을 감지했다.

그날이 바로 시작이다.

우리의 뜨거울 수밖에 없는, 연애의 시작은.

chapter 3

안심 유도

하진은 앞에 앉은 강수호가 3년 전까지 알고 지내던 그 강수호가 맞나 싶었다. 이렇게나 다른데 동일 인물이라니…….

변한 게 하나도 없을 줄 알았는데 그건 엄청난 착각이었다.

기가 막히고 어이가 없었다. 질문이 마음에 들지 않은 하진은 노골적인 말을 내뱉는 강수호를 시뻘건 눈으로 매섭게 쳐다보기만 했다.

"대답 안 해?"

"하면 뭐해? 내 대답에 따라서 달라질 것도 아닌데."

"달라질 수는 있어."

무슨 말인가 싶어 하진은 눈을 반짝였다.

"하진이 애타게 회수하기를 바라는 3부작만 포기하면 전세는 역전돼. 우리나라 출판계에서 공작새만큼 갑인 인물이 드문 건 사실이니까."

수호는 하진이 절대 그러지 않을 것임을 알면서도 지금이라도 늦지 않았으니 뒤집고 싶으면 그러라는 식으로 나왔다. 자신은 어느 쪽이든 전혀 상관없다는 듯.

하진은 여유만만한 강수호가 괘씸하고 몹시도 얄미웠다.

"강수호가 이 정도의 인간인지 몰랐어."

"그렇겠지. 넌 단 한 번도 강수호란 남자에 대해서 궁금해하거나 알려 하지 않았으니까."

하진은 마주 앉은 수호를 죽일 듯이 노려봤다. 그 사나운 시선에 강수호는 여유와 약간의 단호함으로 응수했다.

하진이 기억하는 강수호는 말이 많지 않고 타인과 어울리기를 즐기지 않는, 이를테면 그녀가 완벽하게 원하고 바라는 비주류였다.

전혀 선하거나 착하지 않으면서 앞으로도 절대 선량하지 않을 남자.

그런 이유로 하륜의 둘도 없는 친구란 걸 알면서도 육체적 관계를 주고받았다.

강수호는 침대 위에서도 다르지 않았다.

세 번에 한 번 정도는 견디기 힘들 만큼 지독하게 탐했지만, 대체적으로 신사적인 매너와 배려 있는 행위를 지향했다. 절대 착하지 않은, 앞으로도 영원히 착해지지 않을 인간형이기에 믿고 맺었던 관계가 지금에 와 이렇게 하진의 발목을 잡을 줄은 몰랐다.

"방금 전 들은 내 말을 잊고 싶은가 본데 다시 말할까?"

짐짓 약을 올리듯 묻던 수호가 스스로 답을 했다.

"이 자리를 벗어남과 함께 시작이야. 장소는 내 집이고."

"지금 같은 분위기에서 그런 행위가 가능하다고 생각해?"

하진은 상식선에서 다시 생각해 보라는 듯 되물었다. 그러나 결코 애원하진 않았다. 비위는 물론 자존심이 상해서.

"천하의 하진이 언제부터 분위기를 따졌는데?"

"……."

"내가 기억하는 하진은 전공 서적과 고전 서적을 정신없이 탐독하다가도 나와 눈을 맞추면 숙제를 하듯 바로 섹스를 했던 사람이야."

테이블 위 하진의 작은 손이 꽉 쥐어졌다. 마치 차돌처럼.

"그렇다 해도 마음에 차지 않은 억지 타협을 봤는데 바로 시행한다는 게 말이 돼?"

"넌 계약했어, 나랑. 그래서 요구하는 거야."

그래, 계약을 했다.

믿을 수 없지만 별다른 조건조차 달지 않았다.

사실은 달 수가 없었다. 애가 타는 건 하진뿐이었기에.

그녀가 제시한 조건은 단 하나였다. 기간에 대한 명확하고 정확한 공지.

긴 다툼과 조정 끝에 결정한 기간은 강수호가 결혼하기 전까지였다.

사실 횟수를 신경 쓰지 않은 건 그가 안으면 얼마나 안겠어, 하는 계산 때문이었다.

병적으로 성에 집착하는 남자도 아니고 로맨스 소설에 등장하는 에너자이저도 아닌데, 작지 않은 회사를 이끌어 가는 인물이 매일 하자고 덤벼들지는 않겠지 싶었다.

어찌 보면 하진에게 무척이나 불리하고 터무니없는 조건 같지만, 실상은 그렇지 않았다.

박 영감은 글 마당의 강 회장이 아들에게 힘을 실어 주기 위해 그에게 어울리는 집안의 여자를 지금 이 순간에도 물색하고 있다는 정보를 알아 왔다. 게다가 짝으로 생각하는 이들이 세 명으로 압축된 상태라 다음 달에 날을 잡는다 해도 하나 이상할 게 없다는 것도.

이는 극비라 당사자인 강수호도 아직 모르고 있었다. 설령 안다고 해도 순문학으로 넘어가고자 하는 강수호가 회장인 아버지의 뜻을 거스르면서까지 그들의 관계를 계속하지는 않을 거란 확신이 있었다.

지금은 누나들의 노골적인 견제로 장르 쪽을 맡고 있지만, 순문학을 지금보다 한 차원 더 끌어올리고 싶어 하는 인물이 강수호였다.

그래서 못 이기는 척 그가 결혼하기 전까지만 관계를 유지하자고 못을 박았다.

정신을 차리고 보니, 하진은 수호의 차 보조석에 앉아 있었다.

강제로 손목이 잡혀 끌려온 기억이 없는 걸 보니 스스로 동승한 듯했다.

'지금 당장'이란 말에 충격을 받아서 그런지 이후의 과정들이 기억나지 않았다.

집은 단독주택이었다. 마당이 꽤 넓은. 그 마당엔 커플인 듯보이는 한 덩치 하는 강아지 한 쌍도 있었다.

하진은 오래전부터 강아지를 키우고 싶어 했었다. 마음껏 사랑을 주는 솔직 담백한 강아지를.

허나 마음과 달리 지금껏 키우지 못했다. 집에 가면 씻고 글을 쓰기에 바빠, 개인적인 욕심을 채우자고 강아지를 외롭게 할 수는 없었다.

주인인 강수호 옆에 어정쩡하게 선 하진에게도 달려드는 두 마리의 강아지는 꽤나 귀여웠다. 무장해제 돼서는 조심스럽게 내민 하진의 손을 달게도 핥았다.

"동물은 싫어하지 않나 보네."

의외라는 듯 강수호가 말했다.

그건 하진도 마찬가지였다. 천하의 시멘트맨이자 아이스맨이 넓은 마당에서 귀여운 아이들을 키우고 있을 거라는 건 상상도 못 했다.

"이 아이들은 적어도 약점을 갖고 딜을 하지는 않을 테니까. 비겁하고 치사한 누구처럼."

하진은 '넌 이 아이들보다 못하다'는 느낌을 강하게 실어 벌처럼 톡 쏘듯 말했다.

"몰라서 하는 얘기야. 이렇게 너랑 나를 핥는 것도 명백하고 분명한 딜이야. 다음엔 네 손에 맛있고 큰 육포가 쥐어 있길 바라는."

기가 막혔다. 해석이 이렇게나 다를 수 있다는 게.

"강수호가 이 정도로 계산적이고 편협한 사고방식을 가진 인간인 줄은 몰랐네. 넌 모든 상황을 이익, 손실 규모, 뭐 이런 걸로 계산하고 인식하나 본데……."

"그렇게 생각하는 인간이었다면 오늘 같은 신사적이고도 인도적인 계약은 없었겠지. 하진의 간청을 싹 무시하고 책을 발간해 버리면 그만이니까. 바짝바짝 타들어 가는 널 옆에서 만족스럽게 지켜보면서."

강수호는 그 말을 끝으로 성큼성큼 집 안으로 들어갔다.

무겁게 닫힌 문을 보며 하진은 그동안 자신이 강수호를 몰라도 너무 몰랐다는 생각을 했다.

동시에 계산과 짐작이 되지 않는 앞으로의 행보가 걱정스러웠다.

하진은 매달리는 강아지들을 몇 번 더 쓰다듬다 한숨과 함께 닫힌 현관문을 열고 안으로 들어섰다.

실내는 모델하우스만큼이나 온기가 없었다. 주춤거리며 거실로 들어선 하진은 일순간 맥이 빠지는 듯해 거실 소파에 앉았다.

아닌 척을 했지만 오늘 강수호를 만난 이후로 계속 긴장 상태였다.

이 순간 혼자가 되자 비로소 제대로 된 숨을 쉴 수가 있었다.

"저녁은 간단하게 하는 게 어때?"

"강 셰프 마음대로 하세요."

하진은 점점 더해지기만 하는 긴장도, 수호의 동선도 신경 쓰기가 싫어 가방에서 안경과 노트북을 꺼냈다. 그리고 유명 플랫폼에서 연재 중인 중견 작가에게 온 메일을 확인했다. 이번에 자하와 책을 내보고 싶다는 대단히 겸손한 메일을.

하진은 이 중견 작가의 개인 블로그에 꾸준히 찾아가 쪽지를 남겼었다.

데뷔 이후 쭉 이김사에서 책을 내고 있는 작가인데, 작품이 그녀의 직관과 감성을 관통하는 부분이 있어 결단과 연락을 기다리던 상황이었다.

메일 하나로 하진의 기분이 확 좋아졌다.

"스테이크는 어느 정도가 좋아?"

"무슨 스테이크?"

수호는 손바닥만 한 고기를 보여 주며 하진의 말을 기다렸다.

간단하게 하자고 해 놓고 저 스테이크는 뭔가 싶었다.

"중간에서 조금 많이 익힌 수준."

작가에게 감사와 기쁨의 마음을 담은 답장을 보내고 꽤 쌓인 투고 원고를 빠르게 확인했다. 다듬어지지 않은 원석이 있길 바라며.

"그만 쳐다보고 와."

안경을 쓴 하진은 와인병을 들고 선 수호와 눈을 맞춘 후 노트북을 덮었다.

식탁 위는 전혀 간단하지 않았다. 스테이크 외에도 샐러드와 빵, 와인까지 준비되어 있었다. 마치 오늘을 특별히 기념이라도 하려는 듯 무척이나 화려했다.

"자, 우리의 재회와 다시 시작된 관계를 위하여."

수호의 말에 하진은 별다른 대꾸 없이 잔을 부딪치고 향 좋은 와인을 마셨다.

스테이크는 믿을 수 없을 만큼 부드럽고 샐러드는 단맛이 날 정도로 맛있었다.

"무슨 의도야? 이렇게 근사한 저녁을 만들어 융숭하게 대접하는 거. 이게 원래 강수호의 데이트 스타일인가. 매너 좋은 척하다가 뒤통수 때리는 거."

하진이 소스에 고기를 찍어 먹으며 물었다.

"의도 같은 건 없어. 잘 먹여야 관계에 있어 쇼트타임을 지향하는 하진이 내가 원하고 바라는 횟수와 시간만큼 버틸 테니까."

목 안으로 부드럽게 넘어가던 고기 한 점이 하진을 지독하게 괴롭혔다. 와인을 마신 후 간신히 기침을 멈춘 그녀가 수호를 노려봤다.

"타이밍 좀 생각하면서 말해. 사람 잡겠어."

"이깟 것에 잡힐 거였으면 예전에 가졌겠지."

이게 다 무슨 소린지. 그때 하진과 수호는 서로를 충분히, 전부라고 할 만큼 상대의 몸을 갖고 음미했었다. 지금 마시는 이 와인만큼이나.

"예전엔 서로를 충분히 갖지 않았었나? 가진다는 것에 사전적 의미 말고 또 다른 의미가 있던가?"

"하진이 말하는 의미는 몸일 테고, 내 말의 의미는……."

하진은 입에 감기는 와인을 느끼며 다음 말을 기다렸다.

"전부를 말하는 거야, 하진, 너의 전부."

강수호는 늘 그렇듯 감정을 드러내지 않는 기묘하고도 서늘한 눈을 하고 하진을 봤다.

"넌 지금도 충분히 내 전부라고 할 수 있는 걸 소유하고 있어. 그런 이유로 저녁을 함께하고 있는 거고. 그러니까 뭔가 다른 대단한 게 있는 것처럼 말하지 마."

왠지 찜찜하고 기분이 나빴다. 전부를 언급하는 그의 표정이 심상치 않아서.

"넌 여전히 스마트해. 말 돌리는 것도 그렇고."

"칭찬 같으니까 순순히 받아들일게. 누구처럼 쓸데없이 왜곡하지 않고."

더는 이상한 대화를 길게 하고 싶지 않아 하진은 먹는 것에 몰두했다. 그런데도 스테이크는 좀처럼 줄어들지 않았다.

"원래 그렇게 음식을 못 먹어?"

시원치 않아 보이는 하진의 모습에 수호가 냉랭히 물었다.

"아니. 방금 전 네가 한 말도 있고 고기가…… 너무 커. 그래서 말인데, 남길래."

"이리 줘."

하진의 접시를 제 앞에 둔 그는, 우아하고 정갈하게 남은 스테이크를 먹었다. 그리고 제 모습을 빤히 쳐다보는 하진에게 한마디 했다.

"둘 중 한 명이라도 힘이 남아돌아야 리드하지 않겠어?"

저런 얼굴로 그런 말을 아무렇지도 않게 하다니.

"자꾸 왜 그래?"

"뭐가?"

"굳이 하지 않아도 될 말을 하는 것도 그렇고, 일부러 날 자극하는 이유가 뭐야?"

그가 마음에 들지 않는지 하진은 고운 미간을 찌푸리며 톤을 높여 물었다. 수호는 자신을 못마땅한 듯 쳐다보는 그녀를 빤히 응시했다.

모르겠다. 왜 이렇게 화가 나면서 고분고분 따라오는 그녀가 미운지⋯⋯.

하진이 집착하는 그 3부작 소설이 아니었다면, 강수호는 하진과 저녁 한 끼도 먹지 못하는 아무것도 아닌 존재였을 거라는 생각에 기분이 상했다. 동시에 아팠다. 상처 받은 자존심이.

그 시절 아무리 마음보다 몸이 먼저였다 해도, 그 오랜 시간을 함께했는데도 결국 그는 그 어떠한 설명 없이 단칼에 버려졌다.

느림보인 자신이 토해 내지 못한 진심을 자각하고 각성하기도 전에, 하진은 수호를 무참히 외면했다.

그리고 찾지도, 연락을 하지도 않았다.

자신이 하진에게 절대적인 걸 손에 쥐고 이렇게 다시 찾을 때까지 단 한 번도.

하진이 삼키는 와인이 그녀의 긴 목으로 흘러들어 가 혈관을 타고 퍼질 거라 상상을 하니 순간적으로 몸에 열이, 억눌렸던 욕망이 피어올랐다.

그런 분명한 이유로 수호는 방심하는 하진을 단숨에 들어 안았다.

"뭐…… 뭐야?"

"밥값 해야지."

"뭐?"

방 안으로 들어간 수호는 버둥거리는 하진을 내려놓지 않고 문을 잠갔다.

침대에 누운 하진이 그런 그를 기막히다는 듯 노려봤지만 시선을 단호히 무시한 채 수호는 도톰하니 도전적인 입술을 거칠지 않게 베어 물었다.

그는 일순간 기습적으로 터져 나오려는 탄성을 간신히 삼켰다. 그 얼얼한 충격을 하진 몰래 삼키려니 온몸이 경직되면서 숨이 막혔다.

몽정을 하는 청소년도 아니고 고작 키스 한 번에 몸이 이 지경이라니…….

꿈속까지 나타나 괴롭히던 그립고 잔인한 입술. 하진의 작은 일부분이자 전부와도 같은 매혹적인 타액이 일순간 수호의 입안으로 스미듯 흘러들어 왔다.

스테이크를 먹고 와인을 마셨는데도 하진에게서는 특유의. 본연의 향이 났다.

지난 3년간, 다른 향기에는 일체 무감하게끔 뇌를 자극하고 원격 조종을 하던 하진만의 향에 천천히 호흡이 가빠졌다.

여전히 주저하고 뒷걸음치며 이 순간을 항변하려는 듯한 그녀는 매혹 그 자체였다. 3년 만에 판권을 걸고 되찾은 꿈속의 입술은 지독하게 쓰고 몸서리치게 달았다.

향이 달아서, 애가 달아서, 심장이 들썩여서 시작부터 미칠 것 같았다.

새삼 이렇게나 좋은, 강력하고 절대적인 사람이었나 싶었다.

하진이 이 정도로 강수호를 지배하고 손쉽게 핸들링하는 인물이었던가⋯⋯.

미치게 좋으면서 한편으론 마음이 상했다. 하진을 다시 소유하기 직전의 이 불완전하고 미진한 감정만으로 전신에서 열이 났다.

수호는 체리빛의 입술 언저리를 빨아 삼키며 벌어진 틈을 파고들어 긴장한 듯한 혀를, 두려움으로 뒷걸음치는 탐스런 살집을 거칠고 간절하게 잡아챘다. 매일 바라고 상상했던 것처럼 마음껏 농밀하게 뒤얽었다.

그 순간, 벼락만큼이나 날카로운 무언가가 목뒤에서부터 등까지 곧게 관통하는 듯했다.

이래서 더 미웠다.

이런 희열과 통증을 주는 사람이 강수호를 전혀 신경도 안 쓰는 하진뿐이라서. 하진밖에 없어서. 왜 하진뿐인지 도무지 알 수가 없어서.

그 사실이 감당할 수 없이 아프면서 결국엔 이렇게나 미치게 좋아서.

그동안 풀어내지 못한 짙은 욕망과 쌓이기만 했던 정념, 이 순간도 무섭게 난립하는 분노와 본능으로 인해 수호는 하진의 혀를 벌주듯 씹어 물었다.

그 행위에 지난 3년의 시간, 무심하고 무정한 주인에 상처받았던 남자의 자존심과 목마른 분신이 무섭도록 다급하게 살아났다.

수호는 앞으로 벌어지고 반복될 짙은 쾌락과 성애에 미안하다는 말 대신, 못내 그리웠다는 솔직한 속내 대신, 하진의 혀를 더욱더 강하게 빨아 삼키며 어둠 속으로, 예정된 열락 속으로 걷잡을 수 없이 빠져들었다.

다시 또 빠졌다.

지독한 하진에게.

못돼 빠진 이 여자한테.

미치게 그립고 그리웠던 사람에게.

시간이 얼마나 지났을까…….

하진은 목이 말라 눈을 떴다. 의식이 있었을 때부터 목이 말랐지만 강수호는 달싹이는 그녀의 입술을 무지막지하게 포획해서는 호소와 비명까지 씹어 삼켜 버렸었다.

3년 만에 나타나 육룡만큼 포효하고 활개 치는 무법자 강수호를 담은 그녀의 몸.

하진은 숨 쉴 틈 없이 파고든 문란하고 현란한 입술 때문에 동일한 압박과 강도로 제 몸 안으로 들어올 줄 알았다. 하지만 강수호는 입과 손으로. 혀와 은밀한 손가락으로. 스킬과 기막힌 테크닉으로 그녀의 입에서 간절한 신음과 절절한 흐느낌을 이끌어 낸 후에야 몸 안으로 깊숙이 박아 왔다.

그 순간을 대체 무슨 말로 표현하고 정의할까…….

갑작스런 빈혈로 머리가 멍하고 공간지각 능력이 상실된 듯했다. 그만큼 강수호의 접촉과 밀착은 강력했다.

길다면 긴 텀을 두고 갑작스레 난입한, 불친절한 사이즈 때문에 아픔이 없었다고 하면 거짓이겠지만 섹스가 반복될수록 아픔보다는 쾌감이 상승됐다.

몸은 신기할 정도로 빠르게, 그간 잊고 지내던 본능의 불길을 다시 지폈다.

분분한 남성으로 빽빽하게 채워진 몸은 되살아난 쾌락에 전멸되어 빨아들이듯 조이는 기특한 신공을 오랜만에 다부지게 발휘했다.

그 순간, 잃었던 감각과 촉각이 순식간에 되살아났다.

쾌락은 하진의 뇌와 하반신 전부를 세밀하게 채우며 빈 공란 없이 촘촘히 장악해 나갔다.

감각적인 몸짓. 활화산처럼 뜨거운 포효와 열기가 하진을 꽁꽁 감싼 채 지축을 뒤흔들듯 사정없이 휘몰아칠 때, 불현듯 의문이 들었다.

그때도 이만큼이나 좋았던가 하고.

지난날의 강수호는 기복 없는 감정선과 냉담한 얼굴로 갖가지 야릇한 체위를 즐기던, 한마디로 겉과 속이 다르고 낮과 밤이 전혀 다른 맹금류 같은 남자였다.

스물세 살 때 시작된 그들의 관계는 진전되고 지속될수록 차원이 다른 감각을 자아냈다. 느끼는 수치와 밀도가 달마다 달라졌고 해를 넘길수록 애욕은 농밀해졌다.

넘치는 상념을 지우고 살짝 몸을 움직이니 하반신 전체에 둔통이 느껴졌다.

간밤 얼마나 뜨겁고 진취적으로 파고들던지, 하얗고 뿌연 새벽빛의 절정을 느낀 후엔 여지없이 온몸이 결리고 아팠다.

겉으론 멀쩡했어도 속은 분명 어느 부상자 못지않게 상처와 상흔이 가득했을 것이다.

강수호는 그 간극을 조금의 여지도 주지 않고 다시 또 박혀 들어와 하진을 입맛대로, 부위별로, 제 식대로 먹으려 들었다. 결국 저녁에 먹은 스테이크처럼 남김없이 먹어 치웠고.

"……새벽 4시야."

마지막 더없이 깊었던 정사를 끝으로 한 시간 가까이 잠들었던 모양이다.

폭염에 녹아내리듯 눈을 감으며 마지막에 봤던 시각이 3시 5분이었다. 타인의 침대에 이 시간까지 누워 있어 본 적이 없던 하진은 지금의 상황이 신기하면서도 어색했다.

"지금은 다니는 택시도 없어."

그렇다 해도 집을 빠져나가는 게 맞지 않을까 하는 생각에 머릿속이 어수선했다.

"두 시간만 더 자. 출근에 지장 없도록 데려다줄 테니까."

그 소리를 끝으로 강수호는 자신의 팔 안에서 고물거리는 하진을 더 강하게 끌어안았다.

등 뒤로 강수호의 익숙한 숨결이 느껴졌다. 그녀는 대답을 하는 대신 몸을 동그랗게 말았다.

생각해 보니 강수호와 아침을 맞이한 적은 한 번도 없었다.

지금도 그렇지만, 그때는 늘 바빴기에 여유가 없었다. 어서 글을 쓰고 출간을 해 돈과 명성을 얻는 게 유일한 삶의 목표였기에.

그래서 행위가 끝나면 서둘러 자리를 피했다.

강수호는 한 번도 하진보다 먼저 자리를 뜬 적이 없었다.

다시금 목이 탔다. 이러저런 생각에 잊고 있던 갈증이 더 심해지면서 목 안이 바짝 말라 입안이 깔깔했다.

"왜?"

아직 잠들지 못한 수호가 하진의 움직임에 질문을 던졌다.

"……목말라."

그 한마디에 강수호는 몸을 일으켜 작은 물병을 건넸다.

하진은 어스름한 빛에 기대 물병을 받아 들었다. 갈증이 풀릴 만큼 목을 축이자, 물병을 받은 그가 침대 옆 테이블에 놓고 다시 그녀를 꼭 끌어안아 누웠다.

순식간에 강력한 품속에 갇힌 하진은 자맥질을 하듯 한참 버둥거리다 결국 한 소리를 했다.

"이거 좀 놓지."

"……."

"불편해."

"……."

"불편하다니까."

아직 잠들지 않은 걸 아는데도 수호는 꿈쩍하지 않았다.

"자라는 거야, 말라는 거야?"

불평을 하지 않으려 해도 사슬 같은 강한 압박에 숨쉬기가 편치 않았다.

"강수호……."

"한마디만 더하면 한 시간 전까지 증명한 우리의 관계를 확실하게 재확인시켜 줄 테니까 알아서 해."

하진의 등 뒤로 절대 허언 같지 않은 말이 무겁게 울려 퍼졌다.

"넌……."

"……."

"정말 나쁜 놈이야, 강수호."

결국 하고 싶은 말을 속 시원히 뱉어 낸 하진은 더 이상 꼼지락거리지 않았다.

신랄한 평가를 받은 강수호는 이렇다 할 대응 없이 하진을 더욱 강하게 옥죄었다.

그녀였다면 응당 발로 차도 시원치 않을 하진을, 강수호는 무슨 이유에선지 품속으로 더 가까이, 더 깊게 끌어들였다.

"그야 그렇죠. 우리가 순문학 하는 사람들은 아니죠."

하진은 자신이 무슨 생각과 어떤 의도로 이 작가와 계약을 했는지 당시의 상황이 전혀 기억나지 않았다.

"그렇긴 한데 시놉에 비해 전체적으로 너무 가벼운 듯해서요. 대사나 지문이……."

소설인데 당연히 무겁고 진중해야 하는 거 아니냐는 주의의 작가가 있는 반면, 지금의 이 작가처럼 순문학을 하는 것도 아니고 자신은 그런 수준의 작가도 아니니 더 이상의 수정은 불가하다는 의견을 피력하는 이도 있었다.

"그럼 작가님, 제가 최종적으로 수정을 요하는 부분만 고쳐 주세요. 아시겠지만 작품을 훼손하는 게 아니라 더 좋게 하기 위해서니까 맘 상해하시지 마시고요. 검토 부탁드릴게요. 네, 수정해서 다시 연락드리겠습니다."

전화를 끊자 막막함과 공허함이 온몸에 스며들었다.

방금 전 전화를 끊은, 내심 저평가하고 있는 작가 때문만은 아니었다.

가끔 이게 뭐하는 짓인가 하고 대책 없이 불쑥 자문할 때가 있었다.

편집자가 아닌 글을 쓰는 이로서 올바른 가치관, 사람과 사랑에 대한 충분한 믿음이 있는가 하고 뜬금없지만 격하게 묻고 싶을 때가.

마음과 헤게모니는 절대 그렇지 않으면서 해피엔딩을 작위적으로 만들어 갈 땐 심하게 스트레스를 받기도 했다. 독자들이 바라는 이솝우화 같은 에피소드를 몇 개나 써 내려가면서도, 이게 다 무슨 어이없는 만화며 신파냐고 꾸짖을 때가 있었다. 인간이기에.

이건 만들어진 세계일 뿐, 굳이 작가의 실체와 동일하지 않아도 된다고 생각하면서도 아주 기본적인 인성과 행복에 대한 절대적 염원과 바람이 없는데 이렇게 거짓으로 써도 될까 하는 스스로에 대한 끝없는 의문과 질문.

모르겠다. 그런 근원적인 질문과 질타들, 정의와 담론에 휘둘리고 의심하기엔 너무 많이 썼고, 너무 많은 책을 세상에 내놓았다. 겁도 없이. 무책임하게.

늘 답을 내지 못하는 뻔한 생각들로 멍하니 있는데, 핸드폰이 울렸다.

'나쁜 자식'이란 단어가 큰 화면을 가득 채웠다.

"네."

─어디야?

"사무실."

─알았어.

뭘 알겠다고 하는지 말도 않고 전화는 끊겼다.

엊그제 난생처음 타인의 집에서 아침을 맞았다.

친구인 초아와 삼촌의 펜션에서 하루를 보낸 적은 있었지만 절대적 타인, 그것도 남자와 아침을 맞이한 건 이틀 전이 처음이었다.

몇 번의 농도 짙은 야릇한 정사로 무척이나 오랜 시간 샤워를 하고 나오니 그럴듯하게 차려진 아침상이 눈에 들어왔다. 과일 주스를 메인으로, 햄과 양파를 다져 넣은 곱상한 스크램블이 식탁에 반듯하고도 소담하게 놓여 있었다.

평소 아침을 먹지 않지만, 밤새 고열을 짜내는 듯한 격하고 난이도 높은 노동에 진이 다 빠져 버린 하진은 부드럽고 몽실몽실한 스크램블을 보자 여직 없던 식욕이 돌았다.

"앉아."

앉으란 반 강압적인 한마디가 그렇게 반가울 수 없었다.

내심 흐뭇한 마음으로 달콤하고도 진한 망고 주스를 한입 들이켜고 스크램블을 떠먹었다. 부드러운 첫맛이 금세 입안에서 녹아 사라졌다.

"소설은 얼마나 쓴 거야?"

포근포근한 노란색에 취해 정신없이 떠먹는데 강수호의 질문이 들렸다.

"무슨 소설?"
"공작새가 쓰고 있는 판무 소설. 난 예지인이 쓰는 거짓 로맨스 소설은 관심 없어."

입안에서 부드럽게 넘어가던 달걀 뭉치가 일순간 곤두서는 듯했다.

그에 망고 주스를 마셔 진정시킨 하진은 신문에 시선이 꽂힌 강수호의 얼굴을 대신해 그의 정강이뼈를 강하게 걷어찼다.

"방금 한 말 다시 해 봐."

꽤나 아플 텐데도 강수호는 아무 소리 않고 신문을 내려 그녀와 시선을 마주했다.

"난 거짓과 위선이 난무하는 예지인의 소설엔 관심 없다고."
"내 소설에 거짓과 위선이 만연하다고 누가 그래?"

어이도 없고 기가 막혀 그런지 질문엔 한껏 날이 세워져 있었다. 하진도 인정할 만큼.

"군이 누군가의 진술한 서평을 찾아보지 않아도 지난 시간 네가 내게 보인 모습으로 충분히 짐작할 수 있는 것들이야, 그건."

"그럼 내 소설을 찾아 읽는 독자들은 전부 내 기막힌 거짓과 그럴듯한 속임수에 놀아나는 거네, 말 같지 않은 강수호의 말대로라면."

"맞아, 전혀 틀리지 않은 말이야. 넌 타고난 지성과 언변으로 눈속임을 마술 수준으로 기가 막히게 잘하니까."

"……."

"사랑에 대한 절대적 믿음이 없고 타인과 교감을 만들지도 않으면서 영원한 사랑을 논하고 사랑의 종착지인 결혼과 출산을 언급하며 해피엔딩을 표명한다는 게 말이 돼? 작위적인 소설가 예지인 상식으론?"

저런 말을 서슴없이 내뱉는 인간이 어젯밤 그리도 질리도록 자신을 탐하고 삼킨 남자가 맞나 싶었다. 그 뜨거웠던 몸으로 어떻게 저런 냉담하고 가시 돋친 말을 잘도 하는지.

지금도 하진의 하반신은, 강수호란 인간의 끝없는 욕심과 집요한 탐욕으로 온전한 상태가 아니었다.

하진은 너야말로 위선에 가식 덩어리라고 말하는 대신 비웃음과 함께 질문을 던졌다.

"그래, 강수호 개인 생각까지 내가 개입하고 터치할 건 아니지. 어차피 장르는 개취라니까. 그런데 내 거짓투성이 소설과 붙는 이 김사의 순정하고 거짓 없는 소설은 왜 늘 꼬꾸라지고 나가떨어질까? 이상하지 않아?"

그녀는 비웃음을 동반한 지적질을 결코 멈출 생각이 없었다.

"담당 기획자의 감 없는 평이한 축 때문일까, 아니면 뭣도 모르고 이 업계에 뛰어든, 간밤 지나치게 집요하고 혈기 왕성했던 젊은 오너의 숨길 수 없는 능력 부족 때문일까?"

적나라한 표현에 강수호는 하진을 뜨겁고 냉담하게 응시했다. 마치 구구절절이 옳은 말만 해서 일체 다른 반론은 할 수가 없다는 듯.

처음 맛을 들인 아침은 끝까지 음미하고 향유하지 못한 채 흩어지듯 끝이 났다.

그날 들은 말들이 하진의 뇌세포를 상당히 자극했던 모양이었다. 지금까지도 생각이 나는 걸 보면.

"팀장님, 손님 오셨는데요."

하진은 고개를 돌려 어색한 미소를 짓는 미선을 바라봤다.

"손님?"

"하…… 하진아!"

눈치를 보듯 어눌하고 익숙한 말투.

순간적으로, 아니, 본능적으로 하진은 소리가 들리는 쪽으로 고개를 돌리고 싶지 않았다.

한동안 듣지 않았다 해도 절대 잊을 수 없는 목소리였기에.

하진의 틈 없는 외면 때문인지 하륜의 엉성한 항변과 답변이 이어졌다.

"그러니까 그……게 수호를 요 앞에서 아주 우연히 만났는데 마침 너한테 간다면서 자꾸 같이 가자고 해서 정말 할 수 없이 같이 왔어. 그……동안 잘 지냈어?"

강수호는 여전히 하륜에게 강력한 백이자 든든한 수호천사가 맞나 보다. 언젠가 다시 보면 이민을 갈 수도 있다고 위협 아닌 협박을 했건만, 이렇게 뻔뻔한 얼굴을 보이는 걸 보면.

하진은 집중된 여러 개의 시선들로 인해 반갑지 않은 하륜과 이 순간 쳐다보기도 싫은 강수호를 보며 어색한 손님맞이를 할 수밖에 없었다.

필요 이상으로 세 사람을 주시하는 직원들과 간단한 인사를 한 뒤, 하진은 서둘러 사무실을 나가려 했다. 하지만 그런 그녀를 오지랖 넓으신 백아현이 막아 세웠다.

"에이, 어딜 가시게요. 회의실에서 말씀 나누시면 되죠. 근데 정말 저희 팀장님이랑 남매지간이세요?"

아현은 해빙처럼 차가운 강수호는 일찌감치 열외하고, 기막힌 눈웃음과 따뜻한 아우라를 발산하며 방글거리는 하륜에게 쓸데없는 질문을 해 댔다.

"저희 팀장님이랑 몇 살 차이 나시는데요?"

"우린 쌍둥이예요. 그러니까 당연히 동갑이겠죠."

분위기 파악 못 하는 모자란 하륜은 그새 긴장이 풀렸는지 장난꾸러기 같은 해맑은 표정을 지으며 아현의 궁금증을 속 시원히 풀어 주었다.

"어머나, 쌍둥이예요? 근데 하나도 안 닮으셨어요. 저희 팀장님이랑."

아현은 과장스런 표정과 요란한 몸짓을 서슴지 않으며 헤픈 미소로 시를 쓸 판이었다.

"그래요? 우리 둘이 있으면 닮았다는 소리 많이 듣는데…… 그치, 하진아."

하진은 조심스레 동의를 구하는 하륜의 말을 무시하고 두 남자를 앞세워 회의실로 향했다.

자리에 앉은 하진은 빙설의 한 조각 같은 표정을 하고 그들과 마주했다.

주스를 내온 또 다른 직원이 시간을 지체하며 뭉그적거리자 그녀는 날선 시선을 쏘아 댔다. 그리고 직원이 나가자마자 사무실 문을 거칠게 닫았다.

문을 닫음과 동시에 쪼그라드는 하륜을 무시하고 그녀는 수호를 보며 불쾌함을 숨기지 않았다.

"볼일 있는 사람들끼리 만나면 될 걸 왜 남의 회사까지 찾아온 건데?"

하진의 시선은 오로지 수호에게만 고정돼 있었다.

이 쌍둥이 남매의 문제가 어제오늘 일이 아닌 건 알고 있었지만, 자신이 함께 있는데도 하진이 이 정도로 감정을 드러낼 줄은 몰랐다.

수호는 대놓고 긴장한 듯한 하륜을 대신해 냉기로 중무장한 하진을 차분한 시선으로 응시했다.

"곧 퇴근이잖아. 들어 보니 남매가 무척이나 오랜만이라고 해서 함께 저녁이나 하자고 들렀지. 자하 직원들도 다 같이 가든지 회식이다 생각하고."

"자하 출판사 회식을 왜 상관도 없는 이김사 사장이 챙기는데?"

"누가 챙기면 어때? 같은 업종에 있는 사람들끼리 친목 다지고 자연스럽게 인사하는 것도 나쁘지 않다 싶은데. 알다시피 이 업계가 워낙 좁잖아. 스카우트나 이동도 잦고."

"마음은 고맙지만 사양할 테니까 그쪽 회사 직원들이나 살뜰히 챙겨. 그래야 늘 나자빠지는 수준에서 벗어나 좀 더 나은 승률을 챙기지. 안 그래?"

하진은 자하의 우월함을 알리는 동시에 이김사의 부족함을 확인시키며 자리에서 일어났다.

"일어나."

"아침은 챙겨 먹었어?"

"……!"

"망고 주스도 그렇고 스크램블도 무척 좋아하던데 만들어 먹었는지 궁금하네."

갑작스런 질문에 견제하듯 수호를 보던 하진이 이내 알 수 없는 미소를 지었다.

"난 아침 안 먹어. 그러니까 그만……."

"왜, 맛있게 먹었잖아. 그날 아침은 나 때문에 맛있게 먹었던 건가? 오랜만에 만나니 반가워서?"

마주친 두 사람의 시선 사이로 불꽃이 일었다.

"니들 언제 같이 아침 먹었어? 브런치라도 한 거야?"

하륜의 순박한 질문으로 상황은 일시에 종료되었다.

결국 자하 출판사 돌발 회식이 잡혔다.

장소는 대창과 막창으로 유명한 식당으로 결정되었다.

직사각형의 긴 테이블에 하진과 수호가 마주 보고 앉았고, 하륜은 사무실에서 인사를 나눈 두 명의 여성과 마주 앉았다. 몇몇이 약속이 있다고 빠지는 바람에 하륜을 마주한 두 명의 여직원들은 아닌 척하면서도 치열한 눈치작전을 벌이며 그의 시선과 관심을 끌기에 바빴다.

수호는 기름이 요란하게 튀는 대창을 알맞게 구워 하진의 접시에 놓아 주었다.

3년 만에 만난 하진은 이전보다 많이 마른 상태였다. 결코 흉하다고는 할 수 없지만 그전의 몸이 훨씬 탐스럽고 매혹적이었다는 건 부인할 수 없었다.

주체할 수 없는 절정과 쾌락으로 몇 번이나 품으면서도 한편으론 걱정이 됐다. 이러다 정신을 잃으면 어쩌나 하고. 다행히 우려했던 일은 일어나지 않았지만, 관계 후 한 번도 먼저 잠들지 않았던 하진이 기절한 듯 숨도 달싹이지 않고 잠에 빠져들었다.

예전의 하진 같으면 그 어떤 말도 하지 않고 사라졌을 텐데 그날은 달랐다. 상상도 못 했던 행동에 수호는 3년 만에 달콤한 잠을 청할 수 있었다.

그가 만든 자국과 흔적을 온몸에 가득 새긴 채 기절한 듯 자는 하진은 그 어떤 보물보다 귀하고 소중했다.

지난 3년의 고통과 고행을 전부 다 잊고 그만의 앨범 속에 이 순간을 남기고 싶을 정도로.

"이김사 사장님이나 드시죠. 전 생각 없으니까."

하진의 냉담한 어투에 수호의 의식이 비로소 제자리를 찾았다.

"없어도 먹어. 난 오늘 밤 하진이 절실히 필요하거든."

수호는 하진만이 들을 수 있는 작은 목소리로 오늘 밤의 긴 여정을, 아득한 여행을 통보했다.

그의 은밀한 공시에 하진의 냉랭하면서도 시큰둥한 시선이 일순간 생생하게 살아났다.

과거와 달리 그의 말 한마디 한마디에 반응하는 하진 때문에 수호는 요사이 일반적인 대화가 주는 힘과 효능에 놀라고 있었다.

"내년 봄까지 미션 완성하라고 하지 않았나요, 강수호 사장님?"

"그건 공적인 사안이라 글로 존재감을 증명하는 작가에게 준 미션이고, 지금 난 개인적인 관계와 친분으로 하진한테 통보하고 있는 거야."

그의 타당한 요구에 하진의 검은 장막 같은, 흑요석 빛 눈동자가 분노로 일렁였다.

"강수호, 넌……."

"너희는 아까부터 무슨 비밀이 그렇게 많아! 뭐, 같은 업종에 있는 사람끼리 비밀스런 정보 공유, 그런 거야?"

하진이 무슨 말을 쏟아 낼지 몰라 내심 기대하던 수호의 옆으로 두 여자의 집중 조명과 관심을 받던 하륜이 다가왔다.

하륜의 얼굴은 벌써부터 붉은빛이 감돌았다. 그의 소심하고 소박한 정신도 그 중간 어딘가에서 취해 있는 듯했다. 그를 목표로 한 두 여자의 무차별적인 공격에 순진한 하륜이 제대로 당한 듯 보였다.

정면으로 마주하지는 못하고 흐릿한 눈동자를 내려 불판에 시선을 고정하던 하륜이 약간 탄 듯한 대창을 하진의 접시에 슬며시 놓아 주었다.

마치 새 아침에 첫발을 디디는 새색시처럼 조용하니 그림 같은 모습이었다.

"진아……."

"……."

"너 너무 말랐어. 이것 좀 먹어 봐."

"그만하고 일어날까?"

수호는 늘 그렇듯 하진이 공공연한 장소에서 하륜을 무시하고 쏘아 댈까 싶어 짧은 물음으로 자신의 존재를 주입했다.

"아니야. 우리가 얼마 만에 만났는데……. 근데 진아, 너 집에 안 올 거야? 아버지랑 어머니가 많이 보고 싶어 하셔. 저기, 엄마는 너 사는 집 청소해 주고 반찬거리도 만들어 주고 싶다고 하시고……."

"하루 종일 일에 치여서 그런지 피곤하네. 난 그만 일어날 테니까 다들 알아서 정신 챙겨 귀가들 하고. 곽미선, 백아현!"

"네, 부장님."

"네, 팀장님."

사무실에서 각자의 역할과 포지션 때문인지 두 여성은 동시에 서로 다른 호칭으로 답을 했다.

"내일 아침에 릴레이 회의 있으니까 차질 없도록 해."

두 여직원의 시원스런 대답에 하진은 하륜을 부러 무시하고 테이블을 떠났다. 머뭇거리면서도 결코 잡거나 인사말을 건네지 못하는 하륜을 향해 수호가 재빨리 말을 보탰다.

"차 잡아 주고 올게."

수호는 고개를 끄덕이는 하륜의 어깨를 쓸어 주고 자리에서 일어났다.

하륜은 아닌 것 같으면서도 묘하게 기민한 발걸음을 하는 수호를 부러운 듯 쳐다봤다.

오래전부터 수호의 시선은 하진만을 좇았다. 그 집요하고 정직한 시선이 정확히 언제부터인지는 모르지만, 하진을 볼때면 그는 더 냉담해지고 날카로워졌다.

그래서 알게 되었다. 타인에게 무심한 수호가 하진을 보는

시선에 미묘한 열기와 열망, 어떤 날 선 갈망을 담고 있다는
걸.

몇 년 전인지는 정확히 기억나지 않지만 어느 가을, 묘하게
가라앉은 수호가 저와 술을 마시다 누군가에게 연락을 받은
적이 있었다. 전화를 끊은 그의 표정은 담백하지 못했고 단순
하지 않았다.

화가 난 듯하면서도 얼굴엔 숨길 수 없는 기쁨과 기대가 배
어 있었다.

시시각각으로 톤 다운된 음영을 그리는 그가 걱정돼 하륜이
물었었다. 왜 그러냐고, 무슨 일이 있느냐고.

그때 수호는 평소 그답지 않은, 조금은 자신 없고 약간은
긴장돼 갈라진 톤으로 말했었다.

"기다리던 전화를 받는데도 왠지 기쁘지만은 않아서……."

그렇게 알 수 없는 말을 한 수호는 약간의 뜸을 들이다 인사
를 하고 다급하게 뛰쳐나갔었다. 평소와 다르게 허둥지둥하며
지갑까지 두고 간 그를 잡으러 하륜은 급히 뒤를 쫓았다. 그리
고 먼발치에서 보게 된 것은, 한 사람이 아닌 두 사람의 모습
이었다.

수호와 하진.

그리 친밀하게 보이지도, 그렇다고 아주 남남처럼 데면데면
하지도 않은 두 사람의 기이한 한 컷.

꽤 많은 시간이 지났지만, 하륜은 가능하다면 제가 짐작하는 대로 두 사람이 같은 마음이길 바랐다.

결코 만만하지 않은 성정의 동생과, 그런 동생을 유일하게 보듬어 줄 수 있을 것 같은 수호는 왠지 모르게 좋은 그림이 될 듯해 하륜은 어떤 내색도 하지 않고 지켜보고 있었다. 두 사람은 이런 사실을 절대 모르겠지만.

"무슨 생각을 그렇게 하세요?"

하륜의 가까이 다가온 백아현이 붙임성 있는 목소리로 물었다. 그녀 옆에는 자신을 곽미선이라고 소개한, 작고 아담한 여성이 자꾸만 주저앉는 눈꺼풀과 힘겨루기를 하고 있었다.

"우리도 일어날까요? 내일 아침 릴레이 회의가 있다고 그런 거 같은데."

"괜찮아요. 회식 늦게까지 했다고 하면 아마 아무 말씀 안 하실 걸요. 저희 팀장님, 저렇게 냉담하신 것 같아도 좋은 분이시거든요. 직원들 사기도 올려 주시고 인정할 땐 인정해 주시는."

아현은 하진에 대해 뭇 사람들과 전혀 다른 평가를 내리고 있었다. 그 이유로 하륜은 동생의 다른 일면을 말하는 그녀의 작고 붉은 입술을 빤히 쳐다봤다.

"일명 하드보일드한 저희 팀장님은요, 일을 기막히게 하시면서도 능력 있는 부하 직원은 인정하시는······."

하진은 집까지 따라 들어온 수호를 무섭게 노려봤다.

"다시 한 번 말하는데 남의 집안일에 신경 꺼. 한 번만 더 하륜 데리고 회사 오는 그딴 짓하면 그때는………."

"왜? 계약 뒤집게?"

"못 할 것도 없지."

더없이 냉담한 표정을 지은 하진이 차갑게 일갈했다.

"내가 가장 경멸하는 인간이 괜히 남의 사정에 관심 갖고 집안일에 관여하면서 정도 이상으로 참견하는 부류야. 정작 챙기고 책임져야 할 사람들과 일은 수수방관하면서."

"그러니까 그 말은 강수호가 챙기고 책임질 사람은 다른 누구도 아닌 하진뿐이라는 건가?"

하진은 제멋대로 주석을 다는 수호를 비웃으며 비아냥거리듯 말했다.

"네 멋대로 해석해. 왜곡되고 편협한 해석도 개인의 자유니까."

시종일관 분개하는 그녀와 달리 수호는 일관되게 침착했다. 그 침착함과 자신만만함이 무척이나 얄미워 하진은 굳이 하지 않아도 될 말을 하고야 말았다.

"강수호, 명심해."

"……."

"내가 언제까지 네 뜻에 따를 거란 착각은 하지 마. 상황이란 건 늘 변수가 있기 마련이야. 그 변수로 인해 인간은 포기하거나 절망하지 않는 거고. 또 행운이란 건 늘 한 사람 곁에 머물지 않거든. 묘한 기한성과 운동성이 있어서 인간의 바람과 달리 이리저리 움직여. 제멋대로, 지 맘대로."

뒤이어 하진은 '즐길 수 있을 때, 누릴 수 있을 때 누려라'라고 말하고 싶었지만 참았다.

머지않아 이 기분 나쁜 거래도 '쫑'이란 걸 알았기에 위축되거나 동요할 필요가 없었다.

얼마 전 통화에서 박 영감은 강 회장이 국내 인문 학자들의 영애들은 물론, 경영에 자금줄을 댈 지방 유지들의 영애들까지도 줄 세우고 있다고 했다.

곧 아들을 본사로 불러들여 이 혼사가 갖는 의미를 부각시켜 본사를 장악한 누나 내외와 대적할 수 있는 딜을 할 거라고.

하진은 그런 기밀을 기민하게 빼내는 박 영감의 믿음직한 정보통을 믿었다.

"그렇다면 난 지금 내 곁에 있는 행운이란 녀석이 제 성질처럼 멋대로 옮겨 가기 전에 적극적으로 열과 성을 다해야겠네, 충고 고마워."

기묘하게 얼굴을 일그러뜨린 수호는 성큼성큼 다가와 하진의 얼굴을 두 손으로 감쌌다. 그리고 뜨거운 호흡으로 그녀의 입술을 선점했다.

하진은 자유로운 두 손으로 기세등등하게 밀어붙이는 수호의 등과 팔을 마구 때리고 밀었다. 그만한 물리적 타격에 꼼짝할 그가 아니었지만 그녀도 그쯤에서 그만둘 고분고분한 성정이 아니었다.

그 어떤 방어도 하지 않고 그녀의 매운 손맛을 묵묵히 견디던 수호는 하진을 그대로 거실 바닥에 눕혔다.

등이 차가운 바닥에 닿자 하진은 순간적으로 주춤했다.

그 틈을 타 그는 하진의 치마 안으로 사라졌다.

"나쁜 자식! 치사한 놈! 강수호, 넌……!"

유린이라고밖에 할 수 없는, 무섭게 삼켜지고 빨아지는 여성으로 인해 하진의 거친 반항은 점차 다른 방향과 버전으로 변질돼 갔다.

이내 대나무 버금가게 단단한 손가락이 협공을 하듯 기민하게 가세했다.

하진은 몸 안의 모든 혈이 막힌 듯 어지럽고 갑갑함을 느꼈다. 이미 진행되어 무섭게 확장되는 열감과 증폭되는 쾌감에 이내 반항심마저 잃어버렸다.

의식과 몸은 무중력 공간에 떠 있는 것처럼 자유롭지 못했다.

"하지 말라고, 이 나쁜…… 놈아."

하진은 점차 압도적으로 느껴지는 예민한 감각을 무시하려 몸을 뒤척였다. 동시에 입으로는 강수호를 거칠게 비난하며 거부했다.

그래야 지금 자신이 느끼는 이 기막힌 쾌감에서 벗어나 끝내 굴복당하지 않을 것 같았다.

빌어먹을 몸과 대척점에 있는 자존심을 조금이라도 더 챙기고 싶었다.

그런 투철한 의지와 달리, 온몸의 감각 지점은 더없이 솔직하게 반응했다.

반항기를 탑재한 고성은 흐느낌을 품은 교성으로, 음행을 품은 음성으로 변해 갔다.

생각해 보면 인간의 의지란 참으로 별게 아니다. 절절한 감각은 이미 뼛속과 혈관까지 배어들고, 지배당한 몸은 정신보다 열 배는 강하고 기민했다.

어느새 중심에 자리한 강수호는 하진의 두 다리를 단단히 잡아 붙들고는 탐욕스럽게 여린 살점을 파헤치고 눌렀다.

빠르게 삼키면서도 충동을 불러일으키는 강수호는 약탈자였다.

마치 판무 속에 등장하는, 감정에 치우치지 않고 복수와 분노로만 무장한 주인공처럼 공격적으로 약탈해 왔다.

그 행위는 너무나 가혹해 일말의 자비나 양심도 느낄 수 없었다.

현란한 혀 놀림과 섬세하고도 강력한 손가락 기교에 하반신이 들썩이다 못해 진하고 달달한 체액을 마구 토해 내는 걸 하진 스스로도 느낄 수 있었다.

끝까지 유지되어야 할 방어막이 넘쳐흐르는 체액처럼 허물어지고 말았다.

결국 무참히 부서진 자존심에 하진은 비통한 울음을 터트렸다.

열락에 기민하게, 마치 본능처럼 반응한 자신에게 화가 났다. 끝까지 버티지도, 물리치지도 못한 성애에 굴복당한 게 못내 억울하고 분했다.

아이처럼 터진 울음은 쉬이 멈춰지지 않았다.

강수호가 제 몸 곳곳에 주입한 열망과 열락의 씨앗을 기필코 찾아 뽑아 버리고 싶었다.

"나 봐."

하진은 듣지 못한 척하며 두 눈을 가린 양팔을 고집스레 고수했다.

"그런다고 변하는 건 없어."

그 말을 끝으로 수호는 그녀의 안으로 단번에 빨려 들어왔다.

품종 좋은 말의 타고난 질주 본능처럼 강수호의 입성과 진격은 우아하면서도 거칠었다.

허리를 쳐 올리는 강하고 기민한 파워에 하반신이 갈라질 것처럼 얼얼했다.

이어 누르고 압박하는 단순한 행위로 하진의 둔덕을 한층 더 방만하게 만들었다. 그리고 기꺼이 몸을 열고 이제 막 출발점에 선 남성을 받아들이게 했다.

시작과 맞물린 진행은, 남성의 농익은 욕망은, 그 어느 때보다 선명하고 강렬해 소름 끼칠 정도로 몸서리가 쳐졌다. 온몸이 전기에 감전된 듯 지독하게 저릿하고 아렸다.

하진은 눈을 감았는데도 제 내벽을 거쳐 자궁까지 독하게 관통하는 남성의 모습이 여지없이 상상됐다. 몸을 구성하고 있는 모든 실핏줄이 곤두선 채 그가 주는 자극과 압박을 열렬히 환호했다.

아닌 척하려 해도 통제되지 않는 입이 저절로 신음을 토했다.

"팔 내리고 나 봐."

온몸의 기관과 감각이 무너지고 주저앉는 것 같은 하진과 달리, 수호는 일말의 동요조차 보이지 않은 채 긴장으로 더욱 탱탱해진 그녀의 엉덩이를 잡고 끝도 없이 자극했다.

강수호의 분연한 분신과 교교한 손놀림으로 고정된 자세는 그 자체로 절정을 이끌어 냈다.

하진은 두 눈을 가리던 손으로 교성을 토하는 무정한 입을 누르며 가렸다.

분함으로 물기가 흥건한 눈은 자신의 전부를 일일이 총괄하고 있는 강수호를 잡아먹을 듯이 노려봤다. 그 순간에도 전멸당한 내벽은 그와 뜨겁게 연결된 채 기묘한 세포분열을 하며 수축하고 조이기를 반복했다.

단시간에 천국과 지옥으로 이끄는 그를, 쾌감에 넋을 놓게 만드는 이 기막힌 상황을 어찌해야 할지 하진은 도무지 알 수가 없었다.

세월이, 습관이 무서웠다.

관계를 맺은 시간에 비례해 많은 횟수는 아니더라도 하진의 몸을 익히 예습하고 복습한 강수호는 그녀가 와해되고 무너지는 절묘한 지점들을 능수능란하게 공략했다.

하진은 난립하는 예리한 허릿짓에 반감은 물론 시공간을 잊어버렸다.

결국에는 격렬한 반동을 받아 내기에 급급해져서 허리를 요염하게 들어 강수호의 매끄럽고도 탄탄한 엉덩이를 쓸어내렸다.

형벌을 주듯 무섭게 치받을 땐 여기가 지옥인가 싶다가도 정작 움직임 없는 순간이 오면 그 순간이 지옥이란 걸 인정했다.

숨을 고를 수 있게 격렬한 움직임이 잦아든 순간 천국인가 싶다가도 미친 듯한 허전함에 천국이 아니란 걸 절감했다.

그만큼 몸이 하진의 말을 따르지도, 존중하지도 않았다.

몸뚱이는 마치 개별적이고 독립적인 의지를 가진 것처럼 주인의 말을, 하진의 진심을 귀담아듣지 않으려 했다.

강수호는 딱딱한 바닥에 조금씩 상처를 입는 하진을 들어 맨 몸으로 바닥에 앉았다. 그는 결코 그녀의 입과 숨을 놓아주지 않고 끝도 없이 하진을 들어 올리다 무서운 악력으로 내려앉혔다.

쾌감으로 시작된 울음은 관계가 끝날 때까지 끊이지 않았다.

전혀 짐작되지 않는 체력과 진한 성애에 하진은 바람 인형처럼 흔들리다 결국 절대적 열락에 철저히 남김없이 난파당했다.

섹스는 거짓이, 위선이 불가했다.

다른 이들은 모르겠지만 강수호와 나누는 이 농익은 행위는 하진에겐 거짓으로 위장하기 어려운 아포리아였다.

까만 어둠은 너울처럼 눈과 의식을 뒤덮었다.

전복은 그야말로 찰나였다.

chapter 4

방목 시도

가을이 깊어질수록 소도의 바다는 푸른 기운에 매몰돼 갔다.

11월 초, 가을인지 겨울인지 애매한 시기. 하진의 마음도 그 애매한 선 위에서 아슬아슬한 줄타기를, 어쩌면 의미 없는 공중그네를 하고 있었다.

어젯밤 도로 위에서 차가 전복됐다는 뉴스를 본 하진은 뒤집어진 차가 자신과 같다고 생각했다. 뒤집어진 차의 운전자는 무사했다. 안전벨트가 제 주인을 단단히 감싼 덕분에.

하진은 강수호에게 제대로 전복당했고, 반드시 있어야 하는 안전벨트는 보이지 않았다.

사실 있긴 했다. 박 영감의 정보원이 준 믿을 만한 정보. 그 몇 명의 영애들이 제 안전벨트가 되어 주리라 하진은 믿어 의심치 않았다.

그러면서도 이 낯선 감정이 무시되지 않았다. 하진은 지금 자신의 상황을 전복됐다고 표현하는 게 무척이나 짜증 났다.

전복되다니…… 대체 누가 누구에게 전복됐다는 건지.

그저 일시적인, 결코 오래 이어지지 않을 줄타기며 공중그 네에 지나지 않는다. 지금은 위험성이 주는 짜릿함과 초자극 에 긴가민가해 어수선하지만, 줄타기도 그네도 내려오는 순간 은 반드시 온다. 개인의 의지와 약속된 쇼 타임을 기반으로.

"우리 하진이, 요사이 생각이 많아졌나 보네. 도착하고 지 금까지 이 삼촌한테는 눈길 한 번 안 주고. 내가 그렇게 무시 무시한가?"

삼촌은 점점 더 무감각해져 갔다. 모순되게도 고통은 현수 삼촌이 살아 있다는 것을 잔인하게 방증해 주었는데, 그 고통 조차 100퍼센트 느끼지 못한 채 점점 굳어져만 갔다.

그 사실이 두려워 하진은 도착해서부터 삼촌의 시선을 피했 다. 시선을 맞추면 금방이라도 마지막 말을, 듣기 싫은 전언을 남길 것만 같아 고집스레 애꿎은 바다에 원망을 쏟아 냈다.

"왜 도우미 아줌마는 안 계셔? 우렁각시도 아닌데 왜 내 레 이더에는 잡히지 않는 거야? 삼촌 혹시 없는 분을 있다고 사 기 치는 건 아니지?"

사기란 표현에 현수가 웃었다.

물론 아니란 건 안다. 삼촌은 거의 몸을 움직이지 못하기에 사람의 손을 타지 않고는 이렇게 집이 윤이 나고 태가 날 수가 없었다.

오늘은 꼭 보고 싶었다. 삼촌의 공간을 이리도 환하고 안정감 있게 챙겨 주는 인물이 누구인지. 그분은 제가 사랑하고 존경하는 삼촌의 어떤 모습을 보고 동화돼 가고 있는지.

동화되지 않고는 이 공간이 이렇게 삼촌의 모습을 고대로 닮아 갈 수 없었다. 그 옛날 삼촌이 운영했던 만화방이 삼촌처럼 아득하고 정갈했던 것처럼, 이곳도 삼촌이 직접 건사하는 것 같았다.

"일이 생겨서 너 오기 전에 갔어. 그 사람도 너 보고 싶다고 했는데……."

이상했다.

마지막에 읊조리듯 한 그의 말이 묘하게 하진의 촉을 세우게 만들었다. 낮은 음색으로 '그 사람'이라고 칭하는 표현이 그냥 스쳐 지나가는 의미 같지 않았기 때문이다.

더 물어볼까 하다가 이상할 만큼 적요한 삼촌의 분위기에 하진은 의문을 감췄다.

"소설은…… 얼마나 남았어?"

"남았어가 아니라 얼마나 썼어, 라고 물어야지. 가뜩이나 진도 못 빼는 사람 위축되게."

"……그런가. 얼마나 썼는데?"

"저번에 왔을 때 설명한 내용에서 한 자도 못 썼어."

"……."

"왜 그런지, 무슨 일이 있었는지 안 물어봐?"

"물어보면 말할 수 있어?"

언제나 그랬다. 하진이 가진 유전자의 상당 부분을 동일하게 갖고 있는 사람처럼 삼촌은 그녀의 기분과 상황에 민감하고 예리하게 반응했다. 그래서인지 그녀가 답을 하지 못할 것 같은 질문은 처음부터 하지 않았다.

"삼촌."

"응."

"혹시 말이야, 강수호라고 기억해?"

"네 오빠 친구?"

'오빠'라는 호칭에 하진은 기분이 상했다. 오빠라니. 단 한 번도 하륜을 오빠라고 인정한 적은 없었다. 그 인간이 오빠라니, 그 덜떨어진 인간이.

"쌍둥이한테 오빠가 어디 있어? 서열이 있다면 그건 쌍둥이가 아니라고 내가 말했지."

"그건 네 개인적인 해석이잖아. 근데 강수호는 왜?"

'강수호는 왜'라는 질문에 선뜻 이런 문제가 있는데, 라고 말하기가 뭐했다.

문제라고 하기보다 결코 알고 싶지 않은 감정이고, 명명할 것 없는 대상인지라 뚜렷하게 설명하고 이야기를 풀기가 애매했다. 꼭 자신과 강수호의 불투명하고 불건전한 관계처럼.

하진의 머뭇거림에, 현수가 뭉쳐진 기억의 실타래를 풀었다. 그녀를 이해한다는 듯.

"오래전에 하륜이가 제 친구라고 소개하면서 만화방에 데리고 온 적이 있었어. 그러고 보니 정말 오래전이네. 그때가 너희들 고등학교 입학한 후인가 그랬던 거 같은데……."

"……."

"두 놈이 외골수인 것 같으면서도, 상대에 대한 감정이 알기 쉬울 정도로 투명한 하륜과 달리 수호는 입도 눈빛도 무거운 녀석이라 나중에 마음을 주고받는 사람이 쉽지는 않겠구나, 했지."

입이 무겁기는 무슨. 이기적인 욕망과 점철된 욕구를 칼같이, 계산기인 양 내뱉는 인간이 무슨…….

"왜. 요사이 만난 적 있어?"

"만났어. 일 때문에."

만난 게 무슨 대순가. 만나서 둘이 하는 게 문제지.

"어때. 옛날 모습 그대로야? 여전히 멋있고 진중하지?"

"삼촌, 혹시 우리가 서로 다른 강수호를 말하는 게 아닐까? 멋있고 진중하다고 하는데 난 그 뜻이 영 와 닿지 않네. 그러니까 하륜 그 멍청이 친구 중에 내가 모르는 또 다른 강수호가 있는 거 아니야? 한번 잘 생각해 봐."

하진의 분분한 반론에 현수가 기분 좋게 웃었다. 삼촌의 애잔하면서도 기분 좋은 웃음소리에 다소 흥분하고 격노하던 하진도 이내 배시시 따라 웃었다.

"여전한가 보네."

"……."

"성정도, 고집스런 마음도. 한번 만나 보고 싶다."

삼촌은 알 수 없는 미소를 지으며 천장을 한참이나 기분 좋게 바라봤다.

하진은 그런 삼촌의 모습을 늘 그렇듯 온 마음에, 온 기억에 부지런히 새겼다.

"하진아, 삼촌 부탁이 있는데……."

부탁이란 말을 거론하는 걸 보니 그다음이 어렵지 않게 예상됐다. 부탁이란 단어를 쓰면서까지 삼촌이 눈치 볼 일은 하나밖에 없었다.

"그러니까 지금 당장은 아니고, 나중에 내가…… 아니, 나중에라도 네 기분이 동하면 대전 내려가서 부모님 만나 봐."

"삼촌……."

"들어 봐."

더 이상의 저지는 불가했다.

"네 부모님처럼 선한 사람들 없어. 알아, 이 세상과는 너무 다르게 주기만 하는 사람들이라 네가 아프고 힘들었다는 거. 당신들 처지도 어려우면서 더 어려운 사람들을 그냥 두고 보지 못하는 거. 그래, 위선이고 병이라고 생각할 수 있어. 근데 하진아, 그런 분들이 네 부모님이야. 이 세상만큼 간사하지 못한 분들이 널 낳고 키워 주신 네 부모님이라고."

무슨 소리. 자신을 키운 건 삼촌이고 삼촌의 만화방이거늘.

그 사람들은 타인과 자신을 독립적으로 생각하지 못하는 고질병이자 난치병을 앓고 있었다. 그래서 정작 보호하고 관리해야 할 하진은 방관하고 방치했다. 그녀가 큰 후엔, 자신들보

139

다 더 불우한 이웃을 돕느라 하진에게 돈을 받아 내는 데 급급했고.

"네가 지금까지 날 보살피고 애쓰는 것도 다 그분들의 선한 인성을 닮아서 그런 거야. 그러니까 지난 일들은 한쪽에 묻어 두고 그분들의 다른 모습을 보려고 해 봐. 너에게 여러 가지 모습이 있는 것처럼 그분들도 네가 모르는 또 다른 모습이, 전혀 알지 못했던 부분이 있을 거야."

어렸을 때, 삼촌의 자식으로 태어났으면 얼마나 좋았을까 하고 생각했었다.

삼촌이 무슨 이유 때문에 결혼을 하지 않고 상처 받은 얼굴로 만화방을 지키는지는 몰랐지만, 그렇다 해도 삼촌의 자식으로 태어났으면 했다.

완성된 형태의 가정은 아니더라도, 꼭 그럴 필요는 없었다.

예민하고 감정적인, 그러면서도 현명하고 진중한 현수는 하진의 이상형이었다.

오늘 이렇게 삼촌을 보러 온 것도 어쩌면 삼촌과 강수호가 얼마나 다른지 비교 분석하고 결국엔 안심하기 위해서인지도 모르겠다.

삼촌을 보는 것과 함께 이렇게 확인할 수 있어서 다행이다. 조금씩 고개를 드는 불안하고 기묘한 감정이 뭔지 모르겠어서, 무시하고 싶어서 골치가 아팠는데 오길 잘했다.

이 불투명한 감정은 육체적 관계에서 오는, 오직 육체적인 관점에서 기인한 불건전하고 불합리한 감정. 그러니 결코 정상적이라고 볼 수 없었다.

몸이 뜨거운 걸, 마음이 뜨거운 걸로 착각했다.

몸과 감각이 요동치는 걸, 마음과 감정이 요동치는 걸로 혼동했다.

그런 거다.

그런 것뿐이다.

이 불편한 갑갑증은. 이 어지러움은.

회장님은 여전했다.

종잡을 수 없는 성정과 청년의 눈을 한 압도적인 존재감은.

수호는 그런 아버지를 존경했다. 기꺼이 가업을 잇고 싶을 정도로. 동생인 그를 견제하는 걸 보면 그런 마음은 누나들도 크게 다르지 않은 모양이었다.

"그래서 지금의 순문학을 어떻게 보는 거야? 네 눈에도 우리가 뒤떨어진 정서와 시각으로 작가와 평론가, 대형 출판사들끼리 상찬만 하면서 무섭게 치고 올라오는 장르 문학을 싸구려라 폄하하는 것 같아?"

강 회장은 많은 이들의 입에 오르내리는 지금의 문학 권력에 대해 짧게 자평했다.

"장르 문학을 경험해 봤으니 뭔가 달리 보이는 게 있을 거 아니야?"

"보인다고 하기보다 답답한 건 있습니다."

수호는 아버지가 원하는 답보단 제가 느낀 것을 전하고 싶었다.

아직까지 현장을 지키는 출판인 1세대로서 누구보다 진보적으로 행동하시라고.

"지금의 문학계는 북유럽 문학과 몇몇 국내 인기 작가가 전부라 해도 과언이 아닙니다. 그런 이유로 이 시점에서 좀 더 다양한 시도가 필요한 것도 분명하고요. 모호한 의미를 부여하느라 책을 내는 속도가 느린 국내 작가에 비해, 해외 작가들은 재미와 분명한 메시지, 작품성을 모두 잡은 작품들을 빠른 속도로 내고 있어요. 그러니 자기들만의 결속력 강한 리그, 구태의연한 문장에 치우쳐 재미를 잃은 국내 소설이 밀리는 건 당연해요."

"그러니까 말을 해 보라고, 그 대책과 돌파구가 뭔지."

강 회장은 적나라한 비난이 싫은 건지, 아니면 피하는 건지 그 나름의 대안을 재촉했다.

"무엇보다 재미있는 책을, 사람들이 찾아보고 싶을 만한 책을 기획하고 적극적으로 마케팅을 진행하는 게 우선시되어야겠죠. 이를테면 접근성이 좋은 모바일 마케팅 같은 거요. 요즘 독자들은 책 고르는 시간도 아까워서 서평을 보고 검증된 책을 찾으니까요. 출판사 소속의 전문 마케터와 SNS, 지금처럼 서평단을 적극 활용하는 것도 나쁘지 않은 방법이라 생각합니다."

그의 말이 이어질수록 강 회장의 표정은 어두워졌다.

"지금은 어느 장르건 새롭고 빠른 시스템은 기본이고 다양해야만 살아남을 수 있습니다."

"그래서 이 아비가 생각한 게 너의 그 원대한 그림에 힘과 자금을 보태 줄 집안의 영애를 찾는 일이었다. 너도 잘 아는 인문학 교수의 자녀인데, 아비는 웬만하면 네가……."

"회장님."

말을 끊은 그는 아버지의 눈빛을 그대로 닮은 눈을 반짝였다.

잠시 후, 수호는 회장실을 나왔다.

거리를 두고 본사 정문을 마주하고 선 그는 머리 위에서 자태를 뽐내고 있는 건축물을 올려다봤다.

파주 출판 단지에 위치한 본사는 하나의 작품인 양 아름다웠다. 그런 외관을 버티고 지탱해 주는 것이 다른 무엇도 아닌 책이기에 가능하다고 생각했다.

이 건물만큼 독보적인 존재감을 발산하는 장르 문학 출판사를, 이웃 나라 일본에 견주어도 지지 않을 장르 시장을 키우리라.

수호는 지쳐 잠든 하진을 보며 스스로 다짐하고 약속했다.

그녀의 눈부신 작품만큼, 어쩌면 그보다 더 인정받는 출판사를 키우겠다고.

그리고 오늘, 그는 무섭게 커 가는 자하 출판사에 뒤처지지 않게 작가들을 보유하고 새로운 시도와 도전으로 그에 따른 결과물을 반드시 보이겠다고 아버지께 선언했다. 그러니 당분간 지켜보시라고.

이 모든 건 하진을 그의 곁에 묶어 두기 위한 한 수였다.

하진은 아직까지 그들의 밀착된 관계와 감정을 자각하지 못하고 있었다. 감당할 수 없는 쾌감과 당혹감에 그저 울어 버리는 미성숙한 소녀가 지금의 하진이었다.

분인(分人)이란 단어처럼 하진 안에는 많은 하진이 있었다.

프로페셔널한 작가, 냉정하고 치밀한 편집자, 상처일 수밖에 없는 가족 때문에 아픈 기억을 가진 어린 하진, 제 살길은 제가 개척해야 했던 힘겨웠던 청춘의 하진, 삼촌에게 의지하고 삼촌에게만 제 속을 내보이는 내성적이고도 조심스럽기만 한 하진, 그리고 제 남자에게 솔직하지 못한 울보까지…….

하진의 그 같은 실체를 3년 전에는 알지 못했다. 그녀와 함께한 시간을 허무하게 놓쳐 버린 것에 분노해 수호는 자신이 보고 느낀 것을 이해하려 들지 않았었다.

이젠 아니다. 이 기다림에 초조해하지 않고 어떤 기대를 하고 있었다.

늦게라도 깨달은 하진이 그만의 고혹적인 꽃이 되어 주기를.

지금은 그저 분명한 반응에 눈을 가린 겁쟁이 소녀일 뿐이지만, 한 걸음씩 다가와 그에게 먼저 입맞춤해 주길. 여인으로 탈피해 그를 미혹하고 잔인하게 홀려 주길.

"왜, 회사가 곧 네 수중에 떨어질 것 같아 흥분돼?"

수호는 고개를 돌려 노골적으로 적의를 드러내는 큰누나 수진을 바라봤다.

"아버지가 뭐라고 하셨는데? 금세 장르에서 꺼내 주겠다고 하셨어?"

아무 말도 하지 않는 수호를 대신해 수진은 제멋대로 시나리오를 써 내려가고 있었다.

"그건 회장님 사견이고, 회사 중역들은 그렇게 생각 안 해. 나랑 수연이도 그렇고. 그러니까 수호, 너……."

"큰누나."

친누나라기보다 라이벌 같은 수진을 보며 수호는 한숨을 쉬었다.

단 한 번도 혼자 이 출판사를 키워 나가겠다는 생각은 하지 않았다. 그런 그와 달리, 누나들은 자신들의 영향력과 위상만을 내세웠다. 동시에 그를 그들과 동일한 선상에 두려 하지 않고 터부시하며 그저 쳐 내고 싶어만 했다.

그런 이유로 수호는 순문학을 상위로 생각하는 누나들과 더는 대면하기 싫어 장르 문학으로 넘어갔다. 뭇 사람들의 추측처럼 억지로 떠안고, 견제당해 내쳐진 게 아니었다.

"이 회사가 아름다운 건 사실인데 가족끼리 상처 내면서까지 갖고 싶지는 않아."

"……!"

"그러니까 날 세우지 마. 난 괜찮지만 우리 가족이 아닌 이가 봤을 때 누나 모습, 그리 아름답지 않으니까."

제가 어떤 말을 한들 무슨 의미가 있을까.

한번 제 감정에 잠식되면 도통 의심을 풀지 못하는 게 인간이란 걸 알기에, 수호는 수진에게 인사를 하고 주차장으로 발길을 돌렸다.

강수호가 있을 곳은 이 화려한 건물이 아니었다.

스스로 갇혀 있던 하진이 조금씩 성장하고 변화하는 그곳. 그런 그녀와 경쟁하고 같은 고민을 하며 늘 가까이 있을 수 있는 곳. 그곳이 수호의 자리였다.

개인의 속내를 세밀하게 풀어내지 않고 철저히 제삼자인 입장에서 가공의 판타지 세계를 구축하는 건 지독한 현실을 살아 내는 것보다 쉬웠다.

공작새의 모든 판타지 소설은 그렇게 구현됐다.

만화방에서 읽었던 해적판 만화와 소설로 체득한 공상의 세계가 기꺼이 밑바탕이 되어 주었지만, 모든 것은 미진하고 각박한 현실 세계를 부정하고 싶은 지극히 사적인 욕망에서 비롯됐다.

상상 속에선 점점 더 좁아지는 집도, 극악무도한 빚쟁이도, 그로 인해 뭉개진 자존심을 애써 챙기는 초라한 하진도 없었다.

자유로운 영혼으로 모험을 하고, 정의롭고 강인한 주인공만이 존재했다.

삼촌은 공작새의 세계관이 다소 어둡고 세기말적이라고 했지만, 그건 철저히 계산된 장치일 뿐이었다. 하진은 로맨스 소설보다 현실적인 게 판타지 소설이라 생각했다.

판타지 세계엔 억지로 끼워 맞추는 로맨스는 존재하지 않으니까.

안경을 벗고 피곤한 눈을 지그시 눌렀다.

많은 이를 상대해야 하는 낮과 달리 밤은 오롯이 혼자만의 시간이었다. 그녀가 구축한 완전한 공간. 하진의 완전하고 안전한 세계.

어느 누구도 침범하고 범접할 수 없는 제대로 된 공간 하나를 갖기 위해 그토록 많은 밤과 시간을 들였고, 결국은 완성했다.

이 세계에서 그토록 많은 일을 진행했건만, 요사이 쓰는 이야기는 더 이상 진전이 없었다. 좋은 이야기를 쓰고자 하는 마음은 그 어느 때보다 강렬한데 평소의 절반도 써지지 않았다. 무엇보다 삼촌이 기대하며 기다리고 있기에 부지런히 진도를 빼고 싶은데, 머리가 순기능을 잃었는지 아무것도 생각나지 않았다.

"삼촌이랑 얘기하면 뭔가 풀릴 것도 같은데……."

전화를 걸어 볼까 싶어 시간을 확인하니 12시가 넘어 있었다.

마음은 굴뚝같았지만 혹여 겨우겨우 잠들었을지도 모르는 삼촌을 깨우는 상황이 될까 봐 하진은 욕심을 접었다. 설령 고통에 몸부림치다 지쳐 잠들었다 해도, 잠들기만 하면 됐다.

삼촌에게 그 어떤 진통제보다 귀한 약은 잠이었다. 이 순간 하진은 삼촌이 눈을 감고 두 손을 잡은 채, 아주 오래전 만화방에서의 기억으로 꿈결을 거닐고 있길 기도했다.

약간 긴장된 마음으로 책상을 손끝으로 두드리는데, 진동음이 울렸다.

혹시 이심전심?

하지만 삼촌을 기대했는데 강수호였다.

"이 시간까지 안 자고 웬 전화야, 이 인간은."

받을까 말까 고민하다 사악한 인간이 어디선가 그런 자신을 보고 있을 것 같은 불길한 상상이 마구 들어 소심한 마음에 전화를 받았다.

"네."

―안 자고 뭐해?

"자고 안 자고는 내 맘이고. 이 밤에 전화는 실례 아닌가?"

―계약자가 피계약자 챙기는 걸 실례라고 하나? 공작새는.

약아빠진 인간. 하진에게 개인적인 전화를 한 게 아니란 소릴 꽤나 우회적으로 하고 있었다.

"피계약자 상황 확인했으면 이만 끊으시죠, 계약자 씨."

―아직 아무것도 확인하지 않았는데 끊기는. 나와 봐.

"이 밤에 어디로 나오라는 건데?"

―집 앞이야. 빨리 나와. 추워.

전화는 그렇게 몰상식하게 끊어졌다. 상상한 대로 강수호는 하진을 아파트 현관에서 지켜보고 있었던 모양이다.

"무서운 인간. 징그러운 자식."

아파트 현관 출입문 앞, 강수호의 차가 보였다.

하진은 입고 있던 스웨터를 양손으로 촘촘히 여미며 차에 올라탔다. 엉덩이를 보조석에 대기도 전에 당겨진 몸은 어느새 강수호의 품속에 있었다.

"뭐하는 거야!"

스웨터를 꼭 붙들고 있던 터라 수호는 너무도 손쉽게 하진의 두 손을 옭아맸다.

"혹시 잊었을까 봐 확인시켜 주는 거야. 우리의 관계."

"읏!"

로맨스 소설에서나 있을 법한 강제적인 키스를 당했는데도 금세 녹아내리거나 욕구와 열정에 두려운 게 아니라, 이 밤에 이러고 싶을까 하는 생각뿐이었다. 그러면서도 기습적으로 입술을 열고 들어온 강수호에게서 약간 달달함이 느껴지기도 했다.

도대체 이 이율배반적인 기이한 감정은 뭔지…….

아직 낯설면서도 익숙한 강수호의 혀는 고대이집트의 미라처럼 스스로를 감싸고 있는 하진의 몸이 금세 달아오르도록 묘한 사술을 부렸다.

서로 다른 주인에게 속한 혀는 마치 짝짓기를 하는 야생동물처럼 적나라하고 노골적으로 얽혀 들었다. 손이 자유롭지 않아 도저히 어떻게 할 수가 없었다. 강수호가 끊임없이 주입하는 야릇한 기운 때문에 흥분한 입술이 가쁜 숨에도 절대 떨어지지 않았다는 것만 알았다.

숨이 차 죽기 직전에 공기가, 눈물 나도록 고마운 산소가 입안에 사르르 퍼졌다.

"강수호!"

"선택해. 여기, 너희 집, 내 집."

"뭘 선택하라는 거야! 이 색신, 색광아!"

"어디서 안길 거냐고. 선택해."

"……!"

이 섹스에 미친 인간. 20대 때에도 이 정도로 혈기왕성하지는 않았던 거 같은데, 왜 이렇게 갑작스레 섹스에 연연하고 섹스를 좇는 추잡한 인간형이 된 건지.

서로를 보지 않고 산 지난 3년이란 시간 동안 이 남자에게 대체 무슨 일이 있었나 싶었다.

"기막혀서. 넌 정말이지 사이코에…… 이 미친…… 아악!"

일순간 운전석에 완전히 눕혀진 하진 위로 수호가 덤벼들었다. 그러고는 이내 일을 치를 듯이 그녀의 목덜미를 파고들며 벌써부터 제 존재를 무섭게 각인시키는 남성을 아리도록 여성에 비벼 댔다. 그 순간, 정신이 번쩍 들었다.

"……우, 우리 집!"

하진은 막무가내로 덤벼드는 그에게 차 안이 아닌 최단 거리인 제 집을 외쳤다.

그 외침에 포장 이삿짐처럼 돌돌 말려 들려진 하진은 그 어떤 반항도 할 수 없었다.

고치에 숨은 나비도 아닌데 집 안으로 들어서자 하진은 순식간에 나신으로 탈바꿈됐다.

그녀의 외피를 벗기는 수호의 손끝은 사군자를 그리는 노련한 선비의 붓끝처럼 절도와 여유가 배어났다. 일순간 한지로 탈바꿈한 하진의 육체에 하나둘씩 선이 그려졌다. 그렇게 단 한 사람만의 그림이 완성되어 갔다.

늘 그렇듯 시작은 무척이나 강압적이고 강제적인 분위기를 조성하면서 정성스런 키스와 에로틱한 애무는 결코 짧지도, 의례적이지도 않았다.

마치 하진의 발목에 새겨진 새침한 공작새가 크고 아름다운 꼬리를 펴 그 자태와 위용을 자랑하길 바라고 원하는 듯, 전희를 위해 공을 들이는 섬세하고도 미려한 자극은 점점 더 강력하니 아찔해지기만 했다.

키스는 아기처럼 몸을 동그랗게 말아 움츠러든 하진의 얇은 발목을 정점으로 빠르게 퍼져 나갔다. 버티고 아니라고 부정하려 해도 온갖 기관과 감각점에 기막히게 불을 지펴 달구는 정확성과 노련미에 하진은 금세 의지를 잃었다.

강렬한 터치로 완성된 그림에 최종적으로 낙관을 찍듯 녹진해진 몸 안으로 깊게 파고든 분신으로 인해 상앗빛 나신은 한순간에 접히고 꺾였다.

오늘도 절절한 감각이 절박한 감정을 사뿐히 밟아 우위를 차지했다.

요사이 늘 이 지경이었다.

로설 업계 승부사로서 찬란한 승률을 자랑하는 자하의 편집 장은 이김사가 아닌 강수호 개인에겐 너무도 쉽게, 너무나 어 이없게 패했다.

딸깍.
고른 숨소리에 수호는 스탠드를 켰다.
녹초가 돼 잠이 든 하진을 약한 스탠드 불빛이 보호하듯 감 쌌다.
따뜻한 그 불빛은 수호의 품에, 손끝에 닿아 있는 하진을 달콤한 버터빛으로 물들였다.
강수호의 몸 끝과 손끝에 닿아 있는 하진.
책 제목처럼, 글의 문구처럼 소유하고 소장하고 싶은 구절 이었다.
수호는 살짝 벌어진 하진의 입술을 손가락 끝으로 훑었다. 그것을 물꼬로 손길은 수호의 마음처럼 사방으로 번지고 이어 졌다.
오뚝한 코끝, 완만하면서 곧은 눈썹, 곱게 팬 인중, 기막히 게 올라간 처마 끝 같은 입술.
단 한 번도 이런 어유를, 이만큼의 비밀스럽고 행복한 유희 를 누려 본 적이 없었다.
늘 쫓기듯 단숨에 끝이 나 버린 관계는 허무했으나 결코 놓 을 수도, 포기할 수도 없는 하진과의 유일한 교감이자 아슬아 슬한 끈이었다.

미칠 듯한 쾌락이 전부가 아니란 걸 알면서도 도통 속을 보이지 않는 하진에게 수호는 그 어떤 것도 바라고 요구할 수 없었다.

아슬아슬해도 결코 놓을 수 없기에 7년을 유지했던 관계. 그러나 모든 순간은 하진의 의중으로 연장되던 시간이었다.

지난 7년 동안 단 한 번도 허용되지 않던 이 꿈같은 시간과 달콤하고 알싸한 유희가 한 달 사이 짧은 주기로 반복되고 있었다. 각성한 수호의 의지와 노력으로, 어쩌면 계략이라고 할 수 있는 계약으로.

진작 제가 하진에게 진정으로 바라고 원하는 게 무엇인지, 저를 무겁게 짓누르던 감정과 동요가 무엇인지 인정했더라면 3년이란 시간을 하진이 없는 곳에서 허물어진 채로 허비하지 않았을 터였다.

깨달음의 시간이었기에 무의미하지 않았지만 내내 고통스러웠다.

버림받았다는 명백한 사실과 강수호는 하진에게 아무것도 아니란 지독한 현실에.

하진이 금세 그와 같은 비중의 인물을 만들어 강수호란 남자를 완전히 잊어버릴 것 같았다. 그 명징하고도 강렬한 두려움에 미칠 것 같은 날들이 이어졌다.

다행히 수호를 미치도록 괴롭히던 상상 속 인물은 없었다. 고집스런 하진은 그 이후 누구와도 아무 짓도, 아무것도 하지 않았다. 수호처럼.

이럴 땐 외골수이면서도 타인을 신뢰하지 않는 그녀의 고집스런 성정이 무척이나 고마웠다.

이 모든 걸 말로 표현할 수 없어 답답하기 이를 데 없지만 참아야 했다.

그 자신만큼이나 하진이 괴로운 과정을 겪는 걸 원치는 않지만, 지금은 자신의 감정을 눈치채지 못하는 하진에게 모든 걸 친절하게 알려 줄 수 없었다.

답은 그녀 스스로 찾아야 했다.

인생의 황금 열쇠는 제 스스로 찾아야 그 기쁨이 배가 된다.

의도하지 않더라도 하진에게 혼란이 올 것을 알고 있다. 자신이 그랬던 것처럼.

아직은 시작이니 한참을 더 겪어야 했다. 자문하다 결국 저를 찾아 물을 때까지.

그날이 멀지 않았으면 좋겠다.

그날을 기다리다 그가 죽어 나갈 것 같으니까.

그런 이유로 이 순간 족히 열 번은 더 품고 싶은 바람과 욕심을 접고 자리를 떠나야 했다.

몸이 의지에 반하는 본능적인 행동을 하기 전에.

꽃처럼 피어오르는 하진을 다시 또 한 잎, 한 잎 떼어 삼키기 전에.

몽실몽실 퍼져 시야를 완전히 장악하는 연무 같은 그녀를 모조리 집어삼키기 전에.

지금 당장.

하진은 알 수 없는 이유로 아침부터 심사가 불편했다.

늘 하던 지리한 교정은 진도가 나가지 않았고, 100퍼센트 작가의 의도대로 써진 일차원적인 책 소개는 왠지 책 내용과 동떨어진 듯해 이대로 통과시킬 수 없었다.

전화기를 들어 수정을 언급하기 전, 하진은 다시 한 번 책 소개를 확인했다.

백설공주를 보호하는 일곱 난쟁이들처럼
상아를 보호하는 일곱 남자들의
무지갯빛 아롱다롱한 이야기이자
가족의 힘으로 다시 일어서는 엄지공주 상아의 행복한 성장통 이야기.

들여다볼수록 공감할 수 없는 문구였다.

냉정하게 말해서 책의 내용과 상이하다고는 할 수 없지만 수긍하고 싶지 않았다.

'상아'라는 여주인공의 성장이 이 문구들처럼 정녕 가족의 힘이었을까.

가족, 형제, 연인이 모든 문제의 해결이자 열쇠가 되어 준다는 설정이 공상 과학처럼 뜬구름을 잡는 것 같아 불편하고 언짧았다.

하진에게 가족이란 등짐처럼 내버리고 싶기만 한 존재인데, 소설 속 착한 척하는 여주의 곱디고운 천사표 심사가 영 마음에 들지 않았다.

까다로우면서도 날로 스마트해지고 감각적인 독자들을 움직이고 유혹해야 할 문구가, 아동문학도 아닌데 유치한 단어의 나열과 조합으로 보여 이 또한 심란했다.

책 소개가 늘 그렇듯 작가의 펜심과 의도를 적극 반영해 이대로 지나치자니 이 문구에 공감도, 동감도 하지 않는 그녀가 천하의 둘도 없는 막장 인간형 같아 오케이를 외쳐야 하는 손이 공중에서 길을 잃었다.

"팀장님, 왜 그러고 계세요?"

하진은 공중에 들린 손을 내리고 앞에 선 아현을 쳐다봤다.

"왜?"

다소 귀찮아하는 하진의 추궁에 아현은 우물거리던 입을 뗐다.

"다름이 아니라 팀장님 쌍둥이 오빠분이요, 지금도 그렇겠지만 어릴 때도 인기 많았죠?"

"……."

"막 여자들이 들이대고 팀장님한테 선물 주면서 오빠 가져다주라고 시키고, 그러면서 주위에 여자들이 끊이지 않았죠?"

이게 다 무슨 소린지. 하진은 아현의 의중을 읽어 내기 난해해 횡설수설하는 그녀를 관람하듯 쳐다봤다. 마치 계속해 보라는 식으로.

"팀장님!"

하진은 팔짱을 낀 채 아현의 다음 말을 기다렸다.

"쌍둥이 오빠분 번호 좀 알려 주세요."

시쳇말로 '헐'이었다.

"회식 때 제 번호를 물어보지 않아서 팀장님 통해 알아보려나 했는데, 지금까지 연락이 없어요. 그냥 제가 하려고요, 더는 기다리지 않고."

오전 내내 나빴던 하진의 기분이 아현으로 인해 정점을 찍었다. 연락이 없으면 그 신호를 현명하게 알아들어야지, 이렇게 수소문하고 다닐 게 아니라.

하진은 뭐 마려운 고양이처럼 버티고 서서 도통 사라지지 않는 아현을 냉정하게 노려봤다.

무난한 가정에서 별다른 고생 없이 큰 고명딸. 여태까지 인생의 큰 파고도, 실패도 없었을 테고 지금껏 한 연애도 자기 본위로 무난하고 무탈했을 테지.

이대로 쭉 가는 게 좋을 거다. 괜히 액면가에 혹해서 오물 같은 인간 때문에 개고생하지 말고. 혹시나 연애라도 하다 하륜의 실체에 기함하고 상처 입으면, 약진하며 도약하는 자하 출판사에 안 좋은 영향을 줄 수 있었다.

그런 불상사는 기필코 막아야 했다.

진심과 양심에 기인해 두 사람의 인연을 원천 봉쇄해야 했다.

"내 기억으론 유치원 때부터 여자애들을 그림자처럼 달고 살았어. 하룬 주특기가 처음엔 여자한테 헤프게 웃으면서 무조건 잘해 주는 거야. 그러다 모든 남자들이 그렇듯 홀라당 넘어왔다고 생각되면 성의나 영혼 없이 대하다 결국엔 다른 여자로 갈아타. 그래도 뒤끝은 없어. 한번 싫증 난 여자한테 다시 연락하거나 껄떡거리지는 않으니까."

"……."

"직업도 맨땅에 헤딩해야 하는 자영업자야. 거기다 회사도 무턱대고 돈 빌려준다고 하는, 현해탄 건너온 제3금융일걸. 퇴직금은 물론이고 연금 그런 것도 전혀 없고. 그리고 결정적으로……."

침묵하던 아현은 하진의 입과 표정에 집중을 했다.

"우리 집, 종친들 수두룩한 시골 종갓집이고 가난해. 것도 몹시."

"……."

"그래도 줘? 연락처."

평소 하진이 농담일랑 일절 하지 않는 인간형에 본 대로 입바른 소리만 하는 달인이기에 아현은 고민하는 듯했다.

'그래, 고민해라. 이렇게 아끼는 마음으로 말릴 때 정신 차려, 백 여시.'

"고민 좀 해 보고요."

"고민해 봐. 신중하고 성실하게."

아현은 인사도 하는 둥 마는 둥 하며 제자리로 돌아갔다.

그런 거다. 인간은 얼굴처럼, 직업처럼 눈에 보이는 게 전부다.

격렬한 밤을 보낸 후 한마디 없이 사라졌다면 단박에 알아채야 했다.

강수호가 하진을 어떻게 생각하는지, 그가 지금 그녀에게 무슨 마음으로 이러는지…….

인정하기 싫지만 왜 이렇게 아침부터 지금까지 기분이 나쁜지 알았다.

이는 명백한 복수고 보복이다.

지난 시절, 하진이 했던 행동을 그는 열 배, 스무 배로 갚고자 했다. 그때 받았다는 모멸감, 배신감을 되돌려 주려는 그 졸렬한 심사가 고스란히 느껴졌다.

새벽, 선뜩한 기운에 눈을 뜬 하진은 강수호가 있던 자리가 깨끗이 비어 있다는 것을 알아챘다. 그의 집에서 아침을 함께했을 때와는 상이한 기분에 왠지 비참한 감정을 느껴야 했다.

왜인지는 모르나 기만당했다고 느껴졌다. 그 뜨겁던 품도, 따뜻했던 손도, 부드럽던 입술과 에어백처럼 든든하고 믿음직했던 몸까지 전부 계산이자 철저한 계략이라고.

그를 되돌아보게 만들고 종국엔 배신하는 거추장스러운 감정이 맞았다.

대책을, 대응을 강구해야 했다.

이대로 불쾌하고 불편하게 끌려가는 건 하진답지 않았다.

하진은 핸드폰을 찾아 단축키를 눌렀다. 늘 그렇듯 단번에 받을 어른이 아니기에 한참 기다릴 생각을 하는데, 이내 상대의 목소리가 들렸다.

"저예요."

―어쩐 일이야, 하 사장이?

이 할배가 정말. 그래, 참자. 이 순간은.

"어쩐 일이긴요. 그때 말씀하신 건 어떻게 됐어요? 이김사 사장 결혼 얘기요."

―뭘 어째, 잘 진행되고 있겠지, 뭐. 금세 말이 나오지 않았어? 이것도 정략결혼인데 말 나오면 바로 치르겠지. 귀한 아들 기 센 누나들한테서 지키려면.

"……."

―내 생각엔 이김사 사장한텐 그런 백그라운드가 굳이 필요할 것 같지 않지만.

"근데 왜 여태 말이 안 돌아요? 저번에 심사에 당첨된 영애들 세 명으로 압축됐다고 하셨잖아요."

―했지, 하기야. 좀 기다려 봐. 늦어도 이번 달까지는 말이 나올 테니까.

이번 달이라. 11월이 얼마나 남았지?

"확실한 거죠? 믿어도 되는 거냐고요, 그 정보."

왠지 모르게 알 수 없는 불안감에 하진은 자꾸 추궁하고 재촉하게 됐다. 그래서인지 담담했던 그녀의 톤이 평소보다 살짝 분분했던 모양이다.

―왜? 무슨 일 있어?

박 영감이 이리 심각하게 묻는 걸 보니.

"무슨 일은요. 확인하는 차원에서 그런 거죠. 조만간 들를 게요."

―그래. 근데 네 삼촌은 어때? 가야지 하면서 한 번을 못 가고 있다, 내가.

"그만, 그만하세요. 전 그 정도도 감사해요."

―그러냐……

"들어가세요. 또 연락드릴게요."

전화를 끊고도 하진의 불안한 마음은 수그러지지 않았다. 물론 박 영감의 정보통은 의심 없이 신뢰했다. 늘 그가 물어 주는 엑기스 같은 정보는 신생인 자하 출판사에 많은 득이 됐다.

박 영감은 그렇게 자하 출판사를 살피고 도와주었다.

자신이 등단시킨 작가라서. 현수의 어여쁜 조카란 이유로. 소신과 개성 있는, 성장이 기대되는 출판사라서. 그는 현수와 오래된 인연이라며 자하를 마치 자기 회사처럼 아꼈다.

두 사람은 도대체 어떤 인연이었을까……

두 사람 다 인연이 깊다고만 했지 그 스토리를 풀어 말해 준 적은 없었다.

"팀장님."

혜진이 살짝 상기된 얼굴로 데스크 앞에 섰다.

"응."

"저희도 초판 부수 현저히 낮춰 찍어서 증쇄한다고 그럴까요? 근데 그런 기획적인 술수, 팀장님은 싫으시죠?"

하진의 눈치를 보면서도 혜진은 그러고 싶은 마음을 숨기지 않았다.

"무슨 소리야?"

하진의 질문을 기다렸다는 듯 혜진이 이야기를 풀어냈다.

"예전에 저랑 같이 일했던 편집자가 지금 윤진 출판사에 있는데, 이번에 저랑 붙은 라인업에서 제 책 반응이 시들한 것에 비해 자기가 낸 책은 증쇄한다고 호들갑을 떨더라고요. 근데 그게 도통 믿기지가 않아서 말이죠. 그 소설, 저희 출판사에서 까이고 윤진에 넘어간 책이잖아요. 그때 팀장님도 이북은 몰라도 종이책으론 약하다고 하셨거든요. 문체나 주제는 좋은데 확 당기는, 이를테면 야마가 약하다고."

"정은비 작가가 보냈던 소설?"

"역시나 기억하시는구나!"

혜진이 엄지를 치켜세우며 팀장님의 기억력은 기막히단 소릴 연달아 해 댔다.

"네, 그 소설이요. 그 책이 믿을 수 없게 예판 뜨고 한 달도 안 돼서 2쇄를 찍는다고 하더라고요. 그래서 생각해 봤는데 아무래도 초판 부수를 기본 이하로 찍어서 증쇄한다고 하는 거 같아요. 일종의 홍보 수단이긴 한데, 그렇게 얕은 수를 쓴다고 해도 출판사나 알지 누가 알겠어요."

혜진은 얕은 수가 확실하다는 투였다. 이는 위험한 생각이다.

"거야 모르지."

"네? 그게 무슨 말씀이세요?"

"우리가 간과하고 놓친 무언가가 그 소설에 있었는지, 또 책 시안이랑 책 소개가 독자들의 취향을 절묘하게 저격하고 호기심을 끌었는지 모르는 일이니까. 혜진 씨랑 내가 이 업계에서 제법 연차가 됐다고 해도 우리가 전부를 확신하고 알 수는 없잖아."

말 그대로 다 알 수는 없다.

어느 정도의 부수를 예상하고 전반적인 흐름은 읽을 수 있지만 로맨스 소설은 '개취'라는 말이 있는 것처럼 저마다의 취향이 다르다. 또 작가와 책의 기막힌 운과 우주의 에너지가 닿아 부수가 기대 이상으로 좋을 수도 있고.

살짝 풀이 죽은 혜진이 제자리로 돌아가자, 하진은 모니터에 뜬 책 소개를 다시 한 번 눈으로 읽었다.

가족의 힘으로 다시 일어서는 엄지공주 상아의 행복한 성장통 이야기.

지지하고 응원하는 문구는 아니었다.

가족의 힘 같은 기적은 믿지 않았다. 그것을 단 한 번도 겪어 보지 못한 하진의 입장에서는 허울뿐인, 허물어진 모래성 같은 이야기였다.

그녀에게 남녀 간의 감정이 거추장스러운 것이라면, 가족의 사랑은 신기루나 마찬가지였다. 둘 다 신뢰할 수 없고 불안정하단 사실은 동일했다. 물론 로맨스가 개인 취향에 따라 반응이 갈리는 것처럼 이 또한 가족 공동체를 바라보는 하진의 지극히 사적인 생각과 입장일 뿐이었지만.

그 밤 불같은 섹스를, 불꽃같은 기묘한 감정을 나눴다고 생각했는데 강수호는 아침을 함께하지 않았다.

기분 나쁘거나 흔들릴 이유 같은 건 없었다.

보복이자 복수라고 괜히 혼자 나대거나 흥분할 것도 없고.

저마다 달랐을 뿐이야, 하진. 네가 이런 생각을 하고 잡념에 빠질지 몰랐던 것처럼.

단지 그뿐이야. 그게 다인 거야.

복잡하고 혼란스러울 이유는, 전혀 없는 거야.

이 시대 모든 만화방이 이런 모습은 아니지 싶었다.

카페도 아닌 것이 그렇다고 호텔을 표방하는 모텔도 아니었다. 상당히 쾌적하고 세련됐으며 퀴퀴한 냄새가 나는 어두운 옥탑방이나 외딴방 같은 분위기도 전혀 없었다.

개인의 공간을 확실히 확보하면서도 테마와 분위기에 따라 공간을 선택할 수 있고, 곳곳에 어덜트 취향의 피규어나 장난감도 보였다.

충격이었다. 하진이 경험한 꿈의 공작소는 결코 이런 아방

가르드하고 해체적인 분위기가 아니었다. 그래서 그런지 이미 몇 번 경험을 했으면서도 여전히 적응이 안 되고 기이하게만 느껴졌다.

"뭐야? 책은 안 보고 뭘 그렇게 둘러봐? 왜, 아직도 적응이 안 돼? 이 발랄하고도 최적화된 공간 분할 미학이?"

입안 가득 군것질거리를 담았지만 초아는 의사 전달에는 전혀 문제가 없었다.

적응이 안 되는 건, 만화방이 아니라 초아였다.

스물세 살 때 하진의 애처로운 발목에 구슬픈 공작새를 그려 넣었던 초아는, 그해 타투 꿈나무에서 빛나는 주부로 순식간에 갈아탔다.

지금도 그녀는 나이 차 나는 남편과 잘 살고 있었다. 문제라고 한다면 결혼 9년 차에도 아이가 없다는 것뿐.

홍대 앞에서 남편과 일식집을 하는 초아는 한 달에 두 번 휴가를 받았다. 그때마다 하진은 늘 이곳, 서교동 최신 설비의 카페식 만화방에서 그녀를 만났다.

하진이 맨 처음 초아를 만난 곳도 삼촌의 만화방이었다.

이것저것 달달한 걸 먹기 바쁜 초아의 손가락에는 별과 하트, 알 수 없는 이슬람 문자가 반지처럼 찬란하게 수놓아져 있었다.

히피 스타일인 그녀가 일식집 장금이라니, 너무도 급격한 방향 전환에 하진은 아직까지도 긴가민가했다. 이 아이가 정말 그때 그 아이인가 해서.

"왜 그렇게 봐? 남편 사랑 듬뿍 받으면서 사랑도, 돈도 쥐고 행복하게 사는 거 보니까 부러워? 막 결혼이 하고 싶지?"

"그럴 리가."

"그럴 텐데."

"절대 그렇지 않아."

"그래야 하는데……."

초아는 여전히 생각이 얕고 철이 없었다. 사실 그 점이 맹점이자 매력이지만.

"성공 좋지. 근데 함께 나눌 상대가 없으면 빈 수레 혼자 머리에 이고 가는 거랑 마찬가지다. 결코 빛나는 티아라나 화려한 크라운은 될 수 없어. 그러니까 함께 축하해 줄 마음 따습고 몸까지 따스운 일명 피드백맨을 찾아."

"……."

"침대에서의 열렬한 대화까지 완벽한 남자면…… 내가 갖고 싶다, 세컨드로."

하진은 불건전한 정서로 일탈을 상상하는 철없는 유부녀를 쳐다봤다.

"지금 노려보냐?"

"아니."

"아님 왜 그렇게 보는데?"

"너희 집에 계신 어르신이 불쌍하기도 하고 걱정도 돼서."

하진은 마스다 미리의 만화책으로 시선을 옮겼다.

"불쌍하긴. 너 그런 고정관념 버려. 나이 어린놈이 무조건적으로 오래하고 셀 거라는 허무맹랑한 기대. 나이 많은 남자가 정력이 약할 거라는 무지몽매한 편견. 그리고 나처럼 행복한 유부녀는 애인을 원하고 바라지 않을 거란 순진한 착각. 또 너같이 능력 있는 쿠거한텐 언제나 남자가 따를 거란 오만 같은 거."

초아는 손가락에 낀 꼬깔콘을 잘도 쏙쏙 빼 먹으며 떠들어 댔다.

"하나 정정하자. 난 네가 말한 고정관념에 동의하지도 않고 어린 남자 찾아다니는 나이 든 독신 여성도 아니거든. 나 너랑 동갑인 서른둘이야. 남자도 동시대를 살아 낸, 그 나이 때를 좋아하고. 네 말처럼 매일매일 행복하니까 네 나이도 잊었어?"

마스다 미리의 절묘한 대목에 시선을 둔 하진이 대충 대답했다.

만화방에 오면 하진은 늘 이 작가의 책을 봤다. 일상적인 스케치라 별다른 내용이 없는 것 같은데 매번 공감하고 동의하게 되는 이상한 동질감이 느껴졌기 때문이다.

전반적으로 일본의 외설적이고 별스런 만화나 지극히 병적이고 개인적인 사소설(私小說)을 좋아하지 않는 하진으로서 이 같은 동요는 의외였다.

생각해 보면 그랬다. 제가 좋아하는 것에 대해서는 기존에 갖고 있던 편견이 너무도 쉽게, 아무렇지도 않게 허물어졌고 그것만은 예외 선상에 두었다.

"그럼 이렇다 할 고정관념도 없는 애가 왜 연애를 못 하는 고? 너, 남자랑 자 보긴 했어?"

초아는 하진을 무척이나 고루하고 고지식하게 생각하고 있었다. 이 또한 대단한 착오이자 착각일 텐데 말이다.

"안 잤으면?"

"자야지, 얼릉얼릉."

꽤나 심각한 표정으로 초아가 답했다.

"잤으면?"

"잤어? 네가? 누구랑! 네 주위에 그럴 인물이 어디 있다고!"

믿기 어렵다는 얼굴의 초아가 흥분해 눈을 반짝였다.

"그러니까 잤으면?"

"뭘 물어. 더 열심히, 더 자주자주 붙어 자야지. 뭣이냐, 용불용설이란 말도 있고 무엇보다 정 붙으라고."

"잠자리하면 정이 붙는다고 누가 그러는데?"

"누가 그러긴, 내가 그러고 온 국민이 죄다 그러지. 생각해 봐라, 정이 안 붙을 수가 있겠어? 단순히 민낯도 아니고 서로가 가장 원초적이고 적나라한 모습을 보이면서 피부, 호흡, 열기, 땀, 아니지. 타액, 체액까지 다 공유한 사인데⋯⋯."

"아줌마, 말 좀 가리지."

하진의 핀잔에 초아는 주위를 둘러보더니 톤을 낮추었다.

"그러니까 내 말은⋯⋯ 낳아 준 엄마랑도 그렇지는 않잖아. 그러니까 정이 드는 거지. 그것도 찰떡처럼 철썩하고. 왜, 요즘 잘나가는 노래 가사에 찹쌀떡이라는 랩도 있더만."

부리부리한 눈에 반해 다소 맹한 게 매력인 초아는 제 콘셉트와 전혀 매치가 되지 않는 말을 하곤 다시 열 손가락에 꼬깔콘을 꽂으려고 무진장 애를 썼다.

섹스는 예나 지금이나 익숙한 누군가와 적당히 누리고 있었다.

연애는 못 하는 게 아니라 안 하는 거고. 무엇보다 피곤하고 귀찮을 게 뻔한 파트너의 행태를 수용하고 감당할 의지와 여유가 없었다.

결혼은 할 수 있겠지만 할 만한 임자, 해도 되겠다 싶은 마땅한 상대를 아직 발견하지 못한 것뿐이다.

그녀는 개념 있고 개성 강한 비혼인자, 독신주의도 아니었다. 다만 가족과 결혼이란 큰 명제와 울타리를 신용하지 않는 입장에서 이 모든 것들은 선택할 문제지, 반드시 해야 할 과제가 아니었다.

다 좋은데, 일주일 가까이 강수호에게서 연락이 없었다. 그 사실이 신경 쓰였다.

솔직히 신경 쓸 이유 같은 건 없었다.

지난 3년 동안 하진은 단 한 번도 강수호를 떠올린 적이 없었으니까. 그렇다고 아주 없었다고 할 순 없었다. 강수호와 섹스하는 꿈을 꾸긴 했다.

그게 한 달에 한 번이었는지 일주일에 한 번이었는지 정확하게 기억은 나지 않지만 아프거나 피곤할 때, 너무 바쁘게 일을 하고 잠든 날엔 어김없이 강수호와 몸을 나누는 어이없는 꿈을 꿨다. 그렇다 해도 현실에서 강수호를 떠올렸던 적은 없었다. 그런데 일주일 동안 그에게서 연락이 없다는 사실에 처음으로 신경이 쓰였다.

며칠 사이에 마구 부려 먹어서 미안함에 주는 일종의 안식년, 아니, 안식일인가.

하다하다 별생각을 다 하는구나, 하진.

연락을 하지 않는 게 자연스럽고 당연한 것일 수도 있다.

가져와야만 하는 저작권 때문에 재회했고 나쁘지 않은, 솔직히 전희든 후희든 상당히 좋았던 서너 번의 잠자리가 전부였으니 연락을 기대하고 기다릴 이유는 없었다.

인생에서 제일로 궁핍하고 눈물 나던 날, 제 방식으로 하진을 다독여 주었던 푼수 초아를 만나는 이런 의미 있고 뜻 깊은 날에 어렵게 만나는 친구보다, 언제나 공감하고 후하게 별점을 주게 되는 마스다 미리의 만화책보다 뜬금없는 재회 후 서너 번의 잠자리를 함께한 강수호가 신경 쓰였다.

지난 3년 동안 단 한 번도 현실에서 궁금해하지 않았던 강수호가 지금은 이상할 정도로 신경을 건드리며, 멘탈을 갉아먹고 있었다.

chapter 5

혼란 야기

월요일 회의는 11시가 되도록 계속됐다.

"신인 작간데 서평 이벤트는 당연히 해야죠. 늘 저희 블로그를 방문하는 독자들만 신청하는 경향이 있어 약간은 식상하고 뻔한 요식행위 같지만, 우리 출판사를 애정하는 독자들은 이제 가족 같은 동질감이 느껴져서 신인이라 해도 그렇게 나쁜 평을 하지 않을 테니까……."

"그러니까 하지 마."

결정적 한마디에 모두가 하진에게 집중했다. 그중에서도 지금까지 서평단의 좋은 예와 순작용에 대해 설명하던 혜진의 시선이 가장 복잡하고 미묘했다.

"아무런 홍보 없이 독자들 관심 끄는 건 무리란 거 아시잖아요. 매일같이 책이 넘치도록 쏟아지는데, 우리 출판사가 나름의 인지도와 색깔이 있다 해도 위험해요. 그리고 이번 책은 작가 이름만큼이나 생소한, 서사 위주의 스토리란 거 아시잖아요."

"알아."

"그런데도 서평 이벤트 없이 간다구요?"

"응."

일관되게 단호한 입장을 보이는 하진에게 동의할 수 없다는 듯 혜진은 긴 한숨을 연거푸 내쉬었다.

"팀장님, 그러다 이 아이 빛도 못 보고, 제대로 된 평가도 못 받고, 달달한 남주만 편애하는 독자의 첫 서평에 저평가받고 결국 어이없이 사장되면요!"

마치 자신이 앞으로 당할 일인 양 혜진은 상당히 억울해하고 답답해했다.

타당한 해명을, 분명한 취지와 이해 가능한 명분을 내놓으라는 그녀의 따가운 시선에 하진은 입을 뗐다.

"요사이 나온 책 중에서 보기 드물게 소재 독특하고 문체 진중해. 당장은 아니라도 반드시 빛은 볼 거야. 그런 확신으로 낸 책이고. 그러니까 이번에는 요란하고 작위적인 행사 없이 가 보자는 거야. 누군가의 친절한 서평이나 가이드 없이 이 아이의 민낯으로 승부 보고 싶어, 가능하다면."

"팀장님은 독자들을 어디까지 믿으세요?"

혜진은 자신에게 정조준된 하진의 시선에 기회다 싶은지 말을 이어 갔다.

"아닌 듯해도 로맨스 독자들 보수층만큼이나 색깔이 분명한 사람들이에요. 좋아하는 작가 책은 우선적으로 또 무조건적으로 사고 보는. 실상은 별다르지 않고 어느 드라마에선가 본 듯한 흔한 스토리인데도 잔잔해요, 재밌어요, 저는 좋아요 하는, 애플 마니아만큼이나 충성도와 지지도가 높은 부류라고요. 그러면서도 이제 막 입봉한 신인 작가들한테는 이리저리 재고 야박하게 평가하는 사람들이에요. 팀장님도 잘 아시잖아요."

"그래, 알아. 그런 독자들도 있다는 거."

"그런데도 손 놓은 채로 이 소설을 알아볼 독자를 무작정 기다리자는 거예요? 그러기엔 책이 너무 많이 쏟아져 나와요. 까딱하면 타이밍 놓쳐서 사장된다고요."

하진은 혜진이 이번 책을 무척이나 마음에 들어 한다는 걸 알고 있었다.

이 또한 취향일 수 있지만, 하진이 직접 스카우트해 데리고 온 혜진은 로맨스에 꾸준히 등장하면서도 언제나 지지층이 굳건한 '발암 신파'나 평이하고 달달함을 지향하는 소재의 소설을 터부시했다.

신문에도 나왔듯, 한 사람당 한 달 평균 2만 원 정도의 금액만 투자하며 책을 사 보는 각박한 시대다.

하지만 독자 입장에선 적지 않은 돈을 주고 사 보는 책이니만큼 장르란 정체성에 맞게 쫄깃한 재미는 기본이요, 정보와 지식, 교양, 더불어 한순간이라도 먹먹한 지점이나 지금의 일상에 감사하는 마음 등 작가의 의도와 생각에 대해 지지와 의문을 동시에 갖는 포인트가 있어야 한다고 생각했다, 편집자 혜진은.

결코 틀리지 않은 말이었다.

편집자로서 반드시 갖추어야 할 기본적이고도 건강한 마인드고.

하진도 이번 신인 작가의 책은 무척이나 좋았다. 작가를 직접 만났을 때의 느낌도 나쁘지 않았다. 앞으로도 지금처럼 서사 위주의 작품 스타일을 유지하며 발전해 나가고 싶다 했을 때는 기특해서 훈훈한 웃음이 나올 정도였다.

북유럽 동화를 판타지풍으로 각색한 틀에서 마음껏 상상의 나래를 편 것도 마음에 들었다. 중언부언하지 않으면서 가독성 있는 절제된 문장. 적당한 유머와 해학까지 곁들어져 있어 작품의 퀄리티에 부족함이 없었다.

굳이 약점을 하나 꼽자면 로맨스 소설인데 로맨스가 부족했다. 그것도 상당히. 물론 이야기를 끌고 가는 힘이 중도에 늘어지지 않아 빈약한 로맨스 부분이 커버되긴 했다.

그런 이유로 이런 결정을 내렸다.

작가 이름과 명성, 비블리오그래피에 혹하지 않고 진부함을 거부하는 새로운 독자층이 이 작가에게 필요하기에 약간의 모험을 시도했다. '개취'라는 이상하고도 타당한 말이 만연한 이 업계에서도 현명하고 스마트한 독자라면 언젠가 분명히 이 작품을 알아보리라. 조금 시간이 걸려도 결국은 사랑받고 인정받으리라.

하진은 그런 앞선 마인드를 가진 든든한 독자층이 이 신인 작가의 첫 독자였으면 했다. 친절한 서평 없이 스스로 찾아보는 고마운 독자가.

결국 제 힘으로 평가받고 살아남아 오래도록 회자되기를 바랐다.

이런 생각과 의도를 똑똑한 혜진이 읽어 내길 바랐다.

회의는 끝까지 납득할 수 없어 하는 혜진과, 결정을 밀어붙인 하진의 독단을 기저로 서늘한 분위기로 끝이 났다.

하진은 어수선한 기분에 점심을 거르고 건물 옥상으로 향했다. 옥상이라고 올라와 봤자 드라마에 나오는 근사한 건물 같은 건 없고 그저 고만고만한 건물들만 보였다.

유일하게 꽉 막히지 않은 곳은 하늘뿐이었다. 하늘을 보니 의식에 밑동을 차지하고 있는 강수호가 여지없이 생각났다.

그날 말이 떨어지기 무섭게 달려들던 인물이 말도 없이 사라져서는 오늘까지 연락이 없었다.

강수호도, 그보다 기대하고 기다리는 그의 결혼 얘기도. 그날 밤 별다른 말도 없었고, 이상한 점도 없었다.

하진, 뭐하니. 왜 그렇게 강수호 생각을 수시로 하는데? 넌 받을 거 받고, 줄 것 주고 그냥 그렇게 있다가 강수호 결혼 얘기가 나오면 전처럼 최대한 무감하게 헤어지면 되는 거야. 도대체 뭐가 문제인 건데?

글쎄, 뭐가 문젠지 모르겠다.

"정이 안 붙을 수가 있겠어? 단순히 민낯도 아니고 서로가 가장 원초적이고 적나라한 모습을 보이면서 피부, 호흡, 열기, 땀, 아니지. 타액, 체액까지 다 공유한 사인데……."

그동안 안 붙던 정이 이제 와 단 몇 번의 관계로 찰떡처럼 붙은 것도 아닐 테고. 지난 시간들과 다른 점이 있다면 대화라고 하기도 뭐한 대화였다.

과거 하진은 강수호와 대화를 나누거나 간단한 안부를 묻는 일조차도 없었다.

말보다는 좁은 공간에서 언어를 대신한 각자의 열기 가득한 눈빛, 낯설면서도 어쩌면 익숙하고 농익은 서로의 숨소리만 있었을 뿐.

강수호와의 그 같은 관계를 맺기 직전, 만났다고 하기도 애매한 인물이 있긴 했다.

좋아하는 마음보다 유학이란 떠남과 타국이란 매혹적인 자유를 갈망해 흔들렸다.

늘 타인에게 퍼 주고선 하진에게는 부탁하고 눈치만 보는 가족들로부터 한순간이라도 벗어나고 싶었다.

하필 그때, 하륜이 피라미드에 빠져 금전적으로 엄청난 사고를 쳤다. 그런 이유로 동기의 매력적인 제안은 거절할 수밖에 없었다.

늘 지극정성으로 챙겨 주며 얘기가 통했던 동기가 갑작스레 유학을 제안했었다. 그랬던 그가 결국 집안끼리 친분이 있던 여학생과 유학을 갔을 땐 왠지 모를 분노, 허탈감과 박탈감에 휘

청댔다.

누군가는 떠나고 경찰까지 동원해 하룬을 피라미드에서 빼 온 날, 그 지겨운 반복에 체념과 한탄도 하기 지친 그날, 늘 시야에 있던 강수호에게 은밀한 관계를 제안했었다.

누군가는 그런 게 이유가 될 수 있느냐고 물을 수도 있겠지만, 상관없었다. 이유를 묻는다 해도 해 줄 말도, 하고 싶은 말도 없으니까.

그때 필요했던 게 모르는 타인의 위로인지, 따뜻한 체온인지, 아니면 그저 곁에 있어 줄 사람인지 정확히 알지 못했지만 결론적으로 강수호의 손을 잡았다.

늘 하진에게 알 수 없는 시선을 보내던 강수호는 서툴고 기묘한 그녀의 제안을 순순히, 의문 없이 받아들였다.

만남은 유지됐지만 이렇다 할 대화는 없었다. 침대를 공유했지만 같이 아침을 먹으며 옥신각신거리는 일 또한 없었고.

그때와 다른 점은 단지 그뿐인 듯한데, 이 불편한 감정은 뭔가 싶다.

설명이 필요한 이 퀭한 마음은 왜인 건지.

오전 내내 불투명한 감정으로 답답했는데 퇴근하고도 그것이 계속될 줄은 몰랐다. 그것도 백 여시 백아현 때문에.

"그러니까 말씀을 해 보시라고요. 왜 저한테 쌍둥이 오빠를 그렇게까지 디스하셨는지! 팀장님은 제가 싫으신 거죠? 왜요? 제가 어때서요? 남자 친구들 두루 사귄 게 걸려서요? 제가 하륜 씨 상처 줄까 봐서요?"

말려도 도통 듣지 않고 혼자 술을 퍼마셔 대더니 간이 상당히 부었나 보다. 별 이유 같지 않은 이유로 이렇게 하극상을 하는 걸 보니.

"호감 정도만 갖고 있는 저한테 그렇게까지 극단적으로 말한 이유가 대체 뭐냐고요. 착하고 예쁜 직원 두 손 들어 응원은 못 해 줄망정."

"난 백아현이 착하고 예뻐서 솔직하게 말해 준 건데. 기분 나빴다면 할 수 없지."

하진의 발언에 아현은 기가 막힌다는 듯 눈을 부릅떴다.

"봐요, 지금도 그러시잖아요. 기분 나빴으면 미안해, 그럼 지금이라도 번호 전송할 테니까 잘해 보든가, 하는 게 정상 아니에요? 그렇게 '할 수 없지' 하면서 급 마무리하는 게 아니라."

이쯤 되니 백 여시가 정말 술에 취한 게 맞나 의심스러웠다.

제 할 말을 제대로 하는 걸 보니 취했다고 하기 어려웠다. 안주도 야채만 빼고 곱창만 쏙쏙 골라 먹는 걸 보아 의심엔 상당한 근거가 있었다.

요즘 젊은 여자들이 얼마나 현명하고 계산적인지 알기에 나름 걱정해서 해 준 말인데 아현은 꽤나 기분이 상한 듯했다.

고민할 게 따로 있지. 하륜은 절대 아니다, 연애 상대로든 입질 상대로든.

"제가 당장 결혼을 해서 팀장님 올케가 되겠다는 것도 아니고 그냥 가볍게 한번 만나 볼까 하는데, 그렇게 디테일하게 디스를 하시니까 없던 전투 의지가 마구 생기면서 보고 싶잖아요, 잘생긴 하륜 씨가요."

아현은 소주잔을 채워 달라는 듯 하진을 노려보며 빈 잔을 꼭 쥐고 있었다.

"내일 잡아야 하는 시안이 꽤 많은 거 같은데……."

"걱정하지 마세요. 저 아직 젊어서 내일 아침이면 멀쩡히 회복되니까요. 팀장님보다 무려 다섯 살이나 어리다고요. 그리고 팀장님, 사장님도 아니면서 그렇게 쪼지 좀 마세요."

아현은 오늘이 날이다 싶어 취했다는 핑계로 그동안 알게 모르게 쌓인 걸 청산하는 중이었다. 사실 마신 거에 비해 취하지 않았다. 원래 잘 취하는 타입도 아니고.

생각할수록 기분이 나빴다. 그날 통하는 부분이 꽤 많았기에 하륜에게 당연히 연락이 올 거라 생각했다. 그런데 연락이 없기에 대시해 볼까 싶어 번호를 달라고 했건만 대번에 '그 자식 쓸모없는 인간이니 그만둬라' 하는 말만 실컷 들었다. 그러자 호기심은 배가 됐고 뭐 좀 그러면 어때, 하는 이해심과 반항심까지 들었다.

무엇보다 하륜은 연애하기 딱 좋은 스타일이었다. 첫째로 잘생겼고, 둘째도 참 잘생겼고, 셋째로도 연예인 저리 가라 할 만큼 잘생겨서 한번 만나 보고 싶었다. 어딜 가나 시선을 모을 테고, 아현은 그런 타인의 시선이 싫지 않았다. 아니, 상당히 즐겼다.

게다가 이 나이에 연애한다고 결혼할 것도 아닌데 비정규직이면 어떻고, 집이 가난하면 어떠랴 싶었다.

최종적으로는 하진과 다른 듯해서 구미가 당겼다. 치밀하고 퍽퍽한 팀장과 달리 무난하고 착해서 그 어떤 상황이든 이해해 줄 것 같았다.

딱 하나 걸리는 게 있다면 바로 앞에 앉은 하진인데, 그래 봤자 직장에서나 부딪히지 개인적으론 볼일이 없으니 큰 문제는 아니지 싶었다.

"자는 거야?"

아현의 상태를 의심하듯 쳐다보던 하진이 물었다.

"안 자요. 그러니까 하륜 씨 번호 주세요."

"뭐?"

"아무래도 하륜 씨는 하드보일드한 팀장님 눈치가 보여서 연락하고 싶어도 못 하는 거 같으니까 제가 먼저 해 볼래요. 요즘은 누가 먼저 연락하느냐가 문제가 아니라 서로 통하느냐 안 통하느냐가 문제라고요. 연애 부재중인 팀장님은 절대 모르시겠지만."

최대한 취한 말투로 요점을 콕 집어 말했다.

하진은 그런 그녀를 빤히 쳐다보다 체념한 표정을 지었다.

"내 개인사는 이 테이블에서 거론할 사안이 아니니까 빼고. 그래, 좋아. 정말 번호 줘? 자기 생각과 달리 하륜이 정말 관심이 없어서 연락하지 않는 것일 수도 있는데, 그래도 번호 주냐고."

"네, 주세요."

"후회 안 할 자신 있어?"

하진이 재차 확인하듯 물었다.

"번호 하나 받는 거 가지고 무슨 후회를 한다고 그러세요."

"그래? 그렇단 말이지."

"네. 그리고 마음이 있어도 연락하지 못할 이유는 무수히 많아요. 사무실에 처박혀 있는 우리랑 다르게 하륜 씨는 돈을 융통하려는 고객들을 만나러 사방팔방 전국 방방곡곡으로 다니는 사람인데 제가 이해해야죠. 또 먼저 연락하는 게 자존심 상하거나 창피한 일은 아니잖아요. 제가 팀장님 같은 세대도 아니고."

아현은 시작한 김에 평소 하고픈 말을 전부 다 해 버렸다.

"나중에 딴말하지 마. 난 하륜의 실체를 충분히 설득력 있게 설명했고 이 순간도 재고해 보라고 말렸으니까."

"딴말 안 해요."

"……."

"간 보는 건 기본이에요. 가볍고 즐겁게 연애 좀 하자는데 제가 무슨 딴말을 한다고 그러세요."

"그래, 하고 싶어도 못 할 거야."

아현의 술잔을 채워 주며 하진이 중얼거리듯 말했다. 아현은 잔을 단숨에 비우며 시큰둥한 하진의 얼굴을 살폈다. 이렇게 보니 하륜과 전혀 닮지 않은 건 아니었다. 상대를 쳐다보는 매력적인 시선 처리나 야릇한 눈매가 상당히 흡사했다.

그렇지만 하진의 분위기는 온화하고 밝은 하륜과는 전혀 달랐다. 무엇보다 그는 잘 웃었다. 그것도 너무나 부드럽고 보들보들 보기 좋게.

아현은 하진의 웃는 모습을 제대로 본 적이 없었다.

기획자이자 편집자를 좋게 말해 마음의 양식을 만드는 사람이라고 하지만 실상은 초인적인 노동력과 막노동 버금가는 체력이 밑받침되어야 했다.

게다가 병환으로 공석인 사장을 대신해 신생 출판사의 실질적 수장인 그녀는 늘 숨넘어가게 바빴다. 그렇기에 표정은 항상 건조하고 정도 이상으로 심각하기까지 했다.

그런데 오늘, 술주정을 핑계로 하극상을 보인 아현에게 번호를 준다고 한 하진은 평상시보다 조금 더 심각해 보였다.

하진은 끝까지 취한 척하는 아현을 택시에 태워 보내고 혼자 거리를 걸었다.

혹시 몰라 술을 입에 대지 않았지만, 그런 이유가 아니라 해도 술은 잘 마시지 못했다.

집에 가면 낮보다 더한 극한의 정신력으로 글을 써야 했기에 평소 술을 마시는 일은 극히 적었다. 그렇기에 느긋이 길을 걷는 것도 무척이나 드문 일이었다.

일방적으로 신경 써 주어야 했던 오늘의 술자리도 그렇고 글 작업과 그 틈새를 교묘히 파고든 강수호 생각으로 꽤나 피곤했는데 바람과 함께 걷는 길이 선선해 좋았다.

그래, 잠시 착오가 있었거나 착각을 한 거 같다.

자신 안에서 뭔가 생소하고 어설픈 감정이 자생하는 듯해 의심스러웠는데 아닌 모양이다.

지금은 무엇보다 저작권을 되찾기 위해서, 하루가 다르게 병색이 짙어지는 현수 삼촌을 위해서 좋은 글을, 어쩌면 공작새란 필명으로 마지막일지 모르는 최고의 작품을 쓰는 게 우선이었다.

그래서 받을 거 받고 줄 건 주는…….

착시 현상인가.

한 발자국 앞에 서 있는 인물이 강수호라고 하기엔 너무나 뜬금없어서 하진은 그가 아닐 거라 생각했다.

그런데 다시 봐도 분명 강수호였다.

하루 종일 머리를 어수선하게 만든, 3년 만에 나타나 지난 7년의 시간을 되짚고 타진하며 반추하게 만든 인물.

알 수 없는 이유로 하루 종일 궁금했던 남자, 강수호가 서 있었다. 거짓말처럼.

하진은 어수선한 마음과는 달리 담담한 눈빛으로 수호를 봤다. 어깨선을 살짝 넘는 웨이브진 머리가 바람결을 따라 어지럽게 날렸다.

강수호는 손을 뻗어 바람에 나부끼는 그녀의 머리를 조심스레 정리해 주었다.

이상하게도 그 섬세하고 일정한 손길에 지난 일주일의 의문과 피로가 풀리는 듯했다.

손을 내린 그가 약간 멍한 상태인 하진을 보며 물었다.

"피곤해?"

피곤했지만 하진은 고개를 좌우로 움직였다.

"많이 마셨어?"

연이은 질문에 하진은 고개를 저었다. 바람결을 따라 양옆으로.

"집에 가서 할 일 있어?"

3연타 질문에 이번에도 고개를 저었다. 지금까지와 일관된 방향으로.

자신이 왜 이러는지 모르겠지만 동일한 방향만 아는 것처럼 좌우를 고수했다.

"난 지금."

"……."

"하진을 안고 싶은데."

강수호는 여태껏 단 한 번도 하지 않았던 질문 같은 말을 했다. 독백 같은 고백에 하진은 그를 빤히 쳐다봤다.

"싫어?"

"……선택이야?"

3단계의 질의와 일반적이지 않은 분위기로 아닌 줄은 알지만 그래도 확인은 하고 싶었다.

"응."

재촉하지도 부담을 주지도 않으면서 그가 담담하게 답했다.

그 담담함이 묘하게 하진의 결정을 다른 방향으로 선회하도록 자극했다.

변태도 아닌데 이 순간 집착을 부리지 않는 태도와 말투에 약간의 서운함마저 느꼈다.

하진은 바람에 어지럽게 엉킨 머릿결을 귀 뒤로 넘기며 천천히, 하지만 분명하게 이번에도 같은 방향으로, 이제는 익숙하기까지 한 모양으로 고개를 저었다.

두 눈을 긴장으로 반짝이던 강수호가 긴 한숨과 함께 한 발짝 다가와 그대로 하진을 안았다. 맞닿은 두 가슴의 동일한 진동은 그의 말투처럼 마냥 덤덤하지는 않았다.

"뭐하는 거야?"

강수호는 하진을 한층 강하게 감쌌다.

"예열."

먼저 잠이 든 건 일주일 동안 무척이나 많은 항공 마일리지를 쌓은 그가 아닌 하진이었다. 수호는 강 회장의 언질로 영국에서 열린 도서 박람회에 참석했다가 급히 연락을 받고 일본으로 넘어갔다.

만화 장르의 색이 짙은 라이트노벨에 호의적이지 않은 그는 유학에서 만난 일본인 친구가 라이트노벨로 유명한 학윤사가 세컨드 레이블인 '탑윤'을 준비 중이니, 관심 있으면 딜을 해 보라고 해 일을 시작하게 되었다.

출장에 동행했던 유 실장은 그 사업에 적극 찬성했다.

라이트노벨이 국내에 심심치 않게 풀리고 진입해 있지만 아직은 초기 단계니 충분히 시장성이 있고 발전 가능성이 있다고 평가하며. 더불어 점점 독자들의 취향이 개성적이고 개별적으로 변하는 중이라 다양성 면에서 나쁜 시도는 아니라고 기대했다.

계약은 많은 대화를 나눈 끝에 체결됐고, 그로 인해 일본 일정은 예상보다 길어졌다.

그사이 하진에 대한 열망과 갈망은 더 깊어졌다.

수호는 공항에 도착하자마자 유 실장에게 짐을 맡기고 하진의 사무실로 향했다.

마침 퇴근 시간과 겹쳐서 그런지 일전에 봤던 여직원과 둘이서 근처 식당으로 향하는 그녀를 발견했다. 건너편 카페에서 한 시간 넘게 하진을 지켜보면서 수호는 지루한지 몰랐다. 밀려드는 졸음에 점령당하지도 않았고.

케이블 인기 프로도 단 5분을 보지 못하는 그가 두 시간 가까이 일정한 거리를 두고도 하진에게서 시선을 놓지 않았다. 놓을 수 없었다. 일주일 사이 놓치고 잃어버린 시간을 채우기 위해 하진에게 시선을 고정했다.

묘하게 상대를 관찰하는 깊은 눈매와 눈빛, 작게 오물거리는 선명한 붉은 입술, 그리고 표정에 따라 움직이는 그림 같은 눈썹을 하나도 놓치지 않고 입력했다.

일주일. 하진이 많이도 생각나는 시간이었다.

영국에서의 박람회도 그렇고 일본의 출판사와 대형 서점을 돌아보면서도 하진과 함께라면 어땠을까 하는 생각을 했다.

동종 업계에 있는 그녀의 의견을 듣고 서로의 생각을 말하고 타진한다면 어떨까. 그런 욕심과 바람이 일주일 동안 가득했었다.

그림자가 되어 늘 쫓게 되던 하진.

고민하는 것만큼 진위가 명확하지 않은 관심과 소유욕.

그 깊이를 알 수 없었던 혼란스런 감정을 온전하게 인정하고 나니 마음이 조금씩, 그러면서도 선명하게 좋은 방향을 향해 커지고 있었다.

좋은 것을 함께 보고 이야기하며 도움을 주고받는 연인이자 라이벌로.

그리 길지 않았던 이번 출장은 자신의 마음을 한층 더 들여다보는 계기가 됐다.

공작새 3부작에 자신을 내건, 심청이와 다를 바 없는 하진은 절대 모르겠지만.

그 같은 생각에 빠진 사이 두 사람은 가게를 나왔고 여직원을 택시에 태워 보내고 거리에 남은 하진을 보게 됐다. 홀로 서 있는 그녀는 위태로워 보였다.

마치 밤바람을 타고 훨훨 날아가고 싶은 것처럼.

그런 하진의 동공이 그 자신으로 인해 점점 커졌을 땐 안도했다.

하진이 자신에 대해 전혀 무반응, 무감각, 무감정은 아니구나 싶어서.

집에 도착해 함께 샤워하자는 수호의 터무니없는 제안을 기막혀 하면서 단칼에 거절할 줄 알았던 하진은 대답 대신 샤워 부스로 향했다.

알맞은 미온의 물과 풍성한 거품이 부스 안에 번졌다. 몸을 닦기보다는 거품에 편승해 하얗고 예민한 나신을 만지는 수호를 하진은 알 수 없는 눈빛으로 쳐다보기만 했다.

직접적인 섹스는 아니더라도 수호의 주도 하에 이루어진 은밀한 자극과 터치에 상당히 오랜 시간 노출된 하진은 침대에 누워 이내 잠이 들었다.

뒤척이다 등을 돌리고 잠들긴 했지만 억지로 거리를 두거나 침대 끄트머리를 고수하진 않았다.

수호 또한 짧지 않은 샤워 후 밀려온 노곤함과 피곤함에 전멸되기 직전의 몸을 최대한 밀착한 뒤 잠에 빠졌다.

수호를 깨운 건, 묵직한 커튼을 통과한 아침 볕이 아니라 어설픈 칼질과 반복적으로 반복하는 도마 소리였다.

하진의 집이기에 따로 갈아입을 옷이 없어 어제 옆에 놓아 둔 바지와 셔츠를 걸치고 밖으로 나갔다.

루즈핏의 원피스를 입은 하진은 예전에 그가 흠모했던 로댕의 연인이자 천재 예술가 카미유 클로델처럼 심혈을 기울여 칼질에 열중하고 있었다. 평소와 전혀 다른 모습은 충분히 매혹적이면서도 감당 못 할 만큼 섹시했다.

"뭐하는 거야?"

식탁 위에 놓인 신문과 새벽에 배달된 듯한 야채즙, 그리고 우유를 흘깃 보며 수호가 물었다. 그제야 뒤돌아 그를 본 하진이 어깨를 으쓱하고는 한마디 했다.

"스크램블."

"왜?"

"왜라니?"

"누구 먹으라고 하는 거냐고."

그 질문에 하진은 들고 있던 칼끝으로 수호를 가리켰다.

"난 스크램블보다 다른 메인 요리가 먹고 싶은데……."

살짝 난감한 표정을 짓던 하진은 이내 무감함을 내세웠다.

"다른 요리 같은 건 없어. 그냥 주는 거 먹어."

퉁명스런 대답을 하고 뒤돌아 전투적이면서도 서툰 작업을 계속하는 하진에게 수호가 다가갔다. 옆에 바짝 다가선 그가 신경 쓰이는지 하진이 동작을 멈추고 삐뚜름히 올려다봤다.

"왜?"

"다른 거 먹고 싶다고."

다른 거라는 그의 말에 하진의 그림 같은 눈썹이 눈에 띄게 일렁이다 거만하게 곤두섰다.

"국과 밥이 있는 그럴듯한 가정식을 기대하는 거라면……."

수호는 하진의 벌어진 입술을 한 수저 안 되게 반 수저만큼만 깨물어 삼키고는 천천히 입술을 뗐다.

"뭐하는 거야?"

"……전희."

수호의 답에 하진은 허, 하며 탄성을 내뱉더니 그에게서 벗어나려 했다.

공작새면서 종달새처럼 입을 모으는 하진의 허리를 당긴 그는 입술을 다시금 물어 삼켰다. 입술은 그 어떤 아침보다 영양가와 칼로리가 높은지 단 두 번의 입맞춤으로 수호의 굶주린 남성을 드높고도 뜨겁게 만들었다.

섹시한 카미유로 빙의한 모습에 자극받아 방만해진 남신은 여태 숨을 죽이고 지냈으니 어서 달콤하고 시큼한 꿀물을 달라는 듯이 성급하고도 빠르게 기지개를 켰다.

수호는 하층부에서 무섭게 일어나는 급진적인 변화를 하진도 함께 느끼길 바라며 허리를 더욱 밀착해 자신을 눈치채도록 했다.

"나, 칼 들었어."

칼이란 단어에 힘을 줘 말하는 얄궂은 입술을 이번에는 한 수저만큼 깊게 삼켰다.

감질나는 수저질에 남성은 다분히 공격적인 모양새로 하진의 둔덕을 두드렸다.

"공복감에 쓰러지기 직전이야."

"그러니까 스크램블 드시라고요, 이김사 사장……."

손에 들린 칼을 잡아 도마 위에 놓은 그는 하진을 식탁에 앉혔다. 의문으로 더욱더 윤기 나는 눈동자는 그에게서 떨어질 줄 몰랐다.

"오늘의 삼시 세 끼는……."

루즈한 원피스 덕분에 하반신이 반쯤 드러났다. 수호는 그런 하진을 바싹 당겨 안아 품속에 가두었다. 한층 가까워진 그녀의 입에서 달달한 민트 향이 퍼졌다.

애플민트 같은 하진은 이 아침, 이 순간과 무척이나 잘 어울렸다.

"애플민트 머금은 하진이야."

수호는 아침 이슬에 벌어진 꽃잎 같은 입술을 서두르지 않고 탐색하듯, 구애하듯 빨아 삼켰다.

방문자의 조심스런 노크에 입술이 한껏 벌어졌다.

꿀벌의 구애를 받아들인 꽃봉오리는 여지없이 달았다.

입술이 살짝 부어오르기 전까지 빨아 갈증을 해소한 수호는 드디어 입안에 안착해 더 많은 꿀을 안겨 줄 혀를 낚아채 얽었다.

결코 서두르지 않았다. 수호가 그런 것처럼 하진도 이 순간의 달콤함과 간지러움을 느끼고 인정하길 바라기에 옭아맨 혀를 최대한 부드럽게, 그러면서도 소유권과 주도권은 그에게 있다는 느낌과 설렘을 실어 타액을 빨아 삼켰다.

강수호의 모닝 키스는 일전에 맛본 망고 주스보다 진하고 달콤했다.

공복이라는 단어를 언급한 그는 결코 서두르지 않고 입안에 오랫동안 머물렀다. 내내 감질나는 사탕을 빨고 굴려 음미하듯 하진의 혀를, 감정의 동요를 능숙하게 가지고 놀았다.

어느 순간 두 사람은 서로의 혀를 이종교배하듯이 거칠게 파고들어 청량감을 머금은 타액을 남김없이 빨아 삼켰다. 그 소리는 무척이나 야하면서도 거친 야생동물의 숨소리 같았다.

"으……음."

노곤해진 하반신과 함께 몽롱해진 하진은 그것이 누구의 입에서 나온 소린가 했는데, 그것은 강렬한 애피타이저 같은 키스에 속수무책으로 함락당한 제 입에서 나온 것이었다.

강수호는 고개를 숙인 채 한쪽 어깨와 함께 농염하게 드러난 밀크빛 소담한 가슴을 손에 쥐고선 감탄의 신음을 내뱉더니 이내 봉긋한 크림 위에서 도발적인 자태를 뽐내는 붉은 크랜베리를 단박에 삼켰다.

신음은 하진의 의지와 다르게 풀린 실타래처럼 마냥 새어 나왔다.

그 같은 신음을 신호로 받아들인 강수호는 감당하기 버거울 정도로 정점을 흡입했다. 기묘한 혀놀림에 목뒤부터 하반신까지 강한 전류가 관통했다.

반복된 자극에 하진은 톤이 다른 교성으로 음표를, 요란한 악보를 그렸다.

오선지 위, 하진이 그리는 악보에 따라 여성도 빠르게 젖어 들었다. 그것을 굳이 확인하려는지 입술과 혀로 가슴을 독점한 강수호의 손이 욱신거리는 둔덕을 지나 진한 눈물을 토해 내는 여성 안으로 기민하게 스며들었다.

건강하고 몸에 좋은 간편식 대신 아침상으로 차려진 하진은 강수호로 인해 철저히 헤쳐지고 흐트러져 가닥가닥 발라지고 있었다.

미칠 것 같았다.

차라리 이 순간만큼은 미쳐서 아무것도 느끼지 않으면 했다.

와해되듯 무너져 내리는 제 모습을 집행자이자 주도자인 강수호에게만큼은 보이고 싶지 않았다.

타액으로 코팅된 가슴에 이어 타고난 핸들링으로 순식간에 모습을 드러낸 둔덕에 거대한 쾌락 기둥이 격정적으로 박혀 들었다.

다시 또 익숙해지기 시작한 아픔으로 엉덩이가 저절로 들썩였다.

7년이란 시간을 거론하지 않는다 해도 분명 이보다 먼저 즐겼던 몇 번의 섹스가 있었는데 오늘은 더 강력하고 강렬했다.

해일 같은 삽입에 통증은 조금씩 견고하고 분명한 희열로 물들어 갔다.

밀착된 두 개의 서로 다른 하반신은 그의 지휘 하에 격렬한 하모니를 이뤘다.

수호는 벌써부터 쾌감에 난자당해 몸서리치는 하진의 얼굴을 한 손으로 잡아 자신을 보게 했다. 그와 눈을 마주한 그녀는 터져 나오는 탄성을 간신히 삼켰다. 수호는 그런 반응을 하나도 놓치지 않고 예리한 시선으로 좇았다. 동시에 기민한 움직임 또한 멈추지 않았다.

뭉근한 감각에 젖을 대로 젖은 하진의 입에서는 새된 신음이 연이어 새어 나왔다. 그녀는 자신이 이런 낯 뜨거운 교성을 낼 수 있다는 사실에 놀랐다.

"하진."

최대치의 기력과 바닥이 보일 듯이 진토를 뽑아내는 독한 성애의 주인공인 강수호의 호명에 하진은 호기롭게 답을 하려 했다. 하지만 거친 움직임에 의지와는 다르게 교성만이 새어 나왔다.

강수호가 또다시 이름을 불렀다. 이번엔 간신히 대답 비슷한 걸 했다.

"너, 오늘 출근 못 해."

일방적인 선언과 선포에 하진의 몸은 식탁에 눕혀졌고, 이미 몸 안에 진입해 있던 뜨겁고도 불친절한 남성은 야릇한 진퇴를 반복하더니 어느 순간 허리를 쳐올리는 신공에 피스톤 운동을 격렬히 시작했다.

이제까지는 일종의 경고이자 통보였는지, 아픔을 품은 쾌감의 무게가 처음과는 격이 다르게 느껴졌다. 빡빡하고도 농염한 결계 안에서 부풀대로 부풀어 오른 남성은 그 자체로 최적화된 무기였다.

강수호가 없는 동안 내내 곱씹었던 이전의 섹스는 이 순간 하나도 기억나지 않았다. 그만큼 그의 주도하에 연출되는 섹스는 날로 진화하고 업그레이드됐다.

온몸이 강수호가 만드는 파격에 부서지고 무너져 내렸다.

평소 속도전에 의미를 두지 않던 그는 이 순간 전혀 다른 인격으로 변이돼 이미 몇 번이나 쾌감을 느낀 하진의 내벽을 철저히 박혀 들었다.

한 치의 오차도 없이 밀려드는 거대한 해일에, 몸이 자꾸만 공중으로 떠오르고 테이블 밖으로 벗어났다. 숨을 쉴 수도, 호흡을 가다듬을 수도 없을 만큼 하얀 포말이 하진을 가득 채워 갔다.

지독한 밀림과 강렬한 밀착, 집요한 귀소본능에 그만이라는 말이, 적절한 단어가 입에서 제대로 나와 주지 않았다.

뇌가 강수호의 난동과 격랑에 제 기능을 잃은 듯싶었다.

점점 거세지는 밀도와 미칠 듯한 쾌락에 하진은 울음으로 의사를 대신하려 했다.

그때, 거대한 포말 기둥이 그녀 안에서 산산이 부서져 내렸다.

"으……윽!"

처음으로 신음을 뱉어 낸 강수호는 경련하는 그녀의 안에서 그동안 쌓인 모든 쾌감과 욕망을 가감 없이 밀어내고 자신의 흔적을 남김없이 토해 냈다.

쾌감과 쾌락의 진한 잔상에 진저리가 쳐졌다.

달달하고 몽글몽글한 스크램블을 계획했던 아침은 진한 성애와 농익은 정사로 탈바꿈되었다. 가벼운 키스로 시작해 격렬한 키스로 끝이 난 두 번의 간식을 빼고, 지금의 아릿한 열락은 꼬박 세 번을 동일한 강도로, 점점 더 독하고 강력하게, 하루 종일 이어졌다.

시작부터 끝까지 강수호의 연출 아래 진행된 행위는 나쁘지 않았다.

하진도 기꺼이 동참할 정도로 하루 종일 치러진 체력전은 지독하게 뜨거웠지만 내내 만족스러웠다.

몇 번을 쓰러지고 무너져도 다시 또 일어나 받아 내고 싶을 만큼.

강수호와의 섹스는 욕심이 났다.

자꾸만,

자꾸만.

무단결근은 단 한 번도 한 적 없었다.

창사 이래 하진은 누구보다 빠르게 출근해 누구보다 늦은 퇴근을 하는 게 당연한 것처럼 지난 3년을 보냈다. 그랬던 그녀가 무뢰한 강수호의 특훈으로 하루를 꼼짝없이 침대에서 보내야만 했다. 회사에 연락을 해야 한다는 사실도 잊은 채.

무엇보다 그 사실이 놀라웠다.

회사에 연락을 하는 건 너무도 중요하고 기본적인 사안인데도 잊고 있었다는 게 신기했다.

"팀장님, 많이 아프셨던 거예요? 저 보기 싫어서 안 나오신 건 아니죠?"

세 개의 책 표지 시안 중 최종적으로 건진 하나를 봐 달라고 부른 백아현이 하진의 안색을 살피면서도 애교스런 톤으로 그날의 일을 다시금 거론했다.

"약간의 하극상이 있었다고 말하고 싶은데, 기억나?"

"그럴 리가요. 제가 그랬을 리 없고 사실 그날 일이 기억도 안 나는걸요."

아현은 그럴 리가 만무하다는 얼굴로 실실 웃으며 미소로 무마하려 들었다.

"팀장님."

"……."

"저요, 오늘 하륜 씨랑 요 앞에서 점심 먹기로 했어요. 진도 빠르죠?"

뭐가 그리 좋은지 아현은 복숭앗빛 뺨을 두 손으로 감싸고 어깨를 으쓱했다.

이 연애의 끝이 어떤 모습으로 끝날지는 모르겠지만 백아현은 지금 입사 이래 가장 활기차고 더없이 예뻐 보였다.

"하륜 씨요……."

"시안, 수정까지는 아니고 약간의 보수공사는 하자. 컬러가 너무 떠 보여. 무공해 아가씨의 짝사랑 이야기라고 해도 이렇게 공포스런 핑크빛으로 갈 필요가 있나 싶어. 주인공이 핑크에 집착하는 초딩도 아니고."

"작가님은 상큼하니 나쁘지 않다고 했다는데요?"

"나쁘지는 않아. 근데 자하 디자인이면 그 상태에서 톤을 조금 더 낮추거나…… 일단 참고 자료로 인디 밴드들 CD 디자인 좀 봐 봐. 디자인이나 색감이 참 친절하다 싶을 정도로 훌륭해. 참고할 게 많을 거야. 너무 나. 대. 는 색감은 자제하시고."

난생처음 하는 데이트도 아닐 텐데 시안에선 백아현의 현재 마음 상태가 여실히 드러나 있었다. 콩닥콩닥, 두근두근 모드가.

"전체적으로 살짝만 톤 다운해 봐. 점심시간 전까지 수정해서 보여 주고."

하진은 아현에게 반강제적으로 확답을 받고 자리로 돌아왔다.

눈에 띄게 달라진 게 없는데 주위가 상당히 어수선하다고 느꼈다. 그 이유를 곰곰이 생각하니 답은 자연스레 강수호로 결론이 났다.

무언가 균열이 생긴 듯한 느낌.

팩트만 보면, 어제 단 한 번 결근을 했을 뿐이다.

퇴근하면 죽을 것처럼 피곤했지만 밤에 10분이라도 양식이 되는 글귀를 읽고 한 시간이라도 글을 쓰고 잠이 들었었다. 그런데 어젠 그 항상성과 규칙성이 유지되지 못했다.

딱 하루의 일탈이었다, 근 3년 동안.

근데 뭔지 모르게 많이 다른 느낌이다. 왜일까…….

핸드폰이 우르르 경련을 했다. 강수호였다.

받아야 한다는 걸 알면서도 한참을 맥없이 보기만 했다. 전화는 화가 난 건지 아니면 포기한 건지 이내 숨을 삭였다. 그리고 문자 신호음이 울렸다.

〈퇴근하고 갈 데가 있어. 사무실에서 기다려.〉

대체 뭘까……. 이 설명하기 거북스런 감정은.

분명 계약대로 실행 중인데 어떤 애매함이 자리를 잡고 있었다.

"팀장님, 잠깐만요."

혜진의 요청으로 더는 생각을 확장하지 못했지만 한편으론 다행이다 싶었다.

혜진은 제자리에서 하진이 와 주기만을 기다렸다.

"왜?"

"제가 담당한 작가인데 신이 너무 좋아서요. 차라리 19금 받더라도 신을 더 추가하는 게 좋을 것 같아요. 기존에 전자책 내는 곳도 그렇고 격한 거 좋아하는 다른 플랫폼에서도 먹힐 것 같거든요."

하진은 빨간색으로 체크한 지문들을 순차적으로 읽어 내려갔다.

섹스 신이고 남주 시선에서 쓴 부분인데, 남자가 느끼는 성애의 진한 감각과 감정선을 상당히 세밀하면서도 고급스럽게 묘사하고 있었다. 절대 흔하디흔한, 19금에서 늘 되풀이되는 흥청망청하게 날리는 신이 아니었다. 리얼리티가 제대로 살아 있는…….

문득 강수호가 생각났다.

자신과 관계를 나누는 그도 소설 속 이 남자처럼 이런 감정을 느끼는지 궁금했다.

자신으로 인해 이렇게 갈급하고 파괴적인 갈망과 원초적인 갈증을 느끼는지, 강수호도 이만큼 타오르다 벅찬 충만감과 함께 좌초되는지 궁금했다.

하진은 강수호의 노련하고 농익은 정사에 매번 기절 직전까지 갔다. 그러면서 그에 상응하는 신음과 교성을 내지르곤 했다. 과연 그는 어떤 기대감을 제게 갖고 있는지 궁금해졌다.

이 강렬하고도 생생한, 탐나는 문장들로 인해 강수호의 감정과 만족도가.

"팀장님."

"으……응."

"감상평이요."

"……동감이야."

그 한마디에 다소 초조해하던 혜진의 표정이 밝아졌다.

"그렇죠! 팀장님이 보기에도 죽이죠! 몸이 으쓱으쓱 간질간질한 것이, 오늘 밤 내 침대에 이런 남자가 기다리고 있다면 얼마나……."

"신혜진."

"아, 네."

혜진이 목소리를 낮춰 주위를 살피더니 피식피식 웃었다.

"일단 작가랑 상의 좀 해 봐야겠어요."

"그래."

"우리 생각과 다르게 작가는 이대로 가길 원할 수도 있으니까요. 이 작가, 신인이라서 몸을 사릴 것도 같거든요."

타협점을 찾겠다는 혜진을 뒤로하고 자리로 돌아오니 단절 됐던 의문이 이어졌다.

강수호도 자신만큼 만족하는가에 대한 어이없지만 중요해 진 담론이.

6시 15분.

모두가 퇴근한 후, 10분 뒤에 내려오라는 강수호의 전화를 받았다.

차에 타고 보니 강수호는 깔끔한 정장 차림이었다.

늘 슈트를 제 피부처럼 소화하는 그였지만 오늘따라 꽤 난 이도가 높았다. 마치 이탈리아의 어느 유명 패션 블로거처럼 세퍼릿*으로 차려입은 모습에서는 자연스럽고도 탁월한 멋이 풍겼다.

그에 비해 하진은 다소 처지는 짙은 그레이 톤의 타이트한 원피스를 입고 있었다. 모양새는 나쁘지 않은데 다운된 색감 이 왠지 비교가 되는 듯했다.

40분 정도가 지난 후 도착한 곳은 뜻밖에도 '예술의 전당' 이었다. 주차장에 차를 세운 그는 내리라는 듯 하진을 봤다.

"여긴 왜?"

꽤나 묵직한 손목시계를 확인하며 수호가 입을 열었다.

"30분 후에 연주회가 있어."

---

*세퍼릿:정장 상하의가 전혀 다른 색의 조합.

"그런데?"

"초청을 받았으니 봐야겠지."

"초청받은 건 백그라운드랑 인맥 빵빵한 이김사 사장일 텐데 그 자리에 왜 내가 동행을 해야 하는데?"

하진은 안전벨트를 풀지 않고 버텼다.

아직도 어제 감행한 육체 탐험의 피로가 채 풀리지 않았기에 이 상태로 알지 못하는 인물의 자장가 소리까지 듣기는 무리다 싶었다. 차라리 그 시간에 글을 쓰면 썼지.

"보기 싫어?"

정색을 한 그가 물었다.

"당연히 싫지. 오늘 내 스케줄에는 없던 일인데."

"그럼 집으로 가?"

질문이 담백하지 않고 뉘앙스가 무척이나 애매했다.

"그런 제안이라면 난 언제든 오케이야."

하진은 알아들을 수밖에 없는, 알아듣길 바라며 풍기는 언어적 유희에 강수호를 노려봤다.

"겪을수록 저질이야, 강수호."

"······."

"꽤나 계략적이란 건 알고 있었지만 이런 면모까지 있을 줄은 몰랐어. 고마워. 질리지 않게 다각적인 면을 두루 보여 줘서."

이 순간 감정이 어긋나는 느낌이 들었다. 조금 실망스럽기까지 했다.

가벼운 농담일 수도 있겠지만 그렇다 해도 실망스러운 건 어쩔 수 없었다. 두 사람의 개인적이고 은밀한 시간을 아무렇지 않게 들먹이고 언급하는 것에 주저함이 없다는 게 왠지 모르게 실망감을 안겨 줬다.

"그런가? 그럼 7년 동안 한 번도 빠지지 않고 몸을 섞으면서 함께했던 남자를 결국엔 섹스 파트너, 그 이상도 이하도 아니었다는 식으로 통보하고는 헌 신발처럼 내버린 하진은 뭐라고 명명해야 하지? 내가 저질이라니, 그럼 넌 그보다 더 나쁜 하질인가? 통고보다 못한 간단한 고지로 관계를 종료했으니."

강수호는 하진 못지않게 사나운 눈빛을 하고 있었다.

결코 동의하지 못하는 그 시절의 관계에 대해서 또다시 이야기하고 있었다.

그 정도로 상처를 입었던 건가, 의문이 들다가도 이 순간 굳이 그 이야기를 끄집어내 대입하고 비유하는 행위에 화가 났다.

"도대체 언제까지 그 얘기 꺼낼 거야?"

"그때 그렇게 버려지고 헤어진 일에 대해 내가 이해하고 네가 날 충분히 설득시킬 때까지?"

제 자신도 모르겠단 식으로 그는 장난스럽게 끝말을 살짝 올렸다.

"이미 지나간 일에 대해 내가 왜 그래야 하는데?"

"하진이 목매고 있는 공작새 처녀작 3부작을 가진 내가 그 일로 크게 상처를 입었고, 아직까지도 그 아픈 기억에서 벗어나지 못했으니까.”

“하아!”

기가 막혔다. 상처라. 하진의 기억이 왜곡되지 않았다면 그때 강수호는 분명 그 어떤 질문도 기색도 없이 평정심을 유지했었다.

하진을 빤히 응시하던 수호가 입을 열었다.

“누군가가 그러지 않았나.”

“뭘?”

“이별의 맛은 살아서 맞이한 죽음의 맛이라고.”

“……!”

그때 강수호와 절절한 연애를 한 것도 아니기에 더 기가 막히고 코가 막혔다. 하지만 그 와중에도 공작새 3부작이 길게 꼬리를 빼며 비행운처럼 선명한 모습으로 눈앞에서 왔다 갔다 했다.

“알았어, 알겠다고!”

아쉬운 건 그가 아니라 그녀였다. 그 말을 입속에서 염불 외듯 중얼거리며 평정심을 찾으려 했다.

“어떡할까? 내가 어떻게 하면 좋겠는데?”

“우선은…….”

운전자석 앞 햇빛 가리개를 내려 초대장 같은 티켓을 꺼낸 강수호가 하진의 눈앞에 그것을 흔들어 댔다.

“연주회를 관람해. 최대한 내 옆에 딱 붙어서.”

이제야 유쾌해진 강수호와 달리, 하진은 불쾌한 낯빛을 지우지 않은 채 눈앞의 종이를 낚아채 차에서 내렸다. 그리곤 입고 있는 원피스를 훑어 내렸다. 마치 그 시절의 기억을 털어 내듯.

간신히 시간에 맞추어 공연장 안에 들어간 두 사람은 VIP 좌석 중에서도 연주자가 가장 잘 보이는, 절대 잠을 잘 수 없는 죽음의 자리에 앉았다.

곧이어 언젠가 신문에서 본 적 있는 여성 첼리스트가 무대 위에 등장했다. 인사를 한 첼리스트 위로 조명이 살짝 내려앉자 연주는 바로 시작됐다.

완벽히 잤다고는 할 수 없으나 언뜻언뜻 누군가를 만났다. 여전히 누워 있는 삼촌이든, 쓴 커피에 집착하는 박 영감이든. 그들과 몇 번 짧게 인사하니 연주가 끝이 났다.

연주자에겐 상당히 미안했지만 폭포수처럼 쏟아지는 잠을 이길 재간이 없었다. 강수호로 인해 무리한 체력이 바닥을 드러냈기에.

강수호의 손에서 절대 벗어날 수 없을 것 같았던 하진의 허리는 안면 없는 사람들 앞에 선 후에야 마법에서 풀리듯 자유를 얻었다.

수호의 소개로 강 회장의 오랜 벗이자 현재 한국출판인회의 회장과 인사를 나눴다. 연주자의 아버지라는 부연 설명과 함께.

소란스러움에 익숙하지 않은 하진은 몸도 마음도 피곤했다. 그런 와중에도 출판계 원로들과의 인사는 몇 번 더 이어졌다.

그들은 모두 오늘의 주인공인 여성 첼리스트를 기다리는 듯했다.

자리를 피하고 싶은 마음에 강수호에게 귓속말로 화장실을 다녀오겠다고 하고선 자리를 떴다.

화장실에 들러 손을 씻고 매무새를 확인한 뒤 하진은 외진 창가로 갔다.

모르는 레퍼토리에 연주자와 교감이 없었다 해도 연주는 나쁘지 않았다. 사실 이 같은 고급스런 연주는 삼촌이 좋아했다. 서민적인 부모님과 다르게 문학적인 정서와 소양이 풍부한 삼촌은 악기가 주는 황홀한 소리와 충만한 교감을 사랑했다.

오늘 이 자리에 삼촌이 있었다면 얼마나 좋아했을까…….

그러자 운신할 수 없는 몸으로 이 순간에도 죽음과 사투를 벌이고 있을 삼촌이 보고 싶어졌다. 이제는 오디오 시스템으로 전환해야만 소설을 읽을 수 있는 삼촌이 생각나 일순간 목이 멨다.

"뭐해?"

수호의 목소리에 하진은 뒤를 돌았다.

"……연주자는?"

"모르지."

"무슨 소리야. 다들 연주자 기다렸던 거 아니야?"

"연주자를 왜 기다려? 연주회 봤으면 그걸로 끝이지."

"그럼 너랑 나, 왜 계속 사람들 속에 끼여 있었던 건데?"

"거야……."

수호는 말없이 눈물샘이 차오른 그녀를 빤히 쳐다봤다.

"눈도장 찍으려고."

눈도장이라······.

공연장에 왔다고 인증 사진을 찍기 위해 그런 건가. 오늘의 미션을 줬을 강 회장과 그분의 공고한 인맥 네트워킹에 보여 주기 위해.

"하진."

순간 안개 자욱한 목소리로 아련하게 부르는 목소리에 이번 엔 또 무엇을 목적으로 저러나 싶었다.

"왜?"

강수호는 별다른 말이나 행동 없이 빤히 바라보기만 했다. 이제 보니 강수호의 눈썹은 무척이나 길었다. 마치 프랑스 수제 인형처럼.

"또 뭘 원하는데?"

그는 대답 대신 다가와 하진의 손을 잡아끌었다. 다섯 손가락에 일일이 깍지를 낀 손은 침대 위에서 그런 것처럼 따뜻하고 든든했다. 마치 안전벨트처럼.

"가자."

하진은 그의 뒤를 부지런히 따라가며 물었다.

"어딜?"

강수호는 대답 없이 하진과 보폭을 맞추어 걸었다. 앞서던 걸음이 어느새 동일한 위치에서 동일한 간격으로 이어지고 있었다. 하진이 모르는 사이 너무도 자연스럽게.

"어딜 가는데?"

뭐가 그리 좋은지 수호는 여전히 대답하지 않고 걷기만 했다.

"어디 가냐니까?"

"집에, 우리 집에 가자."

그럼 그렇지. 오늘은 현란한 보디랭귀지 없이 연주회를 끝으로 고급스럽게 마무리되나 싶었다. 은근히 기대하고 기도도 했건만 갑질에 뛰어난 수완을 보이는 기회주의자 강수호가 그럴 리 없다.

끌려가다시피 하는 하진과 달리 리드하는 강수호의 발길은 너무도 가벼웠다.

점심시간을 20분 정도 남기고, 하진을 제외한 자칭 자하 출판사의 미녀 삼총사는 열띤 토론을 하고 있었다. 요사이 아주 드문 일이 돼 버린 인기 작가의 3쇄 증쇄로 아침부터 공장으로 출근했던 하진은 뒤늦게 정오 대담에 참여 논객으로 함께했다.

오늘의 주제는 독자들의 질문으로 자하 출판사 블로그에 허구한 날 등장하는 '중편소설'이었다.

자하에서는 아직까지 중편소설을 내지 않고 있었다. 모든 출판사가 중편을 중간중간 끼워 내는 건 이젠 일반적인 관행이 되었지만 하진은 아직 중편 기획에 찬성하지 않고 있었다.

"팀장님, 언제까지 장편만 고수하실 거예요? 두꺼운 장편보다 부담 없는 중편소설을 좋아하는 독자층의 수요가 적지 않아요. 그런데도 우리만 안 내고 있잖아요. 또 회사 입장에서 중편이 얼마나 효자인데요. 280페이지 내외면서 가격은 6천 원대 중후반인데. 이건 완전히 출판사를 위한, 저희 출판인을 위한 핫 아이템이라고요."

하진은 그런 이유로 중편을 내지 않고 있었다. 물론 시중에 나온 다수의 중편을 탐독하긴 했다.

과연 몇 프로의 작가들이 그 짧은 페이지 안에서 쫀쫀한 작품을 알차게 써 낼지 의문이었다. 그래서 중편을 다루지 않았다.

물론 가격도 문제였다. 번역본이 아닌 창작품이라 해도 280페이지 내외에 6천 원대의 가격은 셌다.

"전통적인 432페이지나 384페이지도 아닌 352, 336, 320페이지를 9천 원에 내는 곳도 있는데 저희 회사만 매번 클래식한 페이지를 꼭꼭 챙겨서 내잖아요. 너무 출혈이 심해요, 팀장님."

"……"

"사장님께 말씀 좀 하셔서 우리도 좀 라이트하게 가요. 이 시대적 요구에 적극적으로 부흥하고 편승해서요."

삼촌에게 말을 한다 해도 그 부분은 저와 같은 생각일 거라 믿었다.

순간 언젠가 삼촌과 하진이 언급했던 기획을 지금쯤 시도해 보는 것도 괜찮다 싶었다.

"그러지 말고 우리 자하는 진중하게 가는 게 어때? 뭐 일종의 역주행이라고 봐도 되고."

너무도 뜬금없는 제안에 미녀 삼총사는 동시에 하진을 주시했다.

"구상한 건 꽤 됐는데……."

하진이 꺼내 든 서두에 모두의 눈과 귀가 쫑긋해졌다.

"다들 알다시피 실질적으로 종이책이나 전자책 수요를 이끄는 세대는 3040세대잖아. 난 그들을 겨냥한 이야기를 기획해 보고 싶어. 현재 로설 주인공들이 거의 20대 초반이나 30대 초반인데 그 연령대를 끌어 올려서 여주 나이를 40대 초반까지 보는 거지. 다양한 나이와 상황의 여주를 중심으로 한 고품격 스토리텔링 같은 거."

중편 이야기를 하다 갑작스럽게 나온 대안에 모두가 얼떨떨한 표정을 지었다.

"뭐, 늘 환영받는 유년, 학창 시절 이야기도 그렇고 캠퍼스 이야기도 좋은데 우리 자하는 실질적인 수요로 이어지는 독자층의 연령대가 높으니까 그들의 취향이나 눈높이를 저격한 기획을 해 보자는 거야. 일종의 차별화 전략인 셈이지. 지금도 있기야 하지만 그 수가 미비하니까 좀 더 다양한 이야기들을 갖추자는 거고. 로맨스라는 공식을 충실히 따르면서도 좀 더 성숙하고 농염한 언니. 뭘 좀 아는 언니들의 사랑 이야기."

"여주 나잇대를 올린 세컨드 브랜드를 따로 만들자는 말씀이세요?"

편집자라 그런지 혜진이 좀 더 적극적으로 질문을 던졌다.

"그렇게까지 판을 크게 벌리자는 건 아니고. 타 회사가 중편을 중간중간 끼워 라인업을 짜고, 삽화가 들어간 TL을 기획하는 것처럼 우린 여주 나이를 좀 더 올린 작품들을 기획해서 넣자는 거야. 기본적으로 독자들은 다양한 재미를 원하잖아. 신파는 기본이고 아침 막장 드라마 같은 소설도 있는데, 이혼 경력 있고 상처 있는 언니들이 경험하고 쟁취하는 사랑 이야기가 빠질 이유가 없잖아. 안 그래?"

하진의 의견을 필두로 이런저런 기획에 대한 이야기가 넘쳐 점심시간은 금세 지나갔다.

그간 혼자 골몰하던 숙제를 직원들에게 공평하게 나눠 준 하진은 머리가 한결 가벼워졌다. 그러자 자연스레 강수호가 떠올랐다.

이젠 틈이 생기면 어김없이 그의 생각이 머릿속을 파고들었다.

이틀 전, 예술의 전당에 갔다 강수호의 집에 잡혀 간 하진은 평소와 달리 딱 한 번 강수호의 야수성 짙고 강한 섹스에 전멸당하고 무사히 집으로 귀가했다.

그날, 강수호가 정성스레 차려 준 저녁은 감동할 만큼 대단했다. 일명 강 셰프의 특제 스파게티와 클럽 샌드위치.

미국에서 3년 동안 혼자 지냈다는 그의 요리는 훌륭했다.

그곳에서 내린 요리만 했다고 해도 믿을 만큼, 요리엔 정성이 가득했다.

하진은 이런 요리를 자신 말고 누가 또 누렸을까 궁금해졌다.

지난 그들의 관계에서 하지 않았던 스킬과 환상적인 테크닉을 봐서는 분명 누군가와 시연을 하고 즐긴 게 분명한데……

증폭되는 마음과 달리 의심과 궁금함을 지워 버렸다. 이런 생각을 하는 것 자체가 불필요하다고 생각했다.

강수호에게 이별을 고한 건 하진이었다.

그 이후의 시간이 자신과 무슨 관계가 있나 싶었다. 그러면서도 기분이 유쾌하지 않은 건 어쩔 수 없었다.

의심하기 시작하고부터 의식하게 되고 궁금하기도 했지만 이건 그저 온갖 종류의 감정을 담은 판도라의 상자를 연 인간의 자연스런 호기심이라고 편하게, 내키는 대로 해석했다.

그냥 그렇게, 그 정도로 가볍게.

절대 질투하고 신경 쓰는 건 아니라고.

하진은 그렇게 있지도 않은 누군가에게 변명을 했다.

퇴근을 30분 남기고 강수호에게서 연락이 왔다. 오후 내내 그를 생각한 하진으로서는 상당히 뜨끔했다.

"네."

―저녁에 갈 데가 생겼어. 기다려, 데리러 갈게.

"이번엔 혼자 가지. 난 어떤 출판사 사장이 준 미션 때문에 무척 바쁜데. 그 사장이 워낙에 욕심이 많아서……."

―오늘 베드 타임 대신인데?

나쁜 자식. 뻔뻔한 놈. 얄미운 놈. 무서운 놈. 징그러운 놈…….

―알았어.

뜬금없이 알긴 뭘 알겠다고 하는 건지.

"뭘 아는데?"

―집에서 보자는 거 아니야?

저질에 섹스광. 이 시대에 다시없을 기승전 섹스, 성애주의자.

―그럼 집으로 가는 걸로…….

"가! 간다고."

하진의 분노 어린 목소리에 순간 사무실 안이 싸늘해졌다. 수화기를 얼른 막은 하진은 놀란 직원들에게 미안하다는 말을 하며 미소를 덧붙였다.

―그럼 가는 걸로 알고, 늦지 않게 도착할게.

고맙기도 하시지. 기다리지 않게 하신다니.

직원들이 모두 퇴근한 후, 강수호가 커다란 종이 가방을 들고 사무실 안으로 들이닥쳤다.

오늘은 클래식한 그레이 톤으로 멋을 낸 강수호는 인정하지 않을 수 없을 정도로 멋있었다.

침대 위에선 가혹하고 가증스러운 변태가 낮엔 그 실체를 완벽하게 숨긴 채 젠틀한 킹스맨 코스프레를 했다.

"열어 봐."

커다란 종이 가방을 하진의 책상 위에 놓으며 수호가 눈짓

했다.

"뭔데 열어 보라는 거야?"

"백화점 우수 고객을 위해 나온 사은품?"

"강수호가 백화점 쇼핑을 즐기는지 몰랐네."

"이제라도 알았으니 됐지. 부지런히 알아 가길 바라."

"됐네요, 네 취향은 본인이 직접 관리해."

종이 가방 안에는 두 개의 박스가 있었다. 열어 보니 블랙 클러치와 역시 동일한 톤의 고혹적인 스킬레토가 있었다. 어서 자신들을 해방시켜 달라는 듯이.

종이 가방은 백화점 것이었지만 박스는 명품 로고가 적나라하게 박혀 있었다.

"믿지는 않지만 이게 백화점 우수 고객 사은품이라고 치고. 그래서 이 아이들을 어쩌라고?"

"당연히 구두는 신고 클러치는 들어야지. 지금 입고 있는 네이비 원피스랑 잘 어울리네."

그의 말처럼 오늘 의상 콘셉트와 억지로 떠안겨 준 소품들은 무척이나 잘 어울렸다.

"가자."

"어딜?"

"그렇게 차려입고 갈 만한 곳이 어디겠어?"

"……?"

"당연히 식당이지."

30분 후, 한껏 차려입은 두 사람이 도착한 곳은 고급스러움으로 철벽을 친 호텔 웨딩홀이었다.

하진은 성큼성큼 걸어가는 수호의 팔을 잡아끌었다.

"여기가 식당이야? 결혼식장이지."

"극장식 식당이라고 생각해."

하아. 기가 막혔다. 연주회에 이어 오늘은 결혼식장이라······.

"강수호."

"일단 들어가. 시간 거의 다 됐어."

수호는 하진의 손을 아프지 않게 잡아끌었다.

"누구 결혼식인데? 이번엔 출판인협회의 부회장?"

"누구면? 누군지 듣고 참석 여부 결정하려고?"

손을 놓지 않은 채 강수호가 물었다.

"그래. 이렇게 무신경하게 행동반경 넓히다가 괜한 말이 돌수도 있고, 그보다 내가 왜 너랑 여기저기를 다녀야 하는데? 우습잖아. 내가 강수호 애인도 아닌데."

"하진은 강수호 파트너지. 나랑 계약 관계고."

하진의 질문에 기분이 상한 듯 강수호가 답을 내렸다.

파트너란 소리에 침대에서의 자신과 강수호가 떠올라서 하진은 입을 다물었다. 너무도 불현듯, 너무도 적나라하고 자극적인 그들의 모습이 선명하게 떠올랐기에.

"넌 작가라는 사람이 이 정도 융통성, 유연성도 없어?"

"무슨 소리야?"

"공작새의 신비주의는 그 뻣뻣함에서 오는 건가? 공작새는 말할 필요도 없고, 예지인도 작가 연합 같은 덴 전혀 참여하지 않는다고 하던데. 두 인물의 콘셉트가 일맥상통하잖아."

"……"

"독자들과의 소통 부재."

틀리지도, 그렇다고 맞는다고도 할 수 없는 평가에 하진은 꽤나 뾰족한 시선으로 수호를 쳐다봤다. 그런 하진의 모습에 강수호는 한숨 비슷한 걸 쉬더니 덤덤한 톤으로 말을 이어 나갔다.

"이렇게 날 세울 만큼 어렵고 의미 있는 자리 아니야. 그렇지만 잠깐이라도 참석은 해야 하니까 같이 저녁 먹으면 되겠다 싶었어. 이 시간 이후 뭘 하든 너도 나도 저녁은 먹어야 되잖아."

강수호는 제 손에서 빠져나가려 안간힘을 쓰는 하진의 손을 더 꼭 움켜잡았다. 마치 하진과 연결된 거라면 그게 무엇이든 놓아주기 싫다는 듯 악력은 만만하지 않고 강했다.

공공장소에서 난생처음 잡은 타인의 손이건만 밀착된 손의 감각이 낯설면서도 나쁘지만은 않았다. 하진은 이게 다 뭔가 싶으면서도 더 이상 잡힌 손을 빼내려는 불필요한 소모전은 하지 않았다.

그래, 유난 떨 거 없다. 어떤 이유건 그저 밥 한 끼 때우는 자리라니까.

"맛만 없어 봐."

"없으면?"

"지금 내가 들은 말들 조목조목 확실하게 반박해 줄 테니까."

약간의 위협과 소량의 협박을 섞어 말을 뱉었다. 그러자 강수호의 눈가와 입가에 옅은 미소가 보이는 듯했다.

"그럼 들어가도 되는 거지?"

수호는 하진의 대답을 듣기도 전에 식장으로 향했다.

결혼식장의 실내는 자연주의자인 타샤 튜터가 일군 버몬트 숲 속 타샤의 정원이라 할 만큼 아름다웠다. 천연 햇볕이 아닌 조명인 게 다소 아쉬울 뿐, 생화만이 주는 싱싱하고 진한 향기가 넓은 실내를 촘촘히 채우고 있었다. 발길 닿는 곳 전부, 시선이 머무는 곳은 그곳이 어디라도 꽃과 색, 행복한 향으로 머리가 어지러웠다.

오늘의 주인공인 신부의 미소는 그 어느 꽃보다 화사하고 아름다웠다.

겁도 없이 많은 사람들을 증인으로 세워 두 사람의 현재와 미래를 약속하는 자리. 신부는 일말의 두려움도 없어 보였다. 맞잡은 신랑의 손과, 두 사람의 사랑으로.

지금 강수호와 손을 꼭 잡고 있는 하진과는 다른 의미.

동일한 행위라도 그 의미가 같을 순 없다.

출판사를 차린 후, 사람들하고의 네트워킹이 협소하다 할 수 없는데도 이상하다 할 만큼 주위에 결혼 소식이 없었다. 또한 소설을 주고받으면서 쌓은 작가들과의 인연도 상당한데 그들 역시 결혼에 대한 언급은 일절 없었다. 초대하면 기꺼이 응할 텐데도.

그런 이유로 오늘의 예식장 탐방은 예상외로 즐거운 이벤트였다.

손을 잡고 있는 강수호에게 조금이나마 고마운 마음이 들 정도로.

chapter 6

심리 탐방

모든 출판사가 이러지는 않을진대 자하의 아침은 늘 이런 형태, 이런 모습이었다.

"그러니까 남은 일주일 동안 준비해서 12월에 나오는 네 권의 책에 크리스마스 특별판으로 저희 회사 로고를 넣은 볼펜을 하나씩 껴 주는 게 어떨까 싶어요. 좀 더 욕심내면 자하란 이름처럼 퍼플로 색을 맞추면 더할 나위 없고요."

"좋긴 한데 단가 문제가 있어요."

맡은 업무에 따라 금전적인 면에 먼저 초점을 둔 경리 미선이 재빨리 치고 나왔다.

"원가 108원인 모나미 펜으로 할 거 아니면 주문 제작해서 일일이 포장해야 하는데, 그러면 인건비가 만만치 않을 거예요."

이 열띤 토론은 자하 출판사 탄생 3주년 행사를 앞두고 시작되었다.

올해 3주년을 맞이하였는데 아무런 이벤트를 하지 않아 섭섭한 마음이 있던 차에 연말이고 크리스마스니 자하란 브랜드 자체를 믿고 사랑해 주며 관심 가져 주는 독자들에게 감사한 마음을 전하며 출판사 홍보에 박차를 가하자는 게 그들의 생각이었다.

이벤트에 대해선 하진도 찬성이었다. 하지만 미선의 말처럼 좋은 퀄리티의 물건을 단기간 안에 준비해야 되는 게 문제였다.

고작 다섯이라 해도 찬반이 갈리다 결국 크리스마스 이벤트를 진행하고 12월 모든 책에 펜을 개별 포장하는 걸로 회의는 끝이 났다.

11월이 다 가고 있었다.

출판사를 차린 후론 날짜와 요일 개념이 무의미해졌다.

시간과 계절에 관한 숫자보다 이번 달 책들의 발간 여부와 어이없는 오타나 파본이 없느냐가 주 관심사였다.

같은 의미로 마감이 빨간 날이요, 책의 발간일은 생일과 같았다.

너덜너덜해진 한 달 계획표를 보던 하진은 일정표에 재차 눈길이 갔다. 남은 날짜는 고작 일주일. 그런데도 누군가의 혼사에 대해 아직까지 말이 나오지 않고 있었다.

박 영감은 분명 11월 안에 강수호의 결혼에 대해 뭔가가 터질 거라고 했다. 그런데 터지는 것은 고사하고 아무런 조짐도 없었다.

박 영감의 정보는 단 한 번도 틀린 적이 없었는데…….

일전에도 그렇고 이렇게 신경이 곤두서는 이유를 알 수 없었다.

요즘 강수호와 나쁘지 않게 지내기에 불안감은 더했다. 끌려다닌다는 표현이 맞을 수도 있는 지금, 자꾸만 이 관계에 대해 의문이 생겼다.

허구한 날 자행되는 침대 위 관계에 틈을 두고 거리를 두려 강수호와 동행하는 것뿐이라고 생각은 하면서도 마음이 자꾸만 질문을 해 댔다.

하진, 야멸차게 이별을 말해 놓고 지금의 이 관계에 관해서는 왜 그렇게 신경을 쓰고 있는 거야? 너 정말 섹스를 피하기 위해, 오직 그 이유로 강수호와 손잡고 유람하듯 즐기면서 다니는 거야? 사실은 다른 마음을 품고 있는 거 아니야?

마음속에서 생각이 치열하게 꼬리잡기를 해 댔다.

"팀장님?"

눈을 감고 있었던 모양이다. 갑자기 스위치가 켜지면서 눈앞에 백아현이 보였다.

"응."

"오늘 저녁에 약속 있으세요?"

"그건 왜 물어?"

"그게, 오늘 하륜 씨가 이 앞으로 온다고 해서요. 저녁은 팀장님이랑 같이 먹고 영화는 저희끼리 보러 가려구요. 사실 하륜 씨가 회사 앞까지 왔는데 팀장님 안 보고 간다는 게 조금 그럴까 봐, 제가……."

"약속 있어."

"무슨 약속이신데요? 다른 날로 변경 가능하시면……."

"봐, 마침 전화 왔네. 진동 울리잖아."

가방에서 핸드폰을 꺼낸 하진은 아현에게 보여 준 뒤 전화를 받았다.

받기 전에 슬쩍 보니 강수호였다. 아현에게 그만 가 보라는 눈빛을 하곤 전화를 받았다.

"네."

—오늘 두 시간만 일찍 퇴근하고 우리 회사로 와.

자리로 돌아가라는 눈짓을 했는데도 백아현은 의심스런 눈빛을 한 채 서 있었다. 하진은 전화기를 손으로 가리고 또 한 번 눈짓을 했다.

—듣고 있어?

"듣고 있어요. 말씀하세요."

—옆에 누구 있어? 그럼 듣기만 해.

"네."

—우리 회사에서 진행하는 프로젝트가 있는데 하진 의견이 필요하니까 와 줬으면 해. 일정 때문에 정 안 되겠으면 점심시간에 와도 상관없고.

"저녁에 가겠습니다. 그럼 떠나기 전에 제가 다시 전화 드리겠습니다. 확실하게."

서둘러 전화를 끊은 하진은 아직도 버티고 서 있는 아현을 곱지 않은 시선으로 봤다.

"사생활 침해라는 거 알 텐데, 왜 그러고 서 있어?"

"정말 약속이 있나 싶어서 그러죠. 팀장님이 매번 하륜 씨를 피하는 거 같아서요. 남매가 자매들처럼 친하지는 않다 해도 팀장님 저번에도 그렇고, 계속 하륜 씨 피하는 거 같으니까 중간에 낀 제 입장에서는……."

"맞아, 안 친해. 대충 짐작하지 않았어? 저번에 내가 하륜에 대해서 있는 그대로 말해 준 것도 그렇고. 그렇다고 해도 적대적인 사이도 아니야."

"……."

"또 연애는 개인적인 문제니까 참견하기 싫은 것뿐이고."

하진의 그럴듯한 설명에 아현은 눈을 동그랗게 뜨고 정색했다.

"가족이나 친한 사람들끼리 저녁 먹는 게 무슨 참견이에요? 잠깐 만나든 길게 만나든, 서로에 대해서 제대로 알려면 당연히 가까운 사람들도 만나고 그러는 거죠."

하진은 내심 아현이 참 특이한 사고를 가졌다고 생각했다.

과거였다면 일반적이고도 건설적인 사고방식이겠지만 '간을 본다'거나 '썸을 탄다'는 이기적이고 나약한 단어가 상식처럼 난무하는 시대에 튈 수밖에 없는 고전적인 사고 체계다 싶었다. 이 또한 고차원적인 밀당이자 썸인지는 모르겠지만.

"그리고 다른 사람도 아닌 팀장님인데 제가 싫을 이유가 없죠."

아현은 절대 싫은 표정을 지을 수 없는 처진 눈을 하고 하진을 봤다.

그렇다 해도 하진은 백아현의 남다른 관심과 오지랖이 반갑지 않았다. 가볍고 짧게 만나다 끝날 수도 있는 관계를, 괜히 필요 이상으로 확장해 가족까지 만나는 이유가 뭔가 싶었다.

모르겠다. 요즘은 정말 불분명하고 모르겠는 것투성이었다. 아현도, 아현을 이해하지 못하는 자신도.

복잡한 머릿속보다는 강수호에게 뭐라 핑계를 대고 방금 전 약속을 취소해야 할지 신경 쓰였다.

적지 않은 양의 교정을 보다 강수호에게 전화를 건 하진은 일방적으로 공격을 당하다 전화를 끊었다. 결국 백아현의 서슬 같은 관심과 시선을 피해 두 시간 빠른 퇴근을 하고 이김사로 향했다.

로맨스 출판사로는 이례적으로 단독 건물을 갖고 있는 이김사는 왠지 파주 출판 단지에서 위용을 자랑하는 본사 건물과 디자인이 맞물리는 부분이 있었다. 마치 미니미처럼.

주차장에 차를 주차한 하진은 차 안에 앉아 있었다.

남매의 불화설에 힘을 싣는 것 같아 서둘러 빠져나오긴 했지만, 대외적으로 강수호와 아무 친분이 없는 하진이 그와 동행해 연주회와 결혼식장에 가는 것도 모자라 회사까지 찾아왔다는 걸 알면 사람들이 이상하게 생각할 것 같았다. 그래서 그런지 발걸음은 쉬이 떨어지지 않고 좁은 차 안에서 종종거렸다.

그때, 가방 안에 넣어 둔 핸드폰이 진동했다.

"네."

—어디야?

"거의 다 왔어. 조금만⋯⋯."

핸들에 기대 전화를 받던 하진은 건물 입구에 서 있는 강수호를 발견했다. 괜히 어색하기도 하고 빤히 보면서 어디냐고 물은 게 의뭉스럽기도 해 전화를 끊었지만 차에서 내리지 않았다.

그러자 성큼성큼 다가온 강수호가 창문을 두드렸다.

하진은 가방을 들고 차에서 내렸다. 그리곤 차 문에 기대서 한 발자국도 움직이지 않았다.

"생각보다 빨리 도착했네."

"그러네."

"안 들어가?"

쉽사리 발걸음이 떨어지지 않았다.

이런 경우는 처음이었다. 동종 업계에서 나름 간판 걸고 일을 하면서 다른 회사 대표와의 미팅은 흔한 일이 아니었다. 더군다나 사적으로 깊게 연관된 강수호 같은 남자와는 더더욱.

"그러게. 적진이라 그런지 들어가기가 싫네."

"이김사가 적진이야?"

"내가 세팅한 진지는 아니지."

"그러니까 그 말은, 하진이 지금 적장의 품속으로 들어왔다는 거네."

"……!"

"이렇게."

강수호는 이상한 말을 하면서 하진의 허리를 두 손으로 감싸 안으려 했다. 당황한 하진은 주위를 살피며 일정한 거리를 유지한 채 나직이 외쳤다.

"지, 지금 뭐하는 거야?"

"천하의 하진이 말을 더듬거릴 때도 다 있네. 생각보다 나쁘지 않은데, 이런 얼굴로 그런 말을 하는 거."

뭐가 그리 좋은지 강수호는 애매한 미소를 지었다. 낯선 미소는 파급력이 작지 않았다.

내심 평균 이상이라는 걸 알면서도 부러 그냥저냥 나쁘지 않다고 생각했는데, 흔치 않은 미소를 짓는 강수호는 지금 부정할 수 없을 만큼 근사해 보였다.

새삼스런 감정의 동요를 지우기 위해 하진은 한층 서늘한 목소리로 쏘아붙였다.

"무슨 소릴 하는지 모르겠네. 저리 좀 비키시죠. 이김사 사장님."

강수호에게 벗어난 하진은 재차 옷매무새를 확인했다.

수호는 적진이란 말을 하며 다소 긴장한 듯한 하진이 귀여워 보였다.

좁은 새장에서 사는 공작새를 강수호에게만 반응하도록 길들이려는 그의 작전에 점점 차질이 생겼다. 되레 사육사가 도도한 공작새한테 매료돼 사육당하게 생겼으니.

"이김사 사장님. 저 계속 여기에 서 있을까요?"

출입구를 가리킨 채 눈짓을 해 대며 콧등을 찡그리는 모습도 더없이 어여뻤다.

블랙홀에 빠지듯 속수무책인 감정을 나름 조율하려 본의 아니게 간격을 둬 그런지 순식간에 갈망과 함께 갈증이 솟은 수호는 당장이라도 하진을 안고 싶었다. 하지만 동하는 몸과 마음을 애써 다독이며 도도한 태도로 거리를 두고 기다리는 하진 곁으로 천천히 다가갔다.

회의실에 먼저 와 기다리고 있던 유 실장은 하진을 보곤 자리에서 일어나 인사를 나누었다. 두 사람은 유 실장이 손수 준비한 서류를 읽어 내려갔다.

"대충 감이 오시죠?"

유 실장이 선한 눈빛을 하진에게 보내며 물었다.

"네, 모를 수 없도록 설명을 디테일하게 하셨네요."

하진은 수호에게는 절대 보이지 않는 선하고 착한 미소를 지었다.

"감사합니다. 그럼 제가 서류에는 없는 몇 가지를 짧게 설명하겠습니다."

"네."

모든 일을 유 실장에게 위임한 수호는 두 사람의 대화를 한 발짝 떨어져 지켜봤다.

"보셨다시피 팟캐스트에서 다룰 책은 신간이나 묵은지와 상관없는 장르 소설입니다. 서평은 이김사에서 출간한 도서에 편중하지 않고 모든 출판사의 판타지, 무협, 로맨스를 골고루 다룰 생각입니다. 기입돼 있다시피 일주일에 한 번이고, 장소는 저희 이김사 3층이에요. 지금 스튜디오 공사 중이니까 조만간 보실 테구요. 아시다시피 메인 진행자는 저랑 자하 편집장님이 주축이 돼서……."

"네? 지금 뭐라고 하셨죠?"

하진의 날카로운 질문에 유 실장이 수호를 슬쩍 곁눈질하더니 정확하게 설명했다.

"자하 출판사의 하진 편집장님이요."

정확한 지목에 하진의 시선이 관찰자 입장을 고수하고 있는 수호에게로 향했다.

그 시선은 사뭇 거칠고 뜨거웠다. 그 같은 뜨거움은 서류에 적힌 팟캐스트 프로젝트가 저와 관련이 있을 줄은 전혀 몰랐기 때문이다.

"내가 추천했어. 그 이유로 오늘 여기서 보자고 한 거고. 내가 무슨 생각으로 자하 출판사 편집장님을 추천했는지는 본인이 제일 잘 알 거야."

하진은 유 실장이 함께 있는 자리라 그런지 평소처럼 금세 치고 나오지는 않았다. 하지만 불쾌한 기운이 역력했다.

독자들과 교류를 즐기지 않는 신비주의로 인해 우물 안 개

구리 같은 삶을 지향하는 하진에게 이 모든 계획과 시도가 엄청난 모험이라는 걸 안다. 그렇다 해도 수호는 그녀가 새장 안에서 나와 더 높이 날아오르길 바랐다.

그 도약의 시작이 팟캐스트라 생각했다.

"유 실장님도 순문학에서 10년을 일하시다 넘어온 베테랑이지만, 자하를 키운 하진도 그에 못지않기에 두 사람의 콤비와 공조가 마땅하다고 판단했어. 물론 성과를 내리란 것도 자신하고."

"강수호……."

"내 말 들어 봐."

수호의 진중한 눈빛에 하진은 숨을 몰아쉬었다.

"하진이 끝까지 수긍할 수 없다면 욕심 안 부려. 하지만 난 유 실장님이 이 프로젝트를 거론할 때부터, 자하의 편집장을 염두에 두고 기획했어. 현재 이김사를 가장 무섭게 추격하는 자하니까. 하진은 그런 자하의 실질적인 수장이고."

"……."

"장르 문학 팟캐스트는 여러모로 의미가 커. 이제껏 없었던 시스템이니까. 책을 구입하기 전에 독자들이 정보를 얻을 곳은 출판사에서 진행하는 서평단이나 앞서 읽은 독자들의 리뷰밖에 없어. 또 출판사에서 제공하는 책을 받아 읽는 독자는 당연히 나쁜 소리를 하지 않지, 책이 아주 형편없기 전에는. 이 모든 이유로 베테랑인 두 사람이 장르 문학 독자들에게 전문적인 가이드가 돼 주길 바랐어."

"……."

"지금보다 전 방위적으로 노출이 될 테고 좀 더 전문적으로 장르 문학의 소설들을 대중들에게 알리기 위해 이 프로젝트에 하진, 자하 편집장을 추천한 거야."

수호의 모든 생각과 말은 진심이었다.

문학에 대한 흐름을 읽는 유 실장의 눈. 거기에 하진의 전문적이고 개성 있는 해설. 경쾌하고 중립적인 팁이 더해진다면 장르 문학이 지금보다 훨씬 많은 독자와 수요를 이끌며 선도적인 위치에 있는 외국만큼 발전이 가능하다고 판단했다. 더불어 시장 파이는 물론이고 토론과 진보된 노출로 인해 내실도 분명 단단해질 거라 생각했다.

"강수호, 난……."

하진이 입을 뗀 것과 동시에 노크 소리가 들렸다. 이내 문이 열리며 강명진 회장이 비서를 대동하고 회의실로 들어섰다.

세 사람은 누가 먼저랄 것 없이 자리에서 일어섰다.

"중요한 회의 도중에 불쑥 들어온 것 같아 미안하군."

"연락도 없이 어쩐 일이십니까, 회장님?"

유 실장이 강 회장 앞으로 가 인사를 건넸다.

"지나가는 김에 강 사장 약속 없으면 저녁이라도 함께하려고 했지. 근데 여기 계신 여성분은 누구신지……."

"여긴, 자하 출판사의 하진 편집장입니다. 저희와 긴밀한 프로젝트를 준비 중이라 어렵게 모신 분이죠. 하진 편집장님, 여긴 강명진 회장님이십니다."

수호의 설명에 강 회장이 하진에게 다가와 손을 내밀었다. 그에 하진은 악수에 응하며 고개를 숙여 보였다.

"안녕하십니까, 회장님. 자하 출판사 편집장 하진이라고 합니다."

"반가워요, 하진 편집장."

하진은 당황스럽고 복잡한 마음과 달리 표면적으로는 강 회장의 손을 잡은 채 환하게 웃어 보였다.

"일전에 들으니 자하가 우리 이김사의 강력한 라이벌이라고 하던데, 어때요? 오늘 저녁 함께하면서 그 부분에 대해서 심도 있게 이야기를 해 보는 게. 이 외로운 늙은이한테 시간 좀 내줄 수 있겠어요, 하진 편집장?"

강 회장의 부드러운 권유에 미처 거절의 핑계를 찾지 못한 하진은 이번에도 연한 미소로 긍정의 답을 표했다. 아니, 표현할 수밖에 없었다.

문학계의 원로인 강 회장의 은근한 카리스마에 미팅은 그렇게 급작스레 진행되었다.

〰〰〰

내내 가벼운 어조로 이야기를 풀어내는 하진과 달리 현수의 표정은 가볍지 않았다.

"그러다 강 회장님이 요즘 문학계랑 출판계를 어찌 생각하느냐고 물으셔서……."

"생각하는 대로 다 말하진 않았지?"

기습적으로 묻는 삼촌을 빤히 쳐다보며 하진이 호기롭게 말했다.

"했지, 디테일하고도 적나라하게. 예전부터 삼촌이 그랬잖아. 어느 상황에서든 위축되지 말고 내가 믿고 구상하는 것을 마음껏 펼치라고."

"관두자."

현수는 꿍 하며 미간을 살짝 찌푸리더니 입을 다물었다.

몸이 많이 아플 때와는 또 다른 표정이었다. 약간은 답답하고 왠지 한심하다는, 그러면서도 네가 내 조카여서 참 할 말이 없다, 라는 표정을 지었다.

현수는 하진이 현재 국내 출판계와 문학계를 어떻게 보고 있는지 누구보다 잘 알고 있었다.

지금의 문학계를 보는 하진의 시선은 날카롭고도 절망적이었다. 사실 멍석을 깔고 평을 하려 들자면 할 말은 많고도 많았다.

삼촌의 표정이 썩 좋지 않아 강수호가 집에 데려다준 것과 프로젝트를 사전에 언급하지 않은 것, 그리고 갑작스레 회장님을 만나게 된 일에 대해 격렬하게 싸운 건 말하지 않았다. 결국엔 팟캐스트에 출현 여부를 떠나 소통이 아닌 불통을 선언하고, 입을 함구한 자신을 다시 차에 태운 강수호가 한강 다리를 몇 번이나 오간 사실도 말하지 않았다.

싸우다시피 한 그날, 강수호는 그대로 헤어지는 걸 수용하지 않았다. 억지로 처음과 같은 분위기로 회복하려 들지는 않았지만 서로 등 돌리듯 헤어지는 것도 용납하지 않았다. 그래서 그날은 말없이 음악을 들으며 한강 다리를 투어했다.

각자의 침묵과 다른 상념들은 서로의 성난 마음이 가라앉기를 바라며, 소모전으로 격해진 감정에 얼마의 유예 시간을 주었다.

이번 다툼 아닌 다툼도 그렇고, 강수호와 다시 재회하고 기껏 두 달이 지났을 뿐인데 지난 7년 동안 전혀 알지 못했던 것들에 대해 참 많이도 알게 됐다 싶었다.

"그래서 문학계 원로이자 남자 사람 친구의 부모님을 뵌 소감은?"

"……"

'남자 사람 친구'란 말이 묘하게 걸렸다. 그래, 애인은 아니니 좋게 말해 그 정도 되려나.

강수호와 그런 담백한 관계가 될 수 있을까 싶다.

솔직히 친구는 아니고, 친구 사이엔 절대 할 수 없는 일을 했고, 지금도 틈만 나면 하고 있는 그들이 지금 어디에 있고, 무슨 타이틀로 묶일 수 있는지 정확하게 정의할 수 없었다.

깔끔하게 갑을 관계, 심층적 계약관계라고 하면 되려나…….

"소감 없어?"

"아, 소감!"

하진은 삼촌을 보고 살짝 웃었다.

"뭐라고 해야 하나. 좋아 보였어. 지극히 이상적인 관계랄까. 아버지는 아들을, 아들로서도 그렇고 동종 업계에 있는 출판인으로서도 신임하고, 아들은 자신을 믿고 맡긴 아버지를 존경하고 닮아 가는 느낌이랄까. 보니까 기 센 누나들 때문에 장르로 밀려났다는 소문은 사실이 아닌 것 같던데. 장르 문학에 애정까지는 모르겠지만 열정이 있어 보였어, 강수호."

사실 그 같은 프로젝트를 기획하고 실현되게끔 현실적인 문제들을 떠안고 감행한다는 사실도 그렇고, 당장 수익성 있는 일도 아닌데 앞으로의 장르 문학 전반을 생각해 내린 결정에 조금은 강수호가 대단해 보이기도 했다.

순문학에서 이미 진행되고 있는 아이템이라 해도 장르에서는 결코 쉽지 않은 결정이란 걸 안다. 대중들이 장르 문학을 인문학처럼 삶과 결부해서 생각하는 것도 아니고.

독자들을 새로이 입문하고 영입해야 시장이 커지는 장르 문학에서 팟캐스트와 독자들의 서평이 함께 시너지를 이루면 그보다 더 좋을 수는 없다는 의견에도 상당 부분 동의했다.

"애정이 있으니 팟캐스트를 기획하는 거겠지. 삼촌은 적극 찬성이야."

아주 오랜만에 토론할 마음이 생겼는지 현수는 피곤해하면서도 눈빛을 반짝였다.

"독자들 서평만 믿기엔 개별적인 취향이 너무 많이 반영돼. 그런 이유로 장르 독자들을 위한 좀 더 전문적인 가이드가 나오는 게……."

현수는 긴 호흡에 숨이 가쁜지 잠시 입을 다시곤 다소 느린 템포로 말을 이었다.

"토론의 확장이란 측면에서도 그렇고 적당한 타이밍이라고 생각해. 아주 좋은 생각이야. 이제 막 장르 문학에 입문한 독자들에게도 충분히 반가울 정보고."

하진은 늘 맥을 놓고 지내던 삼촌에게서 평소와 다른 생기가 느껴지자 그 같은 이벤트를 기획한 강수호에게 절이라도 하고 싶은 심정이었다.

바닥이 난 체력과 나날이 강력해지는 고통. 의식이 가물가물한 상태가 더 많아지고 어떤 말을 해도 즐거운 기색이 없던 삼촌이었다.

병원에서도 이미 포기한 지 오래였다. 그런데도 삼촌은 병을 견뎌 내며 이 모든 상황에 불안해하는 하진을 위해 늘 웃어 주었다. 아직은 괜찮다고, 아직은 그녀의 든든한 지지자라고, 조금 더 지켜봐 줄 테니 걱정 말고 힘차게 기지개를 켜라고.

그런 이유로 하진은 울지 않았다.

현수의 생명이 얼마 남지 않았다는 걸 너무도 잘 알면서도.

"참, 도우미 아줌마 미인이시더라. 삼촌 말대로 말수는 없으시지만."

인사하면서 보니 내국인이 아닌 필리핀인으로 보였다. 어감은 달랐지만 꽤 오래 우리나라에서 지냈는지 표현력도 그렇고 대화에도 별 무리가 없었다.

인상적인 건 눈빛이었다. 차분하면서도 피곤한 듯한 표정.

도우미 아줌마라고 해도 하루 종일 집에 머무는 것은 아니었다. 새벽엔 인근에 사시는 할아버지가 삼촌을 돌봐 주시기에 그리 고단하지 않을 거라 생각했는데 도우미분의 표정엔 삶의 고단함과 타향살이의 절절한 설움이 묻어나 있었다.

"하진아."

"응?"

"겨울에 따뜻하게 입을 코트나…… 아니다, 점퍼가 좋겠다. 눈밭에 빠져도 든든할 그런 점퍼 하나만 사다 줘. 색은 네가 알아서."

"누구 건데? 혹시 도우미분?"

"응, 지금도 겉옷이 그래서……. 겨울 점퍼라도 선물해 주고 싶어. 좋은 걸로."

"사이즈 대충 알겠으니까 최고로 좋은 거 사 올게. 내가 해야하는 일 대신해 주시는 데 당연히 사 드려야지. 다음에 가지고 올게, 삼촌이 드려."

하진은 왠지 모르게 대책 없이 눈물 바람이 일 것 같아 목울대가 뜨거워졌다.

"진아."

"응?"

"삼촌 말 잘 들어."

그의 목소리에서 전에 없던 단호함과 강한 의지가 느껴졌다.

"이곳에 있는 건, 내 선택이고 의지야. 소중한 시간을 병원에서 보낼 생각이 없어서 선택한 거야. 또 내 병간호 네가 못한다는 사실에 미안해하는데 그러지 마. 그리고…….”

삼촌은 하진을 보고 밀크빛 특유의 부드러운 미소를 지었다.

“오래전부터 준비하고 있었잖아, 우리.”

“…….”

“약속도 했고.”

하진은 말없이 고개만 끄덕였다. 이 순간 어떤 말이라도 한다면 바로 눈물로 이어질 것 같아 감히 입을 뗄 수도, 눈을 맞출 수도 없었다.

그래, 늘 준비하고 있었다.

오늘은 아니겠지, 아닐 거야, 아닌 거야, 하는 간절하면서도 죄스러운 마음으로…….

하진은 삼촌에게 인사하고 뒤돌아설 때마다 오늘이 마지막인 것처럼 인사를 했다. 그러면서도 아무렇지 않게, 며칠 있다 또 볼 것처럼.

“그러니까 진아, 우리 웃자.”

그 같은 말과 함께 삼촌이 먼저 미소를 보였다. 하진은 절대 미소가 나올 것 같지 않았지만 삼촌의 말이기에 어쩔 수 없이 동의하며 미소를 보이려 했다. 힘들지만 그래야 삼촌의 마음이 편할 테니까.

“그러고 보니까…….”

삼촌의 목소리가 왠지 방금 전까지와는 조금 다르게 가볍고 밝게 느껴졌다.

"우리 진이가 지금 연애를 하고 있는 거네."

"……!"

갑자기 이 무슨 황당한 소린가. 하진은 어리둥절한 표정으로 삼촌을 봤다.

이상한 말을 한 삼촌의 표정은 묘하게 환해서 알 수 없는 기대감이 가득해 보였다.

"너 지금 강수호랑 연애하는 거 아니야?"

"무슨 소리야!"

"무슨 소리긴. 고집불통 덕후녀가 제대로 임자 만났다는 소리지. 그러니까 몇 년이지? 너희 두 사람 인연이……."

"인연은 무슨! 공작새 3부작을 그 인간이 가지고 있어서 갑을 관계로 만나고 있는 건데."

"그게 다야?"

그게 다는 아닐 거라는 미묘한 뉘앙스로 현수가 물었다.

"아니면?"

하진은 삼촌과 자신에게 질문을 던졌다.

"그러니까 묻잖아. 정말 그게 다냐고?"

"……."

방금 전과 다른 진지한 얼굴로 조금은 정직하게 답을 해 보라는 삼촌으로 인해 하진은 아무 말도 할 수가 없었다.

무언가를 말하려 해도 그 무언가가 정확히 뭔지 알 수 없기에.

주말이 낀 11월의 마지막 날, 하진은 밤새 마음에 들지 않는 조연들, 그리고 상하좌우로 뒤집어 펼쳐도 도무지 성에 차지 않는 에피소드와 씨름을 하다 아침에야 겨우 침대에 누웠다. 그리곤 기력이 탈탈 털린 탓인지 이내 잠이 들었다.

얼마 자지도 못한 채 눈을 떴다. 뇌세포와 몸피에 늘 똬리를 트고 있는 피로감은 여전했다.

피하고 피해도 직선으로 곧게 뚫고 들어오는 빛의 향연. 시계를 보니 정오가 훨씬 넘어 있었다. 하진은 침대를 벗어나지 않은 채 이불을 감싸고 나른함을 만끽했다.

그러다 발레 공연에 가자는 강수호의 전화를 받았다. '발레'라는 말에 덜컥 약속을 잡아 버렸다. 몸 상태로는 절대 가면 안 되지만 다른 것도 아니고 발레라는데 안 갈 수 없었다.

조금씩 천천히 디테일하게 준비를 하고 있었다.

국내 최정상의 발레리노를 주인공으로 한 로맨스 소설을.

오해의 소지가 많은 언어에 비해 몸의 동작, 표정과 마임으로 표현하는 이들에게 묘한 끌림과 오래된 선망, 어쩔 수 없는 동요가 있었다.

발레리노를 선택한 또 하나의 이유는 섹스와 발레가 묘하게 교차되면서 종국엔 서로가 다르지 않다는 이상한 결론 때문이었다.

누군가는 이런 자신을 보며 수준 낮다고 비하할 수도 있겠지만, 그 우아한 몸짓의 향연을 볼 때면 늘 격렬한 섹스가 연상되곤 했다.

생각은 자연스레 그 긴밀한 행위와 호흡을 같이하는 강수호로 연결됐다.

재회 기념이란 말로 포장을 한다 해도 너무도 급작스러웠던 행위. 3년의 공백이 믿기지 않는 기막힌 몸의 반응. 익숙하고도 예민한, 열정적인 움직임이 주는 희열.

늘 사람을 분개하게 하면서도 강수호의 정성스러운 섹스는 긴 시간에 비례해 다양한 색감처럼 현란하고 농익어서 좋았다.

그보다, 주말 저녁 발레 공연을 보러 가자 제안한 강수호의 생각은 대체 뭘까…….

주말 저녁 데이트라고 해도 좋을 만남과 고급스런 공연. 연주회와 결혼식에 이은 또 다른 코스라고 해도 좋을 이 시간이, 정말 계획에 있던 일상적이고 인간적인 네트워킹의 일환이 맞는 걸까…….

큰 의미를 두지 않으려 해도 보통의 연인들처럼 데이트 코스를 함께하자 제안하는 강수호의 의중이 궁금했다.

아, 모르겠다. 더 이상 고민하지 말자.

다른 것도 아니고 발레라는데 다른 말은 필요 없었다.

이 순간 모든 질문과 물음표를 발레란 이름으로 덮었다.

샤워를 한 하진은 피곤과 월경증후군 때문에 가히 멍으로 인식되고도 남을 다크서클을 감추고 보완하기 위해 평소보다 진하게 화장을 했다.

자연스레 옷의 컬러와 디자인도 달라졌다. 모던하고 심플한 느낌으로. 그렇지만 강수호의 강력한 존재감에 묻히지 않을 정도로 결코 무난하지는 않게.

늘 기회를 엿보면서도 쉽사리 보지 못하던 발레 공연이고, 어쩌면 바로 눈앞에서 발레리노를 볼 수도 있겠다 싶어 화장에 공을 들였다. 그런 이유로 화장대 한쪽에서 유배 생활을 하던 향수도 과감히 꺼내 허공에 분사했다.

하늘에서 향 좋은 안개비가 내렸다.

강수호는 약속 시각에 맞춰 정확히 도착했다.

이젠 제법 익숙한 차에 올라탄 하진은 올라타자마자 따가운 시선을 느꼈다. 순간, 너무 힘을 줬나 싶어 앞을 주시하며 강수호의 집요한 시선을 피했다.

"공연 끝나고 다른 약속 있단 소린 안 한 걸로 아는데."

"없어."

평소와 달리 한껏 멋을 내고, 향까지 뿜어 대는 하진을 훑어보는 강수호의 시선은 한마디로 정의하기 어려웠다. 순간 차 안 가득 어색함이 감돌았지만 하진은 모른 척했다.

"발레, 좋아해?"

혹시나 연주회 때처럼 VIP석이면 더 가까이 볼 수 있겠단 기대감에 흥분이 돼 물었다.

"별로."

"표는 어떻게 구했는데?"

"주연을 맡은 발레리노가 아는 동생이야. 미국에서 만난."

아는 동생이란 소리에 하진은 급하게 숨을 삼켰다. 그 감읍하는 모습을 강수호가 본 듯했다.

"무슨 의미야?"

"뭐가?"

강수호는 알면서 왜 반문하느냐는 표정을 짓더니, 깜빡이를 켜며 좌회전을 했다.

"굳이 설명하자면 발레리노를 직접 볼 수도 있겠다는 기대감에 저절로 나온 작은 탄성 정도."

"발레리노한테 관심 있는 줄은 몰랐네."

운전을 하는 강수호가 꽤나 시니컬하게 말했다. 어쩌면 평소보다 한층 더 퉁명스럽게.

"아름다우니까……."

하진에겐 아름다움 이상으로 매혹적인 피사체가 발레리노였다.

"눈을 뗄 수 없을 정도로 아름답잖아. 섹시한 건 말할 것도 없고."

적당한 단어를 고르기에 앞서 마음속에 내재돼 있던 말이 먼저 튀어나와 버렸다.

하진은 괜한 말을 한 것 같은 민망한 기분에 평소에는 절대 하지 않을 설명과 이유를 보탰다.

"차기작으로 발레리노를 염두에 두고 있었어. 뭐 차기작이 될지 차차차기작이 될지는 정확히 모르지만."

"그거야 작정하고 달려들면 가능한 거 아닌가?"

다른 작가들은 그럴 수도 있겠지만 하진은 달랐다. 작정을
하고 공부를 한다 해도 어느 순간 스며들듯 파고들어 결국은
쓰고 싶단 생각이 강렬한 작품을 먼저 써 왔다. 일종의 교감이
라고 해야 할까.

사람들 간에 '케미'가 있는 것처럼 작가와 작품에도 그런
게 있었다.

한순간 박혀 들어 미치게 사랑에 빠진 것처럼 도무지 설명
이 안 되는 끌림. 글에 대한 소재에 빠져 서로의 화학작용 같
은 끌림으로 시작되는 소설에도 그런 '밀당'이, 감정의 소요
가 복잡하게 내재돼 있었다. 적어도 하진에게는 그랬다.

"그렇긴 한데 난 작정하고 바로 쓰는 쪽은 아니라서."

"아니면?"

"오랜 시간 준비했더라도 갑자기 깜빡이 켜고 들어오는 소
재에 곧잘 넘어가는 스타일이거든, 나란 사람은."

수호는 다소 민망하고 창피한 듯 창밖으로 시선을 돌리며
스스로에 대해 조근거리는 하진의 얼굴을 주시했다.

첫사랑에 빠진 소녀의 발그레한 미소. 수줍음. 숨기고 싶어
하는 흥분과 열기 등, 이 순간의 하진은 의도하지 않았겠지만
여태껏 보여 준 적 없는 다양한 모습을 보였다.

이 모든 소소하고도 분명한 변화가 긍정적이라는 생각이 들
면서도 방금 전 수줍은 소녀처럼 상기된 뺨을 하고 발레리노

를 아름답고 섹시하다 칭찬했을 땐, 유치한 감정이란 걸 알면서도 핸들을 돌리고 싶었다.

곧 차기작으로 준비 중이란 말에 불퉁한 감정은 다소 희석됐지만 묘하게 거슬리고 신경이 쓰였다.

목적지가 가까워질수록 수호의 시선은 내비게이션 속 화살만큼 날카로워졌다.

하진은 오늘 계속해서 의외의 모습을 보였다.

일과 소설에 관한 것 빼고 모든 것에 무관심해서 열정과 열의가 부족한 듯 보이던 하진은 지금 이곳에 없었다. 마치 자신이 지젤인 듯 알브레히트로 분한 발레리노를 향해 온몸의 감각과 신경을 곤두세운 채 두 시간 가까운 공연 내내 숨 한 번 제대로 쉬지 않고 집중해서 관람했다.

며칠 전 통화에서 발레리노인 후배가 공연 뒤 분장실로 오거나 따로 시간을 갖자고 했지만 오늘 전혀 모르는, 낯선 인격체처럼 구는 하진으로 인해 수호는 그럴 마음이 없었다.

"그, 그냥 간다고?"

"응."

아쉬움이 가득 밴 얼굴로 수호를 뒤쫓는 하진의 발걸음은 자꾸 멈춰 서기를 반복했다.

"발레리노랑 아는 사이라고 하지 않았어? 미국에서 신세 진 게 있어서 한 번은 꼭 와야 하는 공연이라고."

"그래서 봤잖아."

수호는 한 번도 멈추지 않고 사람들을 피해 걸었다. 하진이 그런 수호의 팔을 살짝 잡아당겼다.

"잠깐만 서 봐."

하진은 수호의 팔을 잡은 채로 사람들과 정반대 방향으로 가 기둥 뒤 외진 공간에 섰다.

수호가 기억하는 한 하진은 침대가 아닌 장소에서 먼저 그를 만지거나 건드린 적이 없었다. 그런 하진이 지금은 다급한 얼굴로 스스럼없이 터치를 하고 있었다.

그토록 아름답다고 칭송하는 발레리노 때문에.

"정말 안 만나고 갈 거야?"

"그렇다면?"

"말했잖아. 나 다음 작품 발레 이야기라고."

단순한 발레 이야기가 아니라 아름다운 발레리노가 남주인 이야기겠지.

수호는 자신의 불편한 심중을 전혀 눈치채지 못하는 하진을 삐딱하게 쳐다봤다.

"그런데?"

"그러니까 이번 기회에 친분도 쌓을 겸 직접 만나서……."

"만나서 당장에 인터뷰라도 하고 싶어?"

"해 줄 수 있어?"

내내 아쉬움으로 종종거리며 눈치를 살피던 하진의 표정이 일순간 꽃처럼 화사하게 피었다.

말투나 어감이 어느 날보다 친밀해서는, 늘 유리벽만 한 가

림막이 느껴졌었는데 이 순간만큼은 그 어떤 버석거림도 느껴지지 않았다.

바로 그런 이유로 수호의 기분이 상당히 언짢다는 걸 하진은 전혀 알지 못했다.

수호는 약간의 홍조를 띠고 자신을 올려다보는 하진을 빤히 응시했다.

이에 하진의 눈가가 자잘하게 떨리고 있는 게 보였다. 그 모습이 묘하게 수호의 감정과 욕망을 부추겼다. 수호는 기대에 차 흥분한 하진에게 고개를 내려 소곤거렸다.

"넌, 해 줄 수 있어?"

하진이 무슨 말인지 모르겠다는 듯 순진한 표정을 지었다.

"무, 무슨 말이야?"

"이 시간 이후, 강수호가 하진을 밀착 케어하게 해 주면."

"……!"

"들어줄게, 부탁."

단번에 알아들을 수 있게 미묘한 뉘앙스를 실어 말했다. 그러자 예상한 대로 하진의 표정과 눈빛이 차츰 익히 알던 평소의 하진으로 돌아왔다.

"내가 단언하는데 강수호, 넌 변태 성욕자 그 자체야!"

수호는 기막힘, 어이없음, 황당함 3종 세트 버전으로 붉으락푸르락하는 하진의 시선을 마주하며 마음속에 담아 둔 말을 내뱉었다.

"네 말대로 내가 변태 성욕자였다면 마술에 빠진 하진을 지

금처럼 매너 있게 기다리지 않고 대번에 덤벼들었겠지. 오늘
쯤 끝나지 않았나?"

경악, 경기, 경멸.

그런 표정을 짓는다 해도 수호는 신경 쓰이지도, 나쁘지도
않았다.

하진과 그 빌어먹을 발레리노의 기분 나쁜 만남을, 어쩌면
운명적인 조우를 차단할 수만 있다면 이보다 더한 저질 변태
도 될 수 있었다.

하진과 닮은 듯 다른 하륜이 싱긋 웃으며 수호의 빈 잔에
술을 따라 주었다.

"잘돼 가고 있어?"

"뭐가?"

수호의 물음에 하륜이 호기심 가득한 눈빛을 빛냈다.

"연애."

"연애?"

잔을 단숨에 비운 수호가 하륜의 술잔을 채워 주었다.

"저번에 말한 그 사람, 애먹이는 작가인지 애인인지 모르겠
다고 한."

아하, 아름다운 발레리노를 심하게 사랑하시는 관계로 다음
소설 주인공으로 일찌감치 점찍은 충동적인 예지인 작가님.

"어, 잠깐만. 낮에 만난 고객한테 연락 왔다. 이분 상황이 정말 무지 난감하거든. 네가 이해 좀 해라."

하륜은 눈을 찡긋하며 전화기를 들고 가게 밖으로 나갔다. 그 모습을 보며 수호는 자신의 빈 잔을 꾸역꾸역 채웠다.

기분은 그날 하진과 헤어진 이후 계속 하향 곡선을 그렸다.

하진이 이전과는 다르게 싫고 좋은 것, 준비하고 계획하는 일들을 조금씩이라도 말하고 설명하는 건 고무적이나 사춘기 소녀의 풋풋한 모습으로 특정인 때문에 얼굴을 붉히는 건 결코 반갑지도, 보고 싶지도 않았다.

설령 그 대상이 예술인이라 해도 다르지 않았다.

오래전 하진이 마음이 아닌 손을 내밀며 육체뿐인 관계를 언급했을 때, 하진의 주변에 있었던 일을 전부는 아닐지라도 얼마 정도는 알고 있었다.

언젠가부터 하륜의 집 근처까지 하진을 데려다주고 그녀에게서 작은 미소와 웃음을 자아내게 하던 남학생의 존재를 몇 번이나 목도했다. 하진은 수호를 본 적이 없지만 그는 오다가다, 어느 날은 하륜에게 핑계를 대고 기다려서라도 그 둘의 아슬아슬한 감정선을 지켜봤었다.

그 감정이란 게 대체적으로 남학생의 의지로 이뤄지고 있다는 걸 짐작할 수 있었지만, 하진의 동요와 설렘도 없지 않았다.

두 사람이 어떤 이야기를 공유하고 공감하는지는 알 수 없지만 남학생의 이야기를 주의 깊게 경청하고 반응하는 하진의 표정은 결코 일반화할 수 없는 모습이었다. 그런 이유로 남학생에게 관심이 갔었다.

그러다 불법 파라미드에 빠진 하륜의 일과 맞물려 둘의 관계가 끝났다는 걸 짐작했을 땐 안도했었다.

그때였다. 하진이 그에게 영혼과 마음이 아닌 온기에 기대고자 했던 시기가. 그 당시 수호가 거절했다면 하진은 누구에게라도 파고들 것만 같았다.

손은 잡았지만 그와 하진은 그 당시 어떤 접점도, 교류도 없었다.

수호는 다른 누구도 아닌 하진에게만 고정되는 자신의 집요한 시선에 대해 스스로도 명확하게 설명할 수 없는 상태였다. 그때의 감정이 무언가의 시작이란 걸 몰랐다.

관계는 꽤 오랫동안 유지되었지만 결국 파국을 맞았다.

서로가 서로에 대해 충분히 고민하고 들여다보려 하지 않았기에, 몸의 반응과 감각 지점들을 속속들이 알고 나눴으면서도 견고한 감정이나 연애란 이름으로 이어지지 못했다.

그땐 서로가 간절하지 않았기에 마주한 사랑을 알아보지 못했다. 그 과오로 수호는 3년이란 시간을 부유하며 살아 냈고.

발레리노를 언급하던 하진에게서 그때의 모습이, 그 잘생긴 남학생과의 대화에서 지었던 표정이 보여 그 순간 신사적일 수도, 담백할 수도 없었다.

"미안하다. 통화가 길어졌어. 뭐야? 그새 술을 다 마신 거야?"

하륜은 빈 소주병을 흔들어 보였다.

머리는 타임 슬립을 하듯 과거의 기억에 빠졌던 것 같은데, 손은 그사이 부지런히 술잔을 채우고 비웠던 모양이다.

"뭐야, 애인이랑 잘 안 되고 있는 거야? 짜샤, 그래서 내가 너한테 말했잖아."

"무슨 말?"

"무슨 말이긴, 잘하라고."

그랬던가. 그래, 그랬던 것도 같다.

"네가 아끼고 원하는 상대가 널 사랑해 주는 건 어려우니까 무조건 네가 잘하라고."

"그렇게 말하는 넌, 잘하고 있고?"

그 질문에 하륜은 '아, 아현이' 하며 설핏 웃었다.

"모르겠다. 잘하는 짓인지."

하륜은 수호와 자신의 술잔을 채우며 한숨을 쉬었다.

"아현이, 하진이네 직원이잖아……. 연애라는 게 잘 만나다가도 어느 순간 이상 기류에 휩쓸릴 수 있다고 생각해. 그런 모습을 많이 봐 왔고. 그래서 부러 연락 안 했거든, 괜히 하진이 불편하게 만드는 게 아닐까 해서. 근데 아현이가 먼저 연락이 오니까 끝까지 모르는 척을 할 수 없겠더라."

하륜은 손안에 쥐고 있던 술잔을 단숨에 비워 냈다.

"아현이 말이야……."

빈 술잔을 보며 하륜이 피식 웃음을 흘렸다.

"나이가 어린데 속이 깊어. 자꾸 하진이랑 어울리려고 하네.

근데 그게 씨알도 안 먹혀서 아쉽긴 하지만. 그러니까 내 말은 예쁜데 맘도 착하다고. 뭐, 이제 시작하는 단계라 그 이상은 모르지만 그런 노력들이 예뻐. 고맙고. 그러니까 너도……."

남녀관계라는 게 동시에 출발선에 서지 못한다면 둘 중 누구라도 먼저 마음을 내보여야 한다는 건데 그들의 관계에서는 자신이겠다 싶었다.

어리바리한 스타일은 아닌데 느리게 곁을 돌기만 하는, 하진.

영리하면서도 제 감정은 남의 일인 듯 염불만 외는, 하진.

글은 그리도 잘 쓰면서 제 마음의 소리는 듣지 못하는 맹꽁이, 하진 때문에.

"그러니까 수호 너도."

하륜이 다른 생각에 빠진 수호를 불렀다. 그로 인해 마주한 눈빛에서 평소와 다른 깊이와 걱정이 느껴지는 듯했다.

"이 여자다 싶으면……."

"……."

"주저하지 말고 움직여. 괜히 우물쭈물하다 놓치지 말고."

하륜은 수호의 마음속 혼란의 대상이 누군지 아는 듯 충고와 격려를 동시에 했다.

"사내자식이 연애로 손익 따질 것도 아닌데 누가 먼저, 누가 더 많이 노력하고 좋아하면 어떠냐? 두 사람 마음이 하나이기만 하면 되지. 안 그래?"

하진이 모르고 있는 하륜은 이런 놈이다.

요즘 시대에 누구나 어느 정도는 다 한다는 계산조차 하지 않는, 이 사람이다 싶으면 뒤도 보지 말고 전력 질주하라고 등을 떠밀어 주는 온전한 사랑성애자.

술잔이 채워지고 비워지는 속도만큼이나 하진이 눈앞에 아른거리는 것만 같았다.

의도된 도발에 순간순간 발끈하며 발그레해지는 볼도, 모든 희로애락을 담은 듯하면서도 함께일 땐 늘 불타오르는 생생한 눈동자도, 분분하다가도 이내 할 말을 삼키며 다무는 유려하면서도 매끄러운 입술도 전부 다 만지고 핥고 빨고 물고 싶었다. 이 술기운이라도 빌려서.

그 모든 이유로 수호는 술잔을 채우는 하륜의 배려를 거절하지 않았다.

하진은 팔짱을 낀 채 1층 편의점에서 사 온 즉석 우거지 해장국을 정갈하게 먹고 있는 강수호를 빤히 쳐다봤다.

속이 꽤나 쓰린지 그는 빗발치는 눈총은 무시한 채 국물만 떠먹었다.

"기억이 전혀 안 난다는 거야?"

"안 나."

"대리운전 아저씨가 우리 집 현관 앞에 강수호를 택배처럼 밀어 놓고 가 버린 것도 전혀 모르는 일이고?"

"몰라."

하, 모른다. 뻔뻔한 강수호가 오늘 아주 제 고유 캐릭터를 확실히 보여 주고 있었다.

"술은 누구랑 마신 건데?"

"하륜."

"……."

그 말에 하진은 입을 다물어 버렸다. 그런 그녀를 보며 강수호는 내내 붙들고 있던 수저를 내려놓았다.

"하륜은 아무것도 몰라."

"……."

"짐작할 수 없을 정도로 하진이 워낙 철두철미해서. 안 그래?"

"그래. 그런데 강수호 도착지가 왜 내 집이냐고."

"술 취한 강수호가 하진을 필요로 했나 보지."

하진은 시선을 피하지 않고 죽어라 자신을 응시하는 강수호 때문에 어딘가가 불편했다.

이 불편은 어제 새벽부터였다. 술 취한 강수호를 끌어다 소파에 눕히고 방에서 작업을 하다 어느새 잠이 들었는데 눈을 떠 보니 그의 넓은 품속이었다. 그것도 침대 위.

"소파에서 자던 사람이 언제 방으로 들어온 건데?"

"거야 모르지. 하진이 들어다 침대에 눕혔는지."

"무슨 소리야! 내가 강수호를 왜 내 침대에 재우는데?"

기가 막혔다. 터무니없고 자의적인 해석에.

"서로 유일하게 섹스하는 사인데 침대에서 같이 못 잘 이유라도 있어?"

강수호는 얄미운 이미지와는 또 다르게 천연덕스럽게 물었다.

"지금 그 소리가 아니잖아. 넌 마치 내가 널 침대로 데리고 왔다는 투로 말하고 있잖아. 네가 남의 침실에 들어와 놓고."

"내가 걸어서 네 방으로 갔다는 증거도, 날 이동시킨 게 너라는 증거도 없단 소리야, 내 말은."

"뭐라고?"

"이렇게 따지는 게 뭐가 중요하지? 어차피 우린 침대만 공유하는 게 아니라 서로의 몸과 타액을 시도 때도 없이 향유하는 사인데……"

"그만!"

필요 이상으로 별의별 말을 해 대는 그에게 하진이 소리를 빽 질렀다.

그 같은 고성은 개의치 않는 듯 잔을 들어 물을 마신 강수호가 자리에서 일어났다.

"확인할 거 다 했으니까 잔다."

"무슨 소리야? 자다니? 가야지!"

하진은 자연스레 침실로 향하는 그의 앞을 재빨리 가로막았다.

"억지로 일어났더니 피곤해."

"그래, 그러니까 너희 집에 가서 자."

강수호는 팔짱을 낀 채 제 앞에서 냉정한 눈빛을 뿜어 대는 하진을 응시했다.

"어젯밤은 어쩔 수 없다고 쳐도 지금은 제정신이잖아. 난 성심성의껏 손님 대접했으니까 매너가 있다면 이쯤에서 자진 퇴장해야 하는 거 아니야?"

날도 환히 밝았겠다, 어젯밤 할 만큼 한 하진은 지금 두려 울 게 없었다.

"퇴장은 내가 결정해."

"……!"

"내가 널 안고 싶을 때 언제라도 안는 것처럼."

부러 '안고'와 '언제'란 단어에 힘을 주며 그는 둘 사이에 서 누가 갑이고 을인지에 대해 확실히 하려 했다. 그 같은 도 발에 여지없이 화가 치밀어 올랐다.

"나쁜 자식! 아주 뻑 하면 그 문제로 치고 들어오지? 강수호, 넌……!"

"주도권은 내게 있어. 벌써 잊어버리셨나, 공작새?"

전장을 사수하려는 듯 끝까지 버티는 하진을 단숨에 들어 옆으로 옮긴 강수호는 보란 듯이 방으로 들어가 버렸다.

도저히 참아 주려야 참을 수가 없었다.

그놈의 계약이 문제다. 남의 침실에 저리도 당당하고 뻔뻔 하게 입성하다니.

"강수호! 네가 언제까지 그럴 수 있을 것 같아! 내가 기필코 올해 안으로 계약 끝내고 만다. 두고 봐. 내가 역사에 길이길 이 남을 대작을 이김사에 안겨 줄 테니까!"

하진은 쿠션을 집어 방문으로 냅다 던졌다. 그러고는 분함과 억울함에 치가 떨려 물 잔을 단숨에 비웠다.

마시고 보니 방금 전 수호가 먹고 남긴 물이었다. 순간 손안에 든 잔을 쿠션처럼 던지고 싶었지만 하나하나 의미를 부여하며 마련한 귀한 살림살이인지라 꾹 참았다.

3년 동안 마케팅 공부를 한 게 아니라 융합심리학을 공부한 건지 말없고 표정 없던 강수호가 전혀 다른 인물이 되어 버렸다.

예전에도 섹스에 있어서는 발군의 실력과 농염한 분투를 자랑했지만 지금처럼 입으로 적나라하게 쏟아 내는 인물은 아니었다. 시선 처리 또한 심장을 관통할 것처럼 곧고 예리하지 않았고.

도대체 3년 동안 신변에 무슨 일이 벌어졌기에 저렇게 하드보일드하게 나오는지…….

아무래도 헤어진 날을 언급하면서 들이댔던 이유들은 전부 핑계고 또 다른 뭔가, 개인적인 변화가 있지 싶다. 하지만 지금으로선 알 길이 없으니.

언제부터인가 강수호를 대면하면 감정이 프리즘처럼 다채롭고 다양해졌다.

그중 화가 대부분을 차지했지만 결코 그게 전부는 아니었다. 예전과 다르게 서로의 관계가 팽팽하다는 걸 느낄 수 있었다.

그의 말대로 가장 원초적이고 본능적인 성욕을 서로 채우고 나누는 사이라 그런지 모르겠지만 뭔가 미묘한 실선이 연결된 듯하면서 감정은 팽팽했다.

모든 게 담백했던 예전과 다르게 여러모로 불편해져 버렸다.

침실로 저렇게 서슴없이 들어가는 것만 봐도 알 수 있듯이 확실했던 거리는 다소 애매해졌지만 여전히 서먹하다는 단어가 함께하기에 친밀하다고는 할 수 없었다.

지금의 이 관계를 도대체 뭐라고 정의해야 할지 모르겠다.

속궁합 잘 맞는 단순한 섹스 파트너. 계약관계에 있는 라이벌 회사의 오너. 아니면 말은 안 되지만 이제 막 시작하는 ○○이나 ○○들이라고 할지…….

하진, 네가 드디어 스트레스로 제정신이 아니구나.

애인! 연인이라니! 도대체 누구랑 누가!

주말 같지 않은 주말을 보내서 그런지 사무실에 도착하니 오히려 마음이 편했다.

결재할 서류가 얼마든, 고치고 대대적으로 땜질할 원고가 많든 적든 간에 그저 감사하고 반갑기만 했다. 그놈의 문제적 인간 강수호 때문에.

3년 전과 너무도 달라진 강수호는 무려 저녁까지 먹고 자기 집으로 돌아갔다. 후식은 물론 '개그콘서트'까지 챙겨 보면서.

개그콘서트를 보는 이김사 사장 강수호라니…….

이거야말로 융합인지 통합인지 모르겠다.

"팀장님."

아침처럼 생기 가득한 혜진이 하진의 옆으로 의자를 쭈욱 밀고 왔다.

"유라 작가요, 우리가 아는 필명 말고 다른 필명이 또 있나요?"

"잘 모르겠네. 왜?"

"그게, 아무래도 보성에서 나온 신인 작품이 유라 작가 책 같아서요. 묘하게 비슷해요. 도플갱어도 그런 도플갱어가 없다니까요. 주인공들이 맡은 비중도 그렇고 이야기를 푸는 방식이나 설정도 같아요."

"꽤나 재미있었나 보네."

"뭐, 딱히 그런 건 아니지만요."

혜진은 부인하는 듯하면서도 '히히' 하며 귀엽게 웃었다.

"아니긴, 그런 스타일 좋아하잖아. 남녀 인물과 주변 묘사의 과잉 은유나 메타포보다, 내면의 소리에 집중하는 똘똘한 여주인공이 과하지 않게 주체 의식 있는 스타일. 더불어 뒤에서 챙겨 주면서 추진력 있는 남주에 주·조연까지 두루두루 매력 있는 스타일. 서사되고 내용 쫀쫀한 건 기본이고. 맞지?"

조목조목 짚어 주는 하진의 설명에 혜진은 배시시 웃으며 미소를 숨기지 않았다.

"네, 좋아요. 고만고만하니 뻔한 작품들 속에서 단아하고 늘

어지지 않는 간결한 문체로 자신만의 존재감을 팍팍 드러내니까, 함께하는 입장에서 당근 궁금하고 즐겁죠. 일하는 맛도 나고. 근데 유라 작가, 최 작가님처럼 필명 두세 개로 작품 막 내돌리지는 않겠죠?"

내심 그런 일은 없어야 한다는 듯 혜진은 사적인 희망을 숨기지 않았다.

"그렇다 해도 나쁘게 평가할 일은 아니지 않나?"

하진의 말에 혜진이 전혀 공감할 수 없다는 듯 눈을 동그랗게 떴다.

"기본적으로 필력 있고 소재, 주제 확실하다면 필명을 두 개 쓰든 세 개 쓰든 상관없지 않느냐는 말이야. 그거야말로 개인 능력인데. 한편으론 꾸준한 노력과 성실의 대가일 수도 있고."

서로 다른 장르에서 두 개의 필명을 쓰고 있는 자신을 변호할 마음은 없었으나 무의식중에 평소 갖고 있던 생각을 말했다.

"아니요. 독자 입장에선 절대 아니죠. 그렇게 남발하는 거 재능과 능력을 소모하는 건데 독자들은 모르겠지 하면서 막 써내놓는 건 일종의 배신이고 기만이죠."

"배신에 기만이라……."

약간 다른 문제지만 역시나 결론적으로는 두 개의 필명이 있는 하진의 입장에서는 동일한 의견을 낼 수 없었다. 그거야말로 자기기만일 테니까.

"뭐 생각이야 다를 수도 있지."

"그럼 팀장님은 필명 몇 개씩 쓰는 건 기본에, 이 출판사, 저 출판사 종횡무진하면서 마구잡이식으로 소설 내놓는 작가랑 계약하는 거 괜찮으세요?"

소설의 내용과 완성도를 보지 않고 쉽게 판단할 수 없는 문제였다.

"팀장님은 저보다 더 완성도에 치중하는 스타일이시잖아요. 장르 문학이란 전제하에 미학적이고 서정적인 문체보다는 독특한 서사에 점수를 더 주시는 입장이고. 순문학과 장르의 경계를 자유롭게 크로스오버 하는 작가를 애정하시잖아요."

다작에 민감하고 날이 선 혜진이 평소 하진의 평가 기준을 정확하게 집어 말했다. 그러니 어서 그럴듯한 반론을 하란 식으로.

그런 혜진의 의도가 좋았다. 주말 강수호로 인해 다각적으로 피폐해진 감정선이 이 자리, 이 토론으로 얼마쯤 치유되고 상쇄되는 같아 기꺼이 수용했다.

"현재는 서로 다른 필명으로 다수의 작품을 내놓는다 해도 그게 훗날 작가에게 독이 아닌 자양분이 된다면, 또 앞으로 발전할 수 있는 충분한 효소가 돼 준다고 하면, 몇 개의 필명을 쓰든 다작이든 간에 단순 흑백논리로 평가하면 안 된다고 봐. 단, 본인의 개성과 소설의 퀄리티를 잃어버린다면 줄이는 게 현명하겠지. 근데 생각해 봐."

"무슨 생각이요?"

"필명 하나로만 작품 꾸준히 내놓는 작가들도 재미랑 완성도가 들쑥날쑥하잖아. 물론 기본적인 필력이 있으니까 평균 이상이긴 하지. 하지만 나름의 대가 반열에 오른 작가들도 이름만큼 계속 히트 치는 건 아니고……."

"……."

"그러니까 결국은 다작도 개인의 능력이고 피나는 노력이란 거지. 뭐, 개중에는 신의 자식처럼 재능을 타고나는 작가들도 있겠지만."

말은 이렇게 하면서도 그런 부류들이 정말 있을까 싶었다.

부단한 노력과 투지 없이 타고난 필력으로 4~5개월 만에 좋은 글을 쓸 수 있는 작가가.

"결론은 깜냥이 되면 하는 거고 그렇지 않으면 하나로 꾸준히 밀고 나가는 힘을 길러야지. 안 그래?"

하진은 그 말을 끝으로 손목시계를 보며 시간을 알렸다.

각자 자신의 포지션에서 맡은 바 일을 해야 했기에 무한정 토론을 지속할 순 없었다.

의자를 밀어 자기 자리로 돌아가면서도 혜진은 찜찜한 표정을 지었다.

현재 로설계에서 필명 두세 개로 다작하는 작가들은 적지 않았다.

판무와 달리 로맨스 소설을 쓰기 전부터 걱정과 부담이 앞서는 로맨스 부적격자 하진의 입장에서는 분명 부럽기만 한 능력인데 독자들 입장에서는 해석이 다를 수도 있겠단 생각이

들었다.

한 작품이라도 제대로 쓰지, 필명까지 돌려 가면서 그렇게
써 대야 하는가 하고.

결국엔 개인의 판단이고 능력이다.

오랜 시간 공을 들이고 다듬어 마치 난이 꽃을 피우듯 애틋
하고 조심스럽게 내놓는 작가도 있고, 자기 기준에서 누락되
지 않는 수준이라면 바로바로 내놓는 스피드한 작가도 있고.
시장성과 다양성의 논리로 접근하면 분명 둘 다 누구라 할 거
없이 꼭 필요한 작가군이었다.

장르는 다르지만 현재 공작새와 예지인이란 두 개의 필명을
쓰고 있기에 스스로를 냉정하게 평가하는 게 생각처럼 쉽지
않았다.

"저, 팀장님……."

생각에 빠졌던 하진은 저를 부르는 소리에 고개를 들어 꽤
나 난처한 얼굴로 서 있는 최 실장을 보았다.

월요일 아침부터 개별 대담이 이어지고 있었다. 빡빡한 일
주일의 시작을 대대적으로 알려 주는 듯해 한숨이 절로 나왔
다.

"네."

"혹시 소문 들으셨어요? 이김사 신임 사장 결혼 상대자 얘
기……."

떴구나! 그리도 기다리던 이김사 사장의 간택 소식이 떴어.
역시 할배의 정보통은 늘 옳다. 틀림없이, 의심할 수 없이.

"아니요. 무슨 소문인데요?"

하진은 연신 터져 나오려는 탄성을 숨기며 동요 없이 담담히 물었다.

"그게……."

최 실장은 말을 하다 말고는 전에 없이 뜸을 들였다. 애써 무관심한 척했지만 하진은 어서 말하라는 눈짓을 했다.

"그러니까 그게……."

짐작은 하고 있지만 하도 뜸을 들이는 통에 하진은 강수호의 결혼 소식이 최 실장에게 그렇게 충격인가 싶었다.

"팀장님이 이김사 강수호 사장의 오랜 친구이자 연인이란 소문이……. 게다가 강 회장과도 인사를 나눴다는 풍문이 업계에 자자해서……."

당황한 하진은 너무 어이가 없어 입을 쩍 벌렸다. 그 이야기를 들은 주변 여직원들은 흥분과 놀람으로 서로를 응시했다.

"저랑 이김사 사장이요?"

"네. 두 분 날짜 잡는 건 금방이라고, 소문이…… 사실입니까?"

최 실장은 사무실 직원 전부를 대신해 하진에게 묻고 있었다.

"아니에요."

일말의 주저 없이 단호히 답한 하진은 여전히 궁금한 표정을 한 최 실장을 고주파의 눈빛으로 압도해 제자리로 돌려보냈다.

출근한 후 비로소 혼자가 된 하진은 당장 전화를 걸어 묻고 따지고 싶은 유혹을 간신히 뿌리치고, 오늘 검토해야 하는 원고를 컴퓨터 화면에 띄웠다.

원고가 도무지 눈에 들어오지 않았다.

지독한 난독증에 걸린 것처럼 화면이 좌우로 물결쳤다. 전방위적으로 춤을 추고 자음 모음이 사방으로 흩어지며 난리도 아니었다.

오전 시간이 어떻게 지나갔는지 전혀 기억나지 않았다.

전에 없이 눈치를 보던 직원들은 점심시간이 되자 한순간에 사무실을 비웠다. 비로소 혼자가 된 하진은 핸드폰을 찾아 들고 단축 버튼을 눌렀다.

—내가 전화하려고 했는데.

"제가 여주로 등장한 이 청천벽력 같은 시놉은 대체 뭐예요?"

—그걸 왜 나한테 물어? 내가 진이 너한테 물어야지. 대체 언제 그렇게 발전돼서는……. 그때 이김사 사장이 그렇게 자신만만해하는 이유가 있었어. 이놈의 자식, 진작 할배한테 얘기를 하지. 난 그것도 모르고…….

"지금 무슨 말씀을 하시는 거예요! 그리고 발전은 무슨 얼어 죽을 발전이요! 할배가 저번에 강 회장이 간택한 처자들 중에서 결혼시킬 거라고 하셔 놓고 갑자기 이게 다 무슨 소리냐고요!"

—그랬지. 근데 진이 네가 다크호스로 깜짝 등장해서 일이

이렇게 된 거 아니야?

"그러니까 이게 갑자기 뭔 일이냐고요? 할배는 아실 거 아니에요."

─남의 집안 돌아가는 사정을 내 어찌 다 속속들이 알 수 있겠냐? 판이 한순간에 뒤집어진 걸. 아무튼 축하한다, 진아.

이 할배가 노망이 나셨나. 여태 어떻게 된 거냐고 묻는데, 축하는 무슨.

─그래도 섭섭하다. 미리 언질이라도 주지. 모른 척하고선 알아봐 달라고…….

"지금 무슨 소리 하시는 거예요! 절 그렇게 모르세요? 제가 지금 결혼할 정신이 어디 있어요? 회사랑 삼촌 생각만으로도 죽을 만큼 벅찬데!"

─그래, 그러니까 나도 처음엔 의아했지. 근데 진이 네가 강 회장이랑 같이 저녁 먹었다고 그러고 이김사 젊은 사장이랑 여기저기 선뵈고 다녔다며, 게다가 둘이 손잡고 다니는 거 봤다는 사람이 솔찬하더만.

다니면서 걱정을 하지 않은 건 아니지만, 든든한 경제력을 기본으로 간택한 문인들과 대학 교수 영애들이 이름표를 달고 줄 서고 있다기에, 또 강수호의 성정과 야심을 어느 정도 아는지라 별 신경 쓰지 않았는데 일이 이렇게까지 커질 줄은 상상도 못 했다.

다른 건 그렇다 쳐도 강 회장과 저녁 먹은 걸 가지고 소문이 확대될 줄이야.

출판인들끼리 저녁 한 끼 먹은 게 뭐 그리 대수라고. 게다가 그 자리엔 유 실장도 있었다.

"그러니까 지금 할배 말은 그런 이야기들 때문에 터무니없는 소문이 돈다는 거잖아요. 알겠어요, 제가 다시 연락드릴 테니까 그만 끊어요. 참, 단거 많이 드시지 말고요."

서둘러 전화를 끊은 하진은 또 다른 곳에 전화를 걸었다.

이 모든 사단의 원흉이자 시작인 강수호에게.

시간이 없으니 급한 일이면 이김사 사장실로 오라는 말에 박박 대꾸해, 그와 재회했던 호텔 프라이빗 룸에서 만나기로 했다.

평정심을 유지하며 처리할 일들을 꼼꼼히 마무리한 뒤 약속 시간에 비등하게 도착했다.

억울함과 답답함에 괴성을 지르고 싶은 걸 내내 참았더니 가슴이 얹힌 듯 묵직하고 답답했다.

이상하다 하면서도 문득 소도에 있는 삼촌 생각이 났다.

부탁한 여성용 겨울 점퍼는 산 지 오래인데 아직까지 가지 못하고 있었다.

사실은 생각만큼 글에 진척이 없어 가고 싶어도 갈 수가 없었다.

삼촌을 뿌듯하게 만들 번듯한 결과물을 갖고 가고 싶었다. 그 성과로 삼촌이 조금이라도 아픔을 덜 느낄 수 있도록.

그때 강수호와 연애를 하는 거냐고 묻던 삼촌의 말이 생생하다. 그에 대해 몇 번이나 생각을 해 보았지만 뚜렷한 답을 내리지 못했다.

친밀하다고는 못 하지만 어쩌면 그 누구보다 은밀한 관계이기에……

그때, 조금 상기된 표정의 수호가 룸으로 들어섰다.

무난한 호감형이라기보다는 냉랭한 분위기를 한층 더해 주는 길고 깊은 눈매. 일반인보다 길쭉한 팔다리가 오늘따라 야릇하게 보였다.

하진의 성적 본능과 욕망을 유일하게 함께 나누는 문제적 인간이자, 그 이상의 어떤 의미, 무슨 이름이 있을까, 과연.

"주문은?"

강수호는 반가운, 아니, 사이좋은 애인에게 묻듯이 물었다.

세월도 좋구나. 멀쩡한 사람을 왜곡과 논란의 대상으로 만들어 놓고는.

"주문은 나중에 해. 아니, 하지 마. 신변의 안전을 위해서."

하진은 소문에 상관없이 침착하려 했지만 저와 달리 매우 기분이 좋은 듯한 강수호를 보니 감정이 급격하게 일렁였다.

"지금 내 앞에 물 잔이 있으면 1초의 망설임도 없이 강수호한테 집어 던질 것 같으니까 주문하지 말라고."

냉담하고 거친 비유에도 그는 눈 하나 깜짝하지 않았다.

"무슨 이유로 그러는지 모르겠지만 던지고 싶으면 던져. 하진이 주는 거라면 그게 뭐든 최선을 다해 안전하게 받아 줄 테니까."

이 순간 무척이나 궁금했다.

옛 선현들은 얄미운 놈에게 어찌 떡 하나를 더 주는 여유와 미덕을 지니셨는지.

범인인 하진은 이 순간 떡보다는 욕지거리를 하고 싶기만 하거늘.

"지금 농담이 나와? 내가 왜 이러는지 정말 모르겠어?"

"룸 안에 온통 살벌한 네 레이저가 뿜어져 나오는데 무슨 수로 알겠어. 약간의 힌트를 준다면 추정이라도 해 보겠지만."

결코 이죽거린다고 할 순 없지만 얄미움은 포커페이스 얼굴과 목소리로도 충분했다. 강수호는 이미 충분히 하진을 충동하고 흔들었다.

"그래, 그럼 내가 들은 사실만 말할게."

들을 준비가 됐다는 듯 그는 그녀의 입술을 주시했다.

순간 의자에 살짝 기대 팔짱을 낀 채로 입술만 응시하는 강수호의 그윽한 눈매가 너무도 야릇해 보였다. 하진은 이런 감정을 스스럼없이 느끼는 제 자신이 어이가 없어 스스로를 단속하며 야무지게 입을 뗐다.

"오늘 우리 회사 정보통인 실장님이 묻더라. 정말 이김사 강수호 사장이랑 오랜 연인 사이냐고. 아, 하나가 더 있었지."

이 같은 말을 하는 하진은 분기탱천했고, 듣는 강수호는 유유자적하기만 했다.

"호기심 충만한 얼굴로 강수호랑 결혼하는 게 사실이냐며, 이미 업계에 소문이 자자하다고 하더라. 결혼이라니. 그것도 강수호랑."

말을 할수록 화가 치밀어 올라 하진은 복식호흡을 하며 마음을 진정시켰다.

"그게 다야?"

"뭐?"

"그 소문이 다냐고."

"지금 그걸 말이라고 해?"

더 화끈한 소식은 없느냐는 식의 우아한 질문에 순간 숨이 꽉 막혔다.

"난, 그놈의 공작새 3부작 때문에 싫다 좋다 말도 못 하고 벙어리 냉가슴 앓듯 하면서 고작 두세 군데 따라다녔을 뿐인데, 왜곡된 소문의 여주로 등극했어. 근데, 뭐? 그게 다냐고? 너야말로 그게 다야?"

"하진……."

"그리고 강 회장님이랑 저녁 식사한 거 때문에 이 기막힌 소문이 진짜처럼 탄력을 받은 거 같은데, 어떻게 수습할 생각이야?"

하고 싶은 말을 다 뱉었는데도 분해서 그런지 하진은 계속 씩씩거렸다.

"소문이야. 가볍게 넘게."

"……!"

여전히 여유가 철철 넘치는 강수호의 모습에 점점 더 기분이 나빠졌다.

"하! 가볍게 넘겨라?"

여태 불을 뿜듯 설명한 하진이 무안할 정도로 강수호는 그지없이 담담했다.

"하진이 아니면 아닌 거지, 뭐가 더 필요해. 소문에 맞대응하는 건 더 큰 호기심과 궁금증만 유발할 뿐이야. 인정하지 않는 소문에 대해서 대번에 해명을 한다는 건 또 다른 스토리텔링을 기다리고 있는 이들에게 소문을 양산하도록 부추길 뿐이라고."

하, 이 시대 마지막 현인이자 현자가 바로 여기 있었다.

"내가 착각하고 있었나? 단시간에 이김사를 능가하는 위치까지 자하를 끌어올린 하진이 이 정도 배짱밖에 안 돼?"

민감하게 반응하는 하진이 이해되지 않는다는 듯 강수호는 참으로 무심하게 말했다.

"이 일이 배짱부리면서 나만 아니면 돼, 하면 되는 그런 단순한 문제야?"

"그럼 어떻게 할까? 업계 사람들한테 일일이 아니라고 해명할까? 저녁은 선후배 출판인들끼리의 가벼운 식사이자 토론장이었을 뿐이고, 강수호랑 하진은 일적인 관계이자 연인은 아닌데 아주 오래전부터 서로의 필요에 오직 섹스만 하는 애매한 사이라고 말해?"

"강수호!"

사태 수습은 나 몰라라 하면서 그저 그들의 관계만 적나라하게 각인시키고 확인시키는 강수호로 인해 누를 수 없는 분노가 치밀었다.

시작부터 쭉 일관되게 분노에 부들부들 떠는 하진과 달리 일절 동요하지 않는 강수호가 더할 수 없이 얄밉고 정말이지 꼴 보기 싫었다.

"하진."

강수호는 이제까지와는 달리 하진의 이름을 나직이, 친근하고도 부드럽게 불렀다. 마치 제 목소리를 듣고 익히 알던 하진답게, 하진스럽게 진정하라는 듯.

순간적으로 복식호흡을 한 하진은 그제야 자신이 혼자만 피해자인 척한다는 걸 인지했다. 계속 이렇게 속 터져 하는 건 볼썽사나워 보이겠다 싶었다.

냉정은 냉정으로, 열정은 열정으로 받아치는 게 하진의 장점이자 주특기였다. 그랬던 그녀가 이상하게 강수호와 엮이면 너무나 쉽게 허물어졌다.

함께 스캔들이 난 상대는 저렇게나 독야청청하신데 몸 달아 봐야 저만 과잉 대응하는 것처럼 보일 터였다. 그건 싫었다. 다른 이도 아니고 강수호 앞에선 더더욱.

"그래, 좋아. 강수호는 소문에 대응할 생각이 전혀 없다는 거잖아?"

마음을 다잡은 하진은 조금씩 진정을 되찾았다.

"대응할 가치가 없다는 거야. 소문이란 건 누구의 입에서 시작된 건지 정확한 실체가 없어서 일일이 맞대응하는 게 불가능하니까. 네 눈엔 성의 없고 무책임해 보여도 웃어넘기는 게 현명한 방법일 수 있어. 상황과 상대에 따라선."

하, 가치가 없다는 사람과 무슨 의논을 할까.

지금 이 상황에 대해 그 어떤 분노 없이 냉정한 감정선을 유지하는 그에게 어떤 대안을 기대한다는 것 자체가 무의미했다.

"충분히 알겠어, 강수호 생각."

비로소 완전히 평소의 모습으로 돌아온 하진은 그를 빤히 보다 물었다.

"하나만 물을게."

이 순간 하진에게도 어느 정도의 보상과 위로가 필요했다.

"순문학으로 언제 넘어갈 거야?"

"무슨 소리야?"

"무슨 소리긴. 소속, 제대로 하자는 거지."

내내 느긋하던 강수호의 얼굴에 불쾌감이 자리했다.

"출판 재벌이자 문학 권력의 중심에 선 글 마당 자제분이 언제까지 이렇게 변방에서 칼만 갈고 있을 건데? 고작 장르 문학 활성화하고 시장 파이 키우겠다고 비싼 유학 다녀온 건 아닐 거 아니야. 본사에서 눈에 불을 켜고 견제하는 기 센 누나들 보란 듯이 실적으로 입성하겠다는 게 강수호 계산 아니야? 우리 업계 사람들은 다들 그렇게 생각하고 소문도 자자하던데. 짱짱한 배경도 그렇고 엘리트 코스 제대로 밟은 강수호 사장이 순문학에서 하류라 칭하는 장르 업계에 얼마나 있겠느냐고. 자존심 상해서."

"……."

"분열 직전, 다시 말해 곧 일어날 강 패밀리의 권력 재편성에 대해서도 그렇고."

하진은 들은 정보를 말하는 것뿐이라는 양 담담하게, 그러면서도 가족 간의 자리싸움을 다 알고 있다는 뉘앙스를 내포해 말했다.

"하진 생각이 아니라?"

"아니. 아쉽게도 난 그렇게까지 강수호한테 관심이 없어서."

하진은 최대한 여유로운 표정과 미소로 답했다. 방금 전의 강수호처럼, 딱 그만큼.

아까는 결코 부릴 수 없던 여유를 지금은 별 무리 없이 즐겼다.

"관심이 있어야 하지 않나?"

"무슨 이유로?"

"강수호의 오래된 연인이자 강 회장님한테 검증받은 약혼녀라는 말이 돌고 있는 상황이라며? 그럼 거론되는 권력 구도가 남의 일은 아니지."

"에이, 무슨 소리야."

하진은 여유롭게 손짓까지 해 보였다.

"권력 재편승은 그야말로 이 김사, 아니, 이 시대 문학 권력의 중심인 글 마당 내부 이야기고, 또 우리들 결혼 소문은 유머처럼 웃어넘기라며? 실체 없는 유령한테 휘둘리지 말라면서?"

하진의 매력적인 연기에 강수호의 매끄러운 표정이 점차 냉담해졌다.

"그래서 그러려고. 함께 거론된 남주는 이렇게나 반응이 고아하고 고차원적인데 나 혼자만 안달복달하면 뭐하겠어? 터무니없는 소문만 더 무성해지지. 안 그래?"

변방의 외로운 도련님, 그렇게 노려보면 어쩔 건데.

강수호 말대로 천하의 하진이 로설 속 착하게 다 퍼 주는 희생적이고 봉사 정신이 투철한 어리바리 갈팡질팡 여주도 아니고 기분 좋게 당할 수만은 없었다.

하진은 비로소 평정심이 사라진 강수호의 시선을 호기롭게 받아 내며 미소를 지을 수 있었다. 아주 작고 유치찬란한 판정승이라 해도 역시 승리는 라이벌에게 획득한 것이 최고로 짜릿했다.

"위하여!"

하진은 소주잔을 높이 쳐들어 판정승으로 끝이 난 대담을 기념하고자 했다.

"넌 위하여를 도대체 몇 번이나 하는 거야? 뭐야, 벌써 이렇게 마셨어? 술도 못하는 게. 너 내가 보이긴 하냐? 이거 몇 개로 보여?"

빈 소주병을 보던 초아가 손가락을 들어 흔들어 댔다.

"뭐야, 어지럽게."

"어지러워? 얘가 벌써 맛이 갔네."

"무슨 소리야, 맛이 가다니! 그리고 내가 왜 술을 못 마셔?

이 하진이 못하는 게 어디 있다고!"

오늘따라 유독 단맛이 강한 유자맛 이슬을 목 안으로 호로록 넘겼다.

빨간 뚜껑이 난무한 옆 테이블과 달리 깜찍하게 노란색의 모자를 뒤집어쓴 소주병은 순간순간 볼링 핀으로도 보였다.

"너 들어 보고 별것도 아닌 걸로 이 난리면 죽을 줄 알아. 지금 가게 한창 바쁠 시간인데 무턱대고 불러내서는. 아, 우리 연로하신 서방님이랑 어리바리 알바생 죽어나겠네. 그냥 가게에서 보자니까, 가시네가 정말."

종알거리던 초아는 유자맛 소주를 한 병 더 시키면서 제가 좋아하는 안주도 잊지 않고 주문했다.

"야! 이런 역사적인 날, 내가 눈치 보면서 축하주 마실 일 있어?"

"네, 그러셔요? 역사적이지 않기만 해라, 엉?"

빈 잔을 채워 준 초아는 자신의 잔에도 넘치도록 술을 따랐다.

"무슨 소리! 역사적이지 않을 리가 없지. 내내 줄에 묶인 똥강아지인 양 쫓아다니던 내가, 강수호한테 한 방 제대로 먹인 날인데."

"강수호? 강수호가 누구야?"

강수호의 이름을 연신 외던 초아는 눈을 동그랗게 뜨며 놀란 감정을 대신했다.

"혹시 그, 그 강수호? 하륜 오빠 친구이자 내 세 번째 첫사랑!"

맞다, 강수호는 초아의 세 번째 첫사랑이자 짝사랑 상대였
다.

자신만의 정신세계가 확고부동한 초아는 늘 첫사랑만 했다.
그런 이유로 그녀의 사랑은 늘 눈물겨운 외사랑으로 끝나길
반복했다.

그럴 때마다 마신 술이 오늘날의 초아를 주당으로 만들어
버렸다.

"어머나, 이게 웬일이니. 그래, 강수호는 잘 지내? 여전히
뻗댈 만큼 죽이게 멋지고? 그보다 그 멋지신 분을 도대체 어
디서 다시 만난 거야?"

"몰랐는데 네 세 번째 짝사랑남이 출판 재벌, 이 시대 문학
권력의 중심인 글 마당 자제분이시란다. 지금은 변방인 장르
쪽에서 열라 죽 쑤고 있지만."

"그래서?"

"그래서긴 뭘 그래서야. 같은 업계에 있으니 오다가다 만났
지."

제 술잔을 밀어 둔 초아는 족족 비워지는 하진의 잔을 채우
기에 바빴다. 그런 이유로 그녀의 주량은 빠르게 초과되고 있
었다.

"그런데?"

"장르 시장에 강수호랑 나랑 짝지어서 이상한 소문이 도는
데 나 몰라라 하기에 내가 약 좀 올려 줬지. 내가 또 약 올리는
건 타고났잖아."

마냥 미소를 지은 채 흐느적거리는 하진을 한심하게 쳐다보며 초아가 물었다.

"어떻게?"

안 그래도 승전 보고를 하고 싶어 죽겠는데 적당한 추임새에 하진은 냉큼 답을 했다.

"뒤늦게 자리 넘보는 동생, 본사로 진입 못 하게 막는 기 센 누나들 거론하면서 비정한 강 패밀리를 맘껏 비웃어 줬지. 잘했지, 초아야!"

"제대로 치사했네."

"뭐가 치사해? 없는 사실 말한 것도 아니고."

"그래도 가족은 건드리는 게 아니지. 인간적으로."

시뻘건 고춧가루로 전신을 무장한 닭발이 테이블 위에 올려지자 진지하게 대꾸를 하던 초아가 괴성을 지르며 달려들었다. 괴상하고도 처절한 색감으로 잔혹미를 더하는 닭발을 보니 왠지 술기운이 더 빠르게 도는 듯했다.

"······처음부터 그럴 의도는 아니었어."

닭발 하나를 쪽쪽 빨며 초아는 하진의 이야기를 경청했다. 중간중간 매운 기운으로 스읍, 스읍 하는 기이한 비지엠도 곁들면서.

"지랑 나랑 연인이라는 둥, 곧 결혼한다는 둥 그런 낭설이 만연한데도 그냥 내버려 두면 사라진다고 헛소리를 하니까 열이 받아서······."

순간 닭발을 괴기스럽게 문 초아가 하진을 빤히 응시했다.

"……왜 그래? 무섭게."

살만 귀신처럼 발라 먹은 초아는 으깨진 뼈를 뱉으며 싱긋 웃었다.

"매워서 그런지 이 타이밍에 술이 당기네. 어여 마셔. 그런 황당한 일이 있었으면 당근 마셔 줘야지. 오늘 달려 보자. 이 언니, 오늘 너 때문에 제대로 필 받았으니까."

"거봐, 술 마실 만하지? 그렇다니까."

슬슬 다리가 풀리고 덩달아 정신까지 몽롱해지던 하진은 적극적인 초아의 반응에 기쁘면서도 어딘가 묘하게 찜찜했다.

마치 여우 귀신에게 홀린 것처럼 그렇게.

❦

눈을 뜨자마자 오랜만에 푹 잤다는 만족감이 들었다.

간밤에 달려서인지 머리가 아프고 속도 엄청나게 쓰렸지만 늘 깊이 잠을 자지 못했었는데 모처럼 푹 잤다는 포만감에 웃음 섞인 신음이 절로 나왔다.

이대로 좀 더 누워 있고 싶어 침대에 온몸을 비볐다. 맨살에 닿는 이불의 느낌이 매끌매끌하면서도 포근하니 나쁘지 않았다. 사실 무척이나 좋았다.

어, 맨살…….

하진은 어떠한 경우에도 옷을 다 벗고 자지 않았다. 순간 정신이 번쩍 든 그녀는 벌떡 상체를 일으켜 앉았다. 자신의 침대보다 한참이나 큰 침대를 독차지한 그녀는 그야말로 맨몸, 나신이었다.

뭐지, 뭐지?

눈을 비비며 주위를 둘러보는데…… 결코 낯설지 않은 공간이 들어왔다.

이곳은 틀림없는 강수호의 침실이었다. 방 밖에서 들리는 익숙한 소리에 하진은 이불로 온몸을 칭칭 감고 침대에서 내려와 방문 쪽으로 다가갔다.

문을 열고 나가자 부엌에서 분주하게 움직이는 강수호가 보였다.

충격으로 얼이 빠진 하진과 눈이 마주치고도 그는 일절 아는 척을 하지 않았다.

이불을 옷이자 방패막이로 삼은 하진이 식탁 의자에 앉아 어색하게 헛기침을 했다.

"어……이, 요기요."

"무슨 말이 듣고 싶은데?"

"내가 왜 여기 있는지 말을 해 줘야 할 거 아니야……."

"기억 안 나?"

"안 나니까 묻지."

그제야 강수호가 하진을 향해 천천히 돌아섰다. 그리곤 어색한 기색을 띤 그녀의 얼굴을 말없이 응시했다. 그새 자리한 어색한 침묵이 싫어 하진이 먼저 입을 뗐다.

"내가 아는 건 어제 친구랑 술을 마셨다는 거야. 그 뒤론 기

억이 없어. 내가 널 부르지는 않았을 테고. 물론 내 친구도 그
랬을 텐데……."

"하진은 부르지 않았어."

그럼 그렇지. 맨정신으로 강수호를 불렀을 리가 없었다.

저녁때 그렇게 살벌하게 헤어졌는데. 그때 유 실장이 강수
호에게 불이 날 정도로 연락을 하지 않았다면 어쩌면 그와 전
면전을 해 버렸을지도 모른다.

"네 친구가 불렀지."

망할 함초아. 이 정신 빠진 유부녀를 어쩌면 좋을지. 불순한
유부녀가 기어코 제 세 번째 첫사랑을 부르고야 말았다.

"네 친구가 도움을 요청해서 가 보니 길바닥에 눕기 일보
직전이던데, 자하 편집장."

정녕 저 말을 곧이곧대로 믿어야 하는 걸까. 절대로 믿기지
않는 저 말을.

"그래서 인계받아 집으로 왔고."

"왜 우리 집이 아니고 네 집인데? 우리 집이 어딨는지 모르
는 것도 아니고."

칼을 들고 있던 강수호는 앙칼진 물음에 하진을 칼끝으로
가리켰다.

"지금도 오래된 연인이네, 결혼할 사이네, 업계에 허무맹랑
한 소문이 도는데 조심해야 되지 않겠어. 술 취한 하진을 강수
호가 업고 자하 편집장 집으로 들어갔다는 소문까지 보태지면
어쩌려고. 차라리 외진 우리 집이 낫지."

"그럼 호텔로 갔어야지."

"나도 그러려고 했어. 네가, 내 차랑 네 옷에 토를 하기 전까지."

토사물이라니……. 술버릇 없기로 유명한 하드보일드 자하 편집장이?

미치겠다. 그럴 리 없다고 반박하고 싶어도 도통 기억이 나지 않았다. 도대체 간밤에 유자맛 소주를 얼마나 마신 거니, 하진.

"그래서 내 옷은 어떻게 됐는데?"

하진은 최대한 당당하고 도도하게 물었다. 이렇게 지고 들어가는 상황일수록 고자세로 뻗대야 하는 법이었다.

"새벽에 빨아서 옷걸이에 걸어 놨어. 줄어드는 옷감 같아서 건조기에는 못 돌리고. 그럼 이제 브리핑은 끝인가? 만족스러워?"

순간, 냉기류가 거실 전체에 흐르는 것 같아 하진은 이불을 더 꽁꽁 감싸 안았다.

"아침 먹을 거야. 씻고 와."

"옷 줘."

"내 옷밖에 없어."

"알아. 아는데, 뭐라도 줘야 씻고 나올 거 아니야."

투정 섞인 대답에 그가 불퉁한 목소리로 물었다.

"그러다 이상한 소문 돌면 어쩌려고?"

"무슨 소리야?"

"그렇잖아. 아무리 인간관계가 오해의 연속이라 해도 그렇지."

"……."

"오래된 연인도 아니고, 곧 결혼할 것도 아닌데 아침부터 내 옷 입어도 되겠냐고."

정말 걱정된다는 듯 강수호는 안쓰러운 표정을 지었다.

"강수호랑 하등 상관없는 하진이 내 옷 빌려 입고 곤혹스러워질까 걱정돼서."

저리도 얄밉고 야비한 남자가 누군가의 아련하고도 아름다운 세 번째 첫사랑이라니…….

역시 함초아, 그 아줌마 눈이 그럼 그렇지.

수호는 겉으론 무감한 척을 하고 있었지만 유난히 하얗고 가는 손가락으로 샛노란 망고를 찍어 삼키는 하진은 무섭도록 아찔했다.

얼마나 박박 씻었는지 남색 배스 가운 사이로 언뜻언뜻 보이는 생크림처럼 뽀얀 피부엔 군데군데 열꽃이 피어 있었다.

그 모습이 꼭 수호의 마음 같았다.

어젯밤부터 강제적으로 봉인된 열망으로 인해 너덜너덜해진 강수호.

샤워 전에 약을 올린 일로 하진은 아직까지 그를 제대로 대면하지 않고 있었다. 그런 이유로 그는 그녀를 느긋이 눈에 담는 호강을 누릴 수 있었다.

"어제……."

말을 하다 멈춘 하진이 괜스레 식탁 위에 있는 망고 껍질을 바라봤다. 눈을 맞추고 싶어 하는 그와 달리 하진은 그러고 싶지 않은 듯했다.

"누나들 언급한 건 미안해. 나도 내 가족에 대해 말하는 거 싫어하면서 강수호 가족에 대해 짧게라도 언급한 거 실례라고 생각해. 사과할게, 지나쳤어."

하진은 나름 고민을 많이 했는지 진지한 표정으로 말을 이었다.

"강수호가 누나들이랑 어떤 상황이든 상관할 바 아닌데, 내가 너무……."

"정말 그렇게 생각해?"

수호의 질문에 하진이 비로소 고개를 들었다.

"뭐가?"

"정말 하진이 상관할 바가 아니라고 생각하느냐고."

질문을 할 때마다 그의 목소리는 조금씩 부드러워졌다.

"그거야……."

"난 말이야……."

수호는 이제야 마주하게 된 하진의 시선을 한 톨도 놓치지 않았다.

"하진이 깊이 상관하고 되도록 많이 걱정해 줬으면 하는데."

의미심장한 말에 그녀가 포크를 든 채 숨을 참았다.

"난 하진과 달라서 그런지 네가 내 일에 관심 갖고, 내 애매한 현재 상황에 우려를 해 주었으면 좋겠어. 감정 제대로 실어서."

한 번도 표현한 적 없던 진심을 풀어내는 그를 보며 하진은 당황한 표정을 지었다.

"······왜 그래? 갑자기."

성격상 긴장을 숨기지 못하는 하진이다. 그 모습이 수호에게는 미치도록 자극적이었다. 아니, 이 아침의 하진이 수호에겐 자극제이고 흥분제였다.

"갑자기 아니야."

붉은 입술이 순간 '그럼?' 하면서 묻는 것만 같았다.

"하진이 알고 있는 강수호가 어떤 인간인지는 모르겠지만, 난 갑자기 무언가를 결정하고 누군가를 좋아하는 즉흥적인 사람이 아니야. 생각하다 타이밍을 놓치는 느림보일 수는 있지만 타인에 대한 감정을 한순간에 터트리는 사람은 아니라고."

"······."

하진은 그 어떤 말도 하지 않고 그를 쳐다보기만 했다.

오늘 새벽 잠든 하진을 품에 안고 생각했다. 계속 이렇게 헛바퀴 돌 듯 시간을 허비할 수는 없다고.

자신의 뒤늦은 감정의 물꼬는 그렇다 치고, 모든 걸 다 아는 척하면서도 정작 그 오랜 시간을 함께한 남자의 마음을 왜곡만 할 줄 알지 짐작도 못 하는 하진에게 솔직히 말하지 않으면 이 어정쩡한 상태로 계속 각자의 터널 안에서 출구를 찾지 못할 터였다.

그때처럼, 7년이란 시간에 보태어진 3년 전처럼 배회할 것 같았다.

하진이 최대한 빨리 스스로의 감정을 깨닫길 바랐지만, 수호가 원하고 아끼는 하진은 감정의 방향치이자 심미안이 무척이나 부족한 인물이기에 자연스런 각성은 어제부로 포기했다.

이대로는 자신이 애가 닳아 지쳐 문드러질 것 같았다.

갑작스런 고백이 무척이나 당황스러웠는지 식탁 위에서 방향을 잃고 배회하는 하진의 손을 그가 잡아끌었다.

"……!"

"이리 와."

하진은 잡힌 손을 빼내려 애를 썼다.

"괜히 쓸데없는 일에 힘 빼지 말고."

수호는 손을 당기고 마음을 잡아끌어 주저하는 하진을 선동하고 충동질했다.

"내가 가면……."

가라앉은 목소리에 잔뜩 긴장한 하진이 마른침을 삼켰다.

"너 감당 못 해."

주저하던 하진은 수호의 야릇한 위협에 비로소 자리에서 일어나 무거운 발을 움직였다.

다섯 발자국이 채 안 되는 짧은 거리가 족히 1마일은 되는 것처럼 길고 느리게 느껴졌다.

고작 다섯 걸음을 마치 다섯 바퀴처럼 역주행해 느리게 다가온 하진의 허리를 기민하게 잡아채 앉힌 수호는 머리를 그녀의 허리께에 가만히 기댔다.

이 순간, 자신이 하진이란 작고 소담한 담에 기댄 거대한 담쟁이넝쿨 같단 생각이 들었다. 푸르고 호기로운 기운의 담쟁이넝쿨이 돼 하진을 한없이 어루만지고, 여지없이 매달리며 쉼 없이 타고 오르면서 각인시키고 증명시키고 싶었다.

"강수호가 하진을……."

수호는 길고 하얀 하진의 목에 거친 숨결과 날카로운 이를 박았다.

"……!"

놀란 하진이 긴장으로 침을 삼켰다. 그 같은 모습도 수호에겐 강렬한 자극이자 도발이었다.

"내가 널……."

피부에 밀착된 혀는 본능처럼 하진의 숨을 갈구했다.

"언제부터, 어느 순간부터 쫓았는지 알아?"

수호는 갈망에서 오는 농익은 갈증을 짧은 입맞춤으로 대신했지만 몸은 입술과 다르게 담백하지 못했다. 숨길 수 없는 열감과 성적 긴장감으로 경직된 하진의 몸이 오감으로 느껴지고 전해졌다.

자리에서 일어나 허리를 감싸 안은 그가 하진을 빤히 응시했다. 그리곤 자세와 분위기가 주는 긴장감, 파고드는 열기에 시선을 피하려 하는 하진의 얼굴을 고정하고는 입술을 내렸다.

"……넌 아마 짐작도 못 할 거야."

그들의 긴 인연만큼이나 한참 늦은 고백 이후 비로소 맞닿은 입술에서는 망고맛이 강하게 느껴졌다. 그 진한 향에 취해 입술이 점점 강하게 얽혔다.

입술을 야무지게 핥은 수호는 망고보다 천배는 브릭스가 높은 하진을 야금야금 삼켰다. 손안에 들어온 작은 머리를 끌어당겨 더 깊이 과육을 빨아들였다.

하진의 흐트러진, 야릇한 신음에 하반신에서 무섭게 꽃이 달아올랐다.

끓어오르는 욕망의 꽃으로 다디단 입술을, 입안을 샅샅이 도포하며 두 손은 어느새 남색 배스 가운의 아찔한 매듭을 풀고 있었다.

실크 가운은 가는 봄비처럼 부드럽게 쏟아져 내렸다.

이 시간 이후 조금의 간극도 허용하고 싶지 않은 수호는 하진을 안아 들었다.

침대로 가는 그 짧은 순간 이제까지와 다르게 무구한 눈빛을 한 하진이 수호에게 매달려 가느다란 손가락으로 그의 상체를 세밀하게 어루만지며 앞으로의 농밀한 시간을 주문했다.

그 섬세한 주문에 육체는 피아노선처럼 당겨지며 피아노 선율처럼 리드미컬하게 움직이기 시작했다.

하진의 향과 액으로 벌써부터 물들어 버린 셔츠를 비롯해 모든 허물이 순식간에 벗겨졌다. 둘이면서 종국엔 하나인 육체가 동일하게 침대에 안착하자마자 수호는 하진 안으로 깊숙하게 진입해 들어갔다. 그 어떤 통보도 없는 갑작스런 입성이었다.

이 순간 전희는 생각할 수 없었다.

부피를 키우며 성급히 발광하려는 분신을 미처 다 토해 내지 못한 적은 양의 애액으로 받아들인 하진은 아픔에 기이하고도 색스런 신음을 쏟아 냈다.

명백한 신호였다. 마음껏 솟구치고 내달려도 된다는 아득한 밀명.

늘 이 같은 요구와 욕구는 물론이고 지금 같은 동의를 원했으면서도 한 템포 쉬어 가기 위해 수호는 어렵게 숨을 골랐다.

한마음으로 서로를 소유하는 날, 이대로 소중한 순간을 소진하기 싫었다.

수호는 하진을 안아 들어 격렬하게 뛰는 서로의 심장을 마주하고 앉았다. 그러자 하진이 옅은 신음을 흘리며 본능처럼 그의 목을 두 손으로 감쌌다.

자연스런 결박이, 소유 직전의 환희가 너무도 좋아 거칠게 호흡을 내쉬었다.

희열 바로 앞에서 강제적으로 포박된 열정은 남성을 한층 더 크게 키웠다.

그로 인해 버거워지는 하진이 둔통으로 인해 숨을 단발성으로 헐떡였다. 그 모습 역시 아찔하니 짜릿했다.

"……왜?"

몸피를 키우기만 하고 정주한 그를 보며 하진이 살짝 얼굴을 찡그리며 물었다.

왜긴, 하진이 너무 예뻐서 그러지. 다급함에 미처 전희도 못 했는데 이렇게 견디고 받아 주는 하진이 기특해서. 강수호에게 밀착해 매달려서는 비로소 마주 보는 하진이 탐스러워서, 그래서 그래.

수호는 말 대신 이마에 달라붙은 머리카락을 정성스레 쓸어 주었다.

"편하게 숨 고르라고……."

알아들을 수 없다는 듯 의문 섞인 눈빛을 한 하진이 그 순간 남성을 강하게 조였다. 그 탁월한 신공에 수호는 터져 나오려는 쾌감을 억지로 씹어 삼키며 매너 있게 공지했다.

"……다신 기회가 없을 것 같아서."

하진은 뭉근하게 피어오르는 열감으로 인해 나른한 눈을 하고 강수호를 쳐다봤다.

"이 시간 이후, 하진은 내가 주는 숨만 삼켜야 할 테니까."

그 말을 기점으로 여성 안에서 기민하게 빠져나온 수호는 하진을 높이 안아 올렸다.

그리곤 무섭게 내려 당겨 그녀를 성이 난 분신 위에, 애태우는 남성 위에 내려앉혔다.

"아흣!"

야릇하니 아린 비명이 주위에 연무처럼 퍼졌다.

수호를 늘 강철 지붕으로, 묵직한 포화로 만들어 버리는 교성은 하진만의 전매특허였다.

그 같은 절대적 신호에

격렬한 파티가,

농도 짙은 파라다이스가,

섹슈얼한 판타지의 서막이 올랐다.

어느 누구도 아닌 오직 하진으로 인해.

chapter 7

대화 모드

감정이란 프리즘 같아서 하나의 단어로 표현하기 힘들다더니……

강수호는 그보다 더 다양하고 복잡한 감정의 씨를 하진 안에 심어 놓았다. 그렇지 않고서야 이토록 혼란스러울 수 없었다.

이틀 전, 이전까지와 닮은 듯 전혀 다른 섹스로 하진은 자신만의 균일한 박자가 틀어지고 어긋난 느낌을 받았다. 섹스가 주는 뻔한 효용은 늘 동일한 단면이고 감정이어야 하는데, 강수호와 밤을 보낸 후의 감정은 늘 무언가가 증폭되고 배가되는 느낌이었다.

방향 전환과 함께 첨가되고 전폭적으로 달라진 기분.

낯선 길 위에서 저 혼자 헤매는 듯한 건 왜일까…….

계약만큼이나 뻔한 결론으로 규결된 그들의 만남이 어디서부터 틀어졌고, 분명한 이유와 명제가 언제부터 흐릿해졌는지 도무지 모르겠다.

생각했던 것 이상으로 강수호가 머리에. 가슴에. 감정에 차고 넘쳤다. 또한 자연스럽게 스민 그만의 흔적이. 호흡이. 손길이 느껴졌다.

전혀 계산하지 못했던 일이라 당황스러우면서 겁이 났다.

이 막무가내 같은 감정에, 계속 한쪽으로 기울기만 하는 이 맹랑하고 분명한 감정에.

"우리 하진이, 오늘은 말이 없네. 원고가 이렇게나 좋은데. 왜, 무슨 고민 있어?"

현수가 특유의 미소를 지으며 물었다.

한 서평가가 어느 시인의 책은 너무 좋아서 마냥 아껴 읽고 싶다고 했는데, 이 순간 하진이 그랬다. 이렇게 손을 뻗으면 닿을 것 같은 삼촌을 아껴 보고 싶었다.

욕심대로 마냥 봐 버리면 실컷 봤으니 이제 안녕, 하며 금방이라도 제 손을 놓을 것 같았다. 동화 속, 날개옷을 찾아 입고 홀연히 사라져 버린 누군가처럼 오늘 삼촌의 상태는 불안하기만 해 느낌이 좋지 않았다.

안색은 무서울 정도로 나빴고 기운도 소진돼 보였다.

온 마음과 오감으로 적나라하고 선연하게 느껴지는 불안감을 숨기며 하진은 현수를 따라 미소 지었다.

"정말 좋아? 괜히 나 응원한다고 오버하지 말고, 정말로 좋은 거야?"

"좋아. 어느 작품보다 이번 작품 느낌이 좋아."

어릴 적 하진의 머리를 쓸어 주던 그 애틋한 느낌으로 삼촌
은 칭찬을, 상찬을 했다.

"스토리가 애절한 것 같은데 마냥 우울하지는 않고, 절망적
인 상황을 마주하면서도 이전 주인공들처럼 방관하거나 시니
컬하지 않아서 좋아. 불친절한 예지인 로맨스처럼 어딘가에
있을 희망이 이 소설에도 보이는 것 같아서…… 참 좋다, 진
아."

지금 상태론 말하는 것조차 버거울 텐데 진심 어린 서평을
해 주는 삼촌 때문에 하진은 입안의 도톰한 살집을 아프게 깨
물었다. 그렇게라도 하지 않으면 눈물보가 터질 것 같았다. 아
주 오래전 보호받지 못한 허약하고 나약했던 그 계집아이처
럼.

"다행이다. 쓰면서도 괜찮겠다, 하면서 쓰긴 했지만……."

"별…… 다섯 개야, 삼촌 별점은."

삼촌은 아주 드물게 활짝 핀 미소를 보이며 후한 별사탕을
주었다.

하진은 별점에 그녀의 희망과 바람인 별 하나를 더 추가해
삼촌의 가슴에 붙여 주고 싶었다. 자꾸 외면하는데도 이상할
정도로 증폭되는 두려움을 그 별점들로 꼭꼭 눌러 단단히 못
박고 싶었다. 그렇게 그 별들을 안고 무거워진 삼촌이 절대로
이 공간을 떠나지 못하도록. 별이 되어 어딘가로 사라지지 않

도록, 그렇게.

"진아⋯⋯."

대답을 해야 하는데 목이 메었다. 아무 일도 일어나지 않았는데, 알 수 없는 이유로 숨통이 조여 와 응당 해야 할 대답이 나오지 않았다.

"하진아⋯⋯."

"⋯⋯으응."

간신히 답했다. 그 짧은 말이라도 해야 삼촌이 안심할 테니까.

"삼촌은 말이야⋯⋯."

삼촌은 가까이 오라거나 손을 쥐 보라는 이상한 말과 행동은 일절 하지 않았다. 그런 이유로 하진은 조마조마한 마음을 놓고 불안감을 애써 무시할 수 있었다.

"감정은 조금씩, 천천히 스미면서 더 큰 감정을 빚어낸다고 생각해."

"⋯⋯."

"그러니까⋯⋯ 우리 진이는 천천히 우러나서 서서히 번지는 사랑을 했으면 해."

'응'이라는 그 쉬운 대답을 하고 싶은데 말이 입 밖으로 나오지 못했다.

어느 시인의 시처럼 입속에 검은 잎이, 아니면 말을 삼켜 버리는 고약한 입이 있나 보다. 지금 하진의 입속에는.

"너무 어렵게 생각하지 말고⋯⋯ 기다려 봐."

이 정도의 말조차 힘겨운지 삼촌은 잠시 호흡을 가다듬었다. 그 모습에 덜컥 심장이 주저앉았다. 그러나 티를 낼 수는 없었다.

"감정이 끝까지 차올라서…… 결국엔 퍼내야 할 때까지 네 자신에게 시간을 줘."

"……."

"지금 네 안에 있는 그 누군가에 대해서 조급하게 확인하려 들지 말고 자연스럽게 스밀 때까지……."

삼촌은 버거워하는 그녀의 마음을 마치 보고 읽는 것처럼 말했다. 그러면서도 안심하라는 듯 웃었다. 연하고 아리게.

"사랑은 심술궂어서 길이 아주 많아. 또 정작 사랑 안에 있으면서 자신이 그 안에 있는 줄 모를 때도 많고."

삼촌은 또 웃었다. 연꽃처럼 은은하게.

"아마 그건, 모든 사람이 결국 자신만의 박자로 사랑을 찾아가기 때문일 거야."

"……."

"누구나 시행착오를 겪을 수 있어."

오롯한 시선과 다르게 기운이 많이 부쳐 보였다. 하진은 이 세상에서 오직 삼촌만이 알려 주는 사랑의 얄궂은 속성, 아름다운 잠언을 마냥 듣고 있을 수만은 없었다.

"알았어, 알았으니까……."

더 듣길 바라는 듯한 눈빛에 이내 입을 다물었다.

"두려워하지 마."

알았어. 그 대상이 지금 떠오르는 그 사람인지는 정확히 모르겠지만 그렇다 해도 허둥대거나 의식적으로 뒷걸음치지 않을게. 그럴 테니까 삼촌, 제발⋯⋯.

하진은 차마 입 밖으로 할 수 없는 말을 눈빛으로 대신했다.

그 같은 호소에 다 안다는 듯, 거의 다 했다는 듯 삼촌은 옅게 미소 지었다.

"네가 사람들한테 느끼는 민감한 멀미, 그건 사랑하는 사람한테서도 똑같이 느낄 수 있어. 그렇지만⋯⋯ 결국엔 너만의 길을 찾을 거라 생각해, 삼촌은."

"⋯⋯."

"하씨 집안 유일무이하게 심술 맞은 꼬맹이는⋯⋯."

삼촌은 호흡을 가다듬기 위해 스스로가 한 템포를 쉬었다.

"어떤 순간에도 주저앉지 않을 거야. 그치?"

도대체 왜 그래. 왜 지금 그런 이상한 말을 하는 건데⋯⋯.

하진은 마음속의 의문을 시원하게 다 묻지 못했다. 그저 무섭고, 그 무거운 말들에 가슴이 저리고 미치도록 답답할 뿐이었다.

"⋯⋯실망시키지 마."

"삼촌⋯⋯."

"코트는 고마워. 하나만 부탁했는데 코트랑 점퍼 두 개나 사다 주고. 우리 하진이 센스 있어. 눈썰미도 좋고. 예쁘다, 내 조카."

긴 여정 같았던 잠언이 비로소 끝이 났다.

짧은 소회라도 밝히고 싶은데 삼촌은 더 이상 그 어떤 말도 듣고 싶지 않은 듯했다.

삼촌에게서 짙은 피로가 느껴졌다. 동시에 당신의 상태에 대해서 더는 그 어떤 의문과 위로도 허락하지 않았다. 너무도 단호하게.

그 사실이 아리고 아프면서도 오래전부터 굳은 맹서와 맹약을 했기에, 바보처럼 철석같이 약속을 하고 증명을 했기에, 반발하고 싶어도 늘 그렇듯 일상적으로 받아들일 수밖에 없었다.

어쩌면 예상보다 빨리 성큼 다가온 이별.

인간의 미약한 힘으로는 도저히 막을 수도, 늦출 수도 없는 절대적 작별을 하진은 애써 모른 척할 수밖에 없었다.

이 또한 늘 그랬던 것처럼.

~&&&~

마음이 무겁고 복잡해 무리해서 소도에 다녀왔더니 직원들은 하루 새 무너진 초가삼간처럼 피폐해져 있었다. 천재지변이 일어나도 절대 피해 갈 수 없는 마감 때문이었다.

하진을 대신해 교정을 보고 마지막 맥 작업(PDF)까지 한 혜진은 공포 영화 속 여주인공 수준이었다. 내내 정신 차릴 새가 없어 넋이 나간 상태.

오직 마감을 목표로 스파르타 전사 버금가는 체력을 끌어올리며 버티던 자하의 여전사들은 점심시간이 되자 다들 녹다운됐다. 그런 이유로 하진은 그들을 위해 수제 도시락을 주문해 놓은 상태였다.

거래처 방문이란 타이틀로 이북 담당자인 최 실장만 빠져 자연스레 여전사들만 남아서인지 조금은 오붓한 점심식사 시간이 됐다. 하진은 영혼이 실종된 직원들을 다독였지만 정작 자신도 젓가락질을 제대로 못 하고 있는 상태였다.

삼촌 일도 그렇고 강수호로 인해 마음이 어수선했다.

어수선한 마음을 납작하게 찍어 눌러 줄 마감이란 놈도 이번엔 별다른 위력을 발휘하지 못했다. 결코 인정하고 싶지 않은 불안감이 하진 주위를 멋대로 맴돌았다.

삼촌의 마지막 전언 같은 묘한 말이 좀처럼 떨쳐지지 않았다.

"팀장님."

"……."

"팀장님!"

"어, 미안. 뭐라고 했어?"

혜진은 '아직 뭐라고 안 했어요. 근데 이제부터 하려고요' 하면서 말문을 열었다.

"그니까요, 언젠가는 우리나라 로맨스 작가들도 미국 출판계에서 인세 갑부로 통하는 니콜라스 스파크스나……."

"잠깐만요, 니콜라스 스파크스가 누구예요?"

궁금함을 못 참는 젊은 피답게 아현이 혜진의 말을 도중에 끊었다.

"아, 왜 노부부가 침대에서 손잡고 천당 간 영화 '노트북' 원작이랑 '병 속에 담긴 편지' 쓴 작가 있잖아. 어마무시하게 유명한 작가."

혜진의 설명에 아현은 아, 하며 고개를 끄덕였다.

"아니면 미국 이북의 여왕 노라 로버츠, 것도 아니면 어이 없는 팬픽으로 시작해 하드코어 포르노물이랑 할리퀸 로맨스를 이종교배 한 E. L 제임스처럼 억대로 돈 벌고 인정받는 날이 오긴 하겠냐는 거죠. 참고로 '그레이의 50가지 그림자' 작가가 주당 50억을 번다네요."

젓가락에 꽂힌 동그랑땡을 영혼 없는 시선으로 보며 혜진이 말했다. 하진을 비롯한 여직원들은 차원이 다른 스케일에 입이 벌어졌다.

"일주일에 5억도 기가 찬데 50억이라니……."

동그라미에 민감한 미선이 억 단위에 혀를 내둘렀다.

"당연히 우리 작가들은 그럴 리 없죠. 우리가 수십 억 인구를 아우르는 영어 문화권도 아니고 시장 크기가 전혀 다른데."

여전히 50억에 잠식당한 하진과 미선 사이에서 백아현이 한소리를 했다.

그러나 제법 매서운 평가를 하며 고개를 젓는 아현도 다크서클이 인중까지 내려와 있었다. 열을 지어 대기하고 있는 시안이 만만치 않은지 오늘의 백 여시는 다른 날과 다르게 백지 같았다. 화장을 하지 못한 하얀 얼굴 때문에.

표지 시안을 기본으로 전체 날개와 세네카(책등), 페이지 디자인도 무시 못 할 부분이라 나름 완벽주의자 혜진이 오전 내내 백아현을 달달 볶았다. 그로 인해 두 사람은 오전 내내 눈싸움 신공을 발휘했다.

"그러니까 우리가 매달 이렇게 뼈 빠지게 중노동을 하는 이유는, 직장인이라는 것도 있지만 우리 이름 걸고 출간되는 책들 때문인데, 우리보다 백배는 힘들 로맨스 작가들은 도대체 뭘 위해서 그런 피고름 짜는 농사를 하는 건지 궁금해서요. 뭐 개중엔 반응도, 감흥도 없는 신만 써서 페이지 날리는 작가들도 있지만요."

혜진의 신랄한 발언에 여전사들은 모두 입을 다물었다.

"소설에 대한 대중적인 인정과 공감은 장르를 떠나 모든 작가들이 바라는 바니까 결국 초록색 세종대왕님인데, 우리나라 장르 작가들한테도 그렇게 쨍하고 해 뜰 날이 올까 해서 그러죠. 꼭 와야 하는데 인간적으로다가……."

"맞아요. 어제가 정산하는 날이었는데, 아무리 이북이 종이 인세보다 낫다 해도 한숨 나오는 작가님들 너무 많아요. 보물처럼 숨겨 놓은 나름의 철학과 소신이 있는데도 전반적으로 잔잔한 스토리 때문에 빛을 못 보는 작가님들 보면 입금하는 제 입장에서도 너무 마음 아파요."

자하에서 누구보다 로맨스 책을 많이 읽는 미선이 한숨과 함께 시름을 보탰다.

"몇몇 든든하게 본업 있는 작가님들은 그렇다 쳐도 전업 작가님들은 정말 입금된 인세 보면 다들 힘 빠지실 것 같아요. 자괴감도 들고."

"그러면서도 저희 마감 때문에 고생한다고 선물 보내 주시는 거 보면…… 아, 정말 우리나라 장르 작가들은 너무 배고픈 거 같아요. 팀장님, 안 그래요?"

업계에서 적지 않은 해를 보냈고 그로 인해 다수의 작가들과 개인적인 친분을 맺고 있는 혜진은 마치 제 일처럼 안타까워하고 답답해했다.

우리나라에서 배고픈 직업이 장르 작가만은 아니기에 혜진처럼 온전히 흥분할 수는 없지만, 하진 또한 장르 작가도 인정받는 미국의 사회적인 인식과 구조는 부러웠다. 그에 따른 금전적인 보상도 탐나는 게 사실이고.

결론적으로 그렇게 되기 위해선 국내 장르 문학 시장을 키우고 넓혀야 했다. 그런 의미에서 강수호가 제안하고 기획한 팟캐스트는 유의미했다.

결국 또 강수호다.

삼촌에 대한 걱정과 동일한 비중으로 하진의 숨통을 죄어 오는 남자.

그날의 섹스가 여느 날과 다른 느낌인 건 부정할 수 없었다.

"내가 널 언제부터, 어느 순간부터 쫓았는지 알아? 넌 아마 짐작도 못 할 거야."

내내 하진을 옭아매고 혼란스럽게 했던 말.

강수호와 보낸 7년의 시간 속 어느 지점을 말하는 것도 같고, 아니면 그 전후를 가리키는 것 같기도 했다.

결국 포기했다. 그 지점을 알고 싶어 애를 쓰는 그 간사한 수고를.

그때 그렇게 이별을 고지한 이로서 그 시절 참 양심 불량이었구나 하는 반성 아닌 반성이 지금에서야 들었다.

어떤 모습, 어느 정도의 관계였든 간에 작별이 서툴렀었다.

정신적인 건강도가 비슷한 사람들끼리 서로 끌리고 호감을 느끼게 된다는 말이 있다. 어쩜 그때 하진은 자신이 알고 있는 것보다 더 강한 시그널로 강수호와 연결되어 있었기에, 누구도 아닌 강수호를 원하고 택했는지도 모른다.

며칠 전 삼촌이 한 모든 말이 가슴을 후려쳤다. 동시에 그날 침대 위 모든 행위에 정성을 들여 전복하고 전멸시키던 강수호도 하진을 계속 뒤흔들었다.

그날, 어느 발레리노보다 현란하고 고혹적인 호흡으로 뜨겁게 몰아치며 파고들던 그의 몸짓이 무엇을 말하고자 했는지⋯⋯.

"팀장님!"

자꾸 한 방향으로만 흐르는 마음의 행로 사이로 혜진의 담백하고 드높은 톤이 파고들었다.

"……응?"

"아까부터 무슨 생각을 그렇게 하시냐고요."

반찬들이 처음과 그대로인 하진과 달리 여기저기 빈곳을 보이는 도시락을 든 채, 세 여전사들이 예민한 촉을 세웠다.

"저, 우리 말이야……."

타칭 하드보일드한 이미지와 어휘력을 자랑하는 것과 달리 '우리 말이야'라는 감정적이고 동지애적 어휘 선택에 세 여자의 검은 눈동자가 말갛게 빛을 발했다.

"이번 연말에 북 콘서트 하는 거 어때?"

뜬금없는 건 차치하고 나른한 점심시간을 단번에 할퀴어 대는 하진의 황당한 제안에 세 여성의 동공이 일시에 벌어졌다.

순간 실수했다 싶었다.

갑작스런 시선 집중에 혀가 제멋대로 사고를 쳐 버렸다. 이 또한 이름만큼 이기지도 못하는 이김사의 수장 강수호 때문이다.

팟캐스트란 비장의 카드로 내심 하진의 근성 있는 자존심과 날카로워지는 경쟁심, 분분한 호승심을 제대로 유발하고 도발한 강 사장, 그 인간 때문에.

어느 순간 발레리노보다 백배는 아름답다고 생각하게 된 수호천사 덕분에.

마감이 무사히 마무리됐다.

인쇄소로 넘어간 싱싱한 글은 이제 반석 같은 종이 위에서 순기능을 하며 누군가를 떨리게도 웃음 짓게도 할 것이다. 또 어느 작가의 소설은 또 다른 이의 가슴을 아리게도, 어쩌면 얼마간 울리기도 할 터였다.

하진은 이 일련의 과정을 즐겼다.

종이책이 주는 클래식한 여운과 은은한 감동. 눈과 손으로 만지고 맡아 보면 묻어날 것 같은 익숙한 잉크 향. 이 모든 것들이 마냥 좋아, 감정의 감흥과 격노를 떠안기는 노동과 노역을 기꺼이 감내하고 즐겼다.

"아! 팀장님, 우리 오늘 순하고 좋은 쏘순이들이랑 징하게 어울려 보아요!"

늘 한발 앞서는 미선의 분위기 몰이에 모두 환호성을 질러댔다.

매달 똑같이 반복되지만 이 순간의 책무는 끝냈다. 그 끝났다는 희열과 쾌감에 자하의 여전사들은 지금 축제 분위기였다.

사실 마감은 한 달에 네 번꼴로 항상 있는 일이지만 이번엔 조금 특별했다.

자하 3주년을 작게나마 기념하기 위해 직원들은 모든 일을 쾌속으로 진행했다.

자하의 고유한 정체성을 반영하는 보라색 색감을 입힌 볼펜 제작과 작은 행사를 위해 주력해야 하는 시간이 다가오고 있었다.

얼떨결에 언급했던 북 콘서트는 결국 하기로 했다.

12월 한 달 동안 그간 자하에서 책을 출간한 작가들 중 독자들이 가장 궁금해하고 만나 보고 싶어 하는 작가를 투표해 이야기를 나누는 작은 토크 콘서트.

성숙한 즐거움을 추구하는 숙성된 솔로들을 30명 내외로 추첨해 초청하기로 했다. 또한 북 콘서트를 설명하기에 앞서 라이벌인 이김사가 야심차게 기획 중인 팟캐스트를 설명한 것이 자하 여전사들을 충동하고 독려하는 격이 돼 버렸다.

소규모 모임이 발달된 일본도 아니고 아직 이런 식의 스몰 이벤트를 단 한 번도 경험해 보지 못한 직원들은 처음엔 설왕설래했지만, 한번 질러 보자는 쪽으로 가닥을 잡았다. 결국엔 서로가 조금씩 흥분한 상태가 되어 갔고 한목소리를 냈다.

즐기자, 사랑! 누리자, 행복! 제치자, 이김사!

뭐 이런 유치하고 호기로운 구호를.

하진을 비롯해 모두들 자리를 정리하고 늘 가던 막창집으로 향하려던 참이었다.

회사 출입문이 열렸다. 모두의 시선은 그곳에 선 강수호에게 집중됐다.

놀람과 호기심으로 쏠린 모두의 시선을 끊어 낸 강수호의 진중한 눈빛은 오로지 하진만을 찾고, 하진만을 향했다. 그 분명한 시선은 묘하게 가라앉아 평소보다 더 검었고 주위 그 어떤 동요도 벨 듯이 예리했다.

들어선 이후 단 한마디도 하지 않은 강수호의 눈이 꼭 해야 할 의사 표현을 대신하는 듯했다.

하진은 왠지 모르게 심장이 조금씩 주저앉음을 느꼈다.

깊은 밤 바닥이, 끝이 가늠되지 않는 우물 속으로 돌무더기가 와르르 떨어지는 그런 기묘한 기분도 들었다.

뭐지…… 뭐야? 뭔데 이런 막막하고 먹먹한 기분이 드는 거야.

"하진."

"……."

"소도에 가자."

순간 사무실 안은 정전이 되고 모든 소리는 음소거가 된 듯 적막이 감돌았다.

소도. 너무도 익숙해 이젠 제2의 고향 같은 그 지명에 하진의 얼굴근육이 일순간 두려움으로 경직됐다. 그 모든 감정의 파고는 절대 겉으로 드러나지 않았다. 아무도 알 수 없을 만큼 하진은 고요하니 침착했다.

그 이후의 시간은 정확히 기억이 나지 않았다.

실신을 하거나 이성을 완전히 놓아 버린 것도 아닌데 삼촌에게 가는 그 길 위에서의 심정이 자세히 기억나지 않았다. 다만 강수호의 따뜻한 손과 넓고 든든한 품에 이끌려 삼촌 앞에 혼자 서 있기까지 하진은 아름답고 따뜻했던 꿈의 공작소, 기억 속의 만화방만 생각하고 또 생각했다.

지금의 고약한 공작새를 만들고 양성한 곳.

한 번도 하진을 아프게 하거나 배신하지 않았던, 빛과 소금처럼 쌓인 책들의 공간.

천하의 겁쟁이 하진의 유일무이한 아지트.

현수 삼촌과 하진만의 은밀한 작당 모의 장소이자 공작 사무실.

삼촌의 웃음이 그 어느 곳보다 만발했던 곳.

그리고 또 뭐가 있더라…….

삼촌, 또 뭐가 있었지? 그 시절 우리에게 만화방 말고 또 뭐가 필요했을까.

삼촌을 마주한 곳은 만화방도 소도도 아닌 낯선 병원의 안치실이었다.

기절 직전의 엄마. 입가의 경련을 숨기려 억지로 발등에 시선을 모은 아버지. 그리고 그 누구보다 절망하고 아파하는 모습으로 차가운 벽을 마주하고 있는 하륜이 보였다.

모두 아파하며 슬퍼했다. 삼촌의 뜻과 다르게. 삼촌의 바람과 상이하게.

"진아, 우리 현수 불쌍해서 어쩌니……. 불쌍한 내 동생, 착한 내 동생……."

오랜만에 엄마의 울음과 연이은 한탄, 탄식, 절절한 비통함을 들었다.

엄마가 내뱉은 감정들을 똑같이 돌려줄 수 있을 만큼 하진의 의식은 멀쩡했다. 결코 노선을 이탈하지 않은 신경은 예민하게 기립한 채였다.

하진은 삼촌의 칭찬을 들을 만큼 의연한 자세를 유지했다.

강수호의 도움과 손짓으로 비로소 모든 관문을 거쳐 홀로 삼촌을 마주할 수 있었다.

"……실망시키지 마."

어느 순간 삼촌의 음색이 정확하게 들려왔다.

하고 싶은 말은 모두 했다는 듯 선 고운 입을 함구한 삼촌은 편해 보였다.

"삼촌, 안……녕."

인사를 했다. 평소처럼, 일상인 것처럼.

"고마워. 그리고…… 많이 사랑해."

늘 간직했던 감사의 인사를, 한 번도 토로하지 않았던 마음을 간결하게 전했다.

"약속 지킬게."

어른스럽게 서로가 한 맹약을 확인도 했다.

"이젠 아프지 않아서…… 좋지?"

여유 있게 농담도 한마디 건넸다.

"현수 삼촌……."

그리곤 마지막으로 다시 한 번 아름다운 이름을 나지막이, 담담히 불렀다.

"그래도…… 조금만 기다려 주지. 눈 맞추고 웃으면서 인사하게."

그제야 진심을 토했다. 사실은 진작부터 하고 싶었던 말을. 바람을. 희망을.

"삼촌, 안녕."

질질 끌지 않고 단정하게 마지막 인사를 했다.

의지와 다르게 자꾸 경련이 이는 입가 근육 때문에 멋진 미소까지는 지을 수 없었지만 절대로 눈물은 보이지 않았다.

삼촌을, 꿈의 공작소 소장님을 그녀의 방식대로 보냈다.

약속한 대로.

일상적으로.

하진스럽게.

삼촌과 긴 작별을, 오랜 이별을 했다.

삼촌은 소도 바다에 뿌려졌다.

늘 바라던 대로 소란하지 않은 삼촌다운 선택이었다.

12월, 매서운 추위가 당연한데도 날은 믿을 수 없을 만큼 포근했다.

매너 있게 조심스런 몸가짐으로 내리는 눈이 땅에 내려앉기도 전에 다 녹아 버릴 만큼 날은 포근했다.

"삼촌이 우리 추울까 봐 천국에서 빽 쓰나 보네."

하륜은 저를 닮은 말로 삼촌과 작별 인사를 하는 듯했지만 하진은 그 어떤 말도 하지 않았다. 하고 싶은 말은 그때 그 자리에서 다했기에……

삼촌을 보내는 데 필요한 모든 일을 마치고 오랜만에 본 부모님과 약간은 어색한 만남을 가진 하진은 삼촌의 공간에 잠시 혼자 있길 바랐다.

그 같은 표명에 하륜과 수호는 고개를 끄덕였다.

발걸음을 돌리던 하진은 수호와 아주 잠깐 눈이 마주쳤다.

병원에 도착한 순간부터 그는 있는 듯 없는 듯 곁에 있어 주었다.

아주 가까이 부딪히고 시선이 마주할 만큼은 아니지만 무언가를 찾으면 강수호가 그 무언가를 조용히 건넸고, 필요하다 생각하는 것 또한 어느 틈엔가 손에 쥐어 주었다.

난생처음 직접적으로 경험하는 장례 형식과 사람들에게 지쳐 잠깐 쉴 곳을 찾을 땐, 눈에 띄지 않는 조용한 공간을 확보해 주기도 했다.

의지와 다르게 생체리듬에 따라 결국엔 밥을 삼켜야 하는 상황에도 강수호는 곁에서 같이 먹는 시늉을 했다. 반찬을 집어 수저에 올려 주는 과잉 매너는 아니라도, 하진이 밥만 삼킬 땐 그도 그만큼 같은 양의 밥을 삼켰다.

그렇게 강수호는 하진과 다른 듯하면서도 동일한 행보를 취했다. 마치 하진이 느끼는 감정의 질량과 끝내 표현하지 못하는 밀도 높은 감정을 그도 똑같이 느끼는 것처럼…….

아직까지도 강수호가 어떻게 삼촌의 부고를 먼저 알고 회사까지 찾아왔는지 묻지 못했다. 새삼 떠오르는 궁금함을 확인하지 않은 채 삼촌의 집 쪽으로 걸었다.

본연의 한기는 어딘가에 감춰 버린 듯 눈은 여전히 포근하고 따뜻했다.

마치 봄날의 흩어져 내리는 벚꽃처럼, 부서지는 햇살의 기분 좋은 따사로움처럼, 익히 알고 있는 현수 삼촌의 미소처럼…….

걷다 보니 집 근처에 낯설지 않은 인물이 보였다. 삼촌의 마지막을 함께했다는 도우미분. 하진이 산 색 고운 빛깔의 코트와 점퍼의 주인.

어느새 서서히 물들었는지 삼촌만의 분위기를 자아내는 사람.

하진이 먼저 감사와 예의를 다해 인사를 했고, 인사를 받은 분도 그에 상응하는 단아함과 진심으로 인사를 했다. 그렇지만 둘 중 누구 하나 말을 하거나 대화를 시도하지는 않았다.

그저 짐작만 했다.

지금 입고 있는, 삼촌의 부탁으로 산 코트가 너무도 잘 어울리는 저분으로 인해 삼촌이 외롭지 않게 지도 밖으로 소풍을 떠났다고. 하진이 삼촌을 생각하고 추억하는 만큼은 아닐지라도 저분도 얼마간은, 어쩌면 꽤 오랫동안 삼촌의 잔상을 품고 다닐 것 같다고.

도우미분을 뒤로한 채 하진은 주인이 소풍을 떠난 집 안으로 들어갔다.

잠긴 문을 다시 한 번 확인한 후 뒤돌아 걸었다.

삼촌이 없는 집에서 추억 여행을 하고 선착장에 도착하니 그곳에 강수호가 있었다. 기다린 게 분명한 그가 그녀를 보곤 큰 보폭으로 다가왔다.

어차피 배를 타야 하기에 굳이 하지 않아도 되는 수고였다. 기어이 하진 앞으로 와서 선 강수호가 무심하게 말을 뱉었다.

"……마지막 배야."

"응."

강수호는 그녀의 손을 잡아 자신의 코트 안에 넣었다.

"……!"

"손 시려서."

묻지도 않은 답을 내뱉은 강수호가 배 쪽으로 하진을 이끌었다.

아직 미성숙하고 작은 몸체의 캥거루가 제 어미의 주머니 안에 담기는 기분. 왠지 모르게 방향 감각을 잃은 하진의 손을 적당히 감싸 주고 견고한 방향으로 이끌어 주는 듯한 기분. 그녀의 손을 감싼 큰 손이 전해 주는 온기는 꼭 그러했다.

하진은 강수호와 손을 맞잡고 배를 탔다.

소도가 천천히, 조금씩 멀어졌다.

아름다운 섬.

삼촌으로 인해 하진에겐 더없이 아름답고…… 아픈 섬.

무심코 올려다본 하늘엔 미처 바다에 떨어지지 못한 무수한 별들이 우아하고도 새침한 뒤태를 뽐내고 있었다.

손이 시리다고는 할 수 없는 밤이었다.

한숨과 함께 약간은 짜증이 섞이고 피곤이 밴 말이 튀어나
왔다.

"괜찮다고."

"……."

"진짜야."

하진은 집 앞에 도착하고도 5분이 넘도록 집에 들어가지 못
하고 있었다.

선착장에서 집 앞까지 동행한 강수호는 자기 집으로 가자며
차 안에서부터 똑같은 타령을 하고 있었다.

"하진이 괜찮은 건 알겠는데 내가 안 괜찮아."

계속 이러고 있을 수는 없어 물었다.

"도대체 뭣 때문에 이러는데?"

강수호는 선뜻 답을 하지 않았다.

"……내가 걱정돼."

"무슨 소리야?"

자신이 걱정된다니…….

"하진 때문에 꼬박 밤을 샐 내가 걱정된다고."

"……."

하진은 평소와 같은 표정으로 묘한 말을 하는 강수호를 쳐
다봤다.

"알다시피 난 개인적이고 이기적인 놈이야. 또 하진이 다니
는 자하랑은 레벨과 규모가 다른 회사의 대표고. 이 말은 대외
적으로 할 일이 무척 많다는 뜻이야. 처리할 서류도 쌓여 있다

는 애기고. 그런 내가 이대로 혼자 집에 가면……."

조도를 낮춘 가로등 때문인지 강수호는 조금 지쳐 보였다. 사실 그런 이유가 아니더라도 그의 지난 4일을 생각해 보면 충분히 까칠해 보일 만했다. 마치 상주인 것처럼 밤낮을 그리 분주히 보냈으니.

"하진 때문에 잠 못 잘 것 같아."

"……."

진위와 의중을 정확히 알 수 없어 답을 하지 않았다.

"혼자 남은 하진이 할 게 뭐 있겠어."

순간, 언제부턴가 자신을 좇았다는 강수호의 말이, 그때의 눈빛이 떠올랐다.

뭔지 모르게 열에 들뜬 것 같기도 하고 억울하고 답답해 보이기도 했던 모습이.

"본격적으로…… 힘들어하겠지."

"……."

"아무도 모르게, 저 혼자만."

어느 순간부터 저를 관심에 두고 있었는지는 모르겠지만 지금의 느낌으론 왠지 짧은 시간은 아닌 듯했다.

"뭔가를 하자고도, 수시로 괜찮으냐고도 묻지 않을 거야. 마지막 날이라면서 떠나간 분에 대해 좀 더 많은 걸 알려고도 하지 않을 거고."

강수호는 말보다는 늘 눈빛이 먼저인 사람이었다.

날이 선 듯 냉랭한 눈빛만큼 서늘한 분위기가 한몫하는 남자였다. 그 데면데면하고 불친절한 성격으로 이런 말을 하는 강수호가 낯설었다.

그날, 더없이 부드러운 사랑을 했던 그때만큼이나.

"그러니까 같이 있어."

"……."

"오늘 밤 같이 자고, 같이 아침 먹고 출근하자. 그것까지만 해. 그래야 내가 괜찮을 것 같아. 그래야 내가, 오늘 밤에 잠을 잘 것 같다고."

강수호의 투정은 전혀 모르는 사람이 볼 땐 위협으로 보일 게 자명했다.

"참고로 말하는데, 나 3일 만에 자는 거야."

투정을 부려 본 적이 없는지 말투는 영 어설펐다.

"누구는 아니고?"

"그러니까……."

"……."

"같이 있어."

하진은 제 마음을 다독이려 애쓰는 사람이 강수호란 사실이 나쁘지도, 그리 불편하지도 않다는 게 신기했다.

"같이 있자, 하진."

"……."

대답 대신 그의 캐시미어 코트 주머니에 손을 밀어 넣었다. 장갑처럼 딱 들어맞는 주머니 안으로 그의 손이 금세 따라붙더니 이내 손깍지를 꼈다.

작은 공간 안에서 마주 잡은 손의 느낌은 나쁘지 않았다. 든든하니 고마웠다.

코트의 주인이 강수호라서.

주머니 속 손깍지를 한 사람이 강수호라서.

오늘 밤 이 서걱거리는 마음을 달래 주려 하는 이가 강수호라서.

chapter 8

공감 형성

가끔 일상의 효능에 놀랄 때가 있다.

어떤 아픔이나 시름도 당장에 해결해야 할 사안보다 위급하거나 위력적이지 않았다.

일상의 야수성과 비장함은 이만큼이나 힘차고 거세다. 고마울 정도로.

"독자들 반응이 폭발적이에요."

전혀 예상을 하지 않은 건 아니었지만 이렇게까지 폭발적일 줄은 몰랐다.

"북 콘서트 규모가 너무 작다고 항의를 하고, 왜 싱글들에 한해서 기획을 하느냐고도 하고, 정확히 어떤 기준으로 뽑는 거냐고 댓글이 무진장 올라오고 있어요. 그래서 블로그에 무작위 추첨이라고는 했는데 그걸 어떻게 믿느냐고 하고. 하여간 좋은 취지에서 홈 파티처럼 하려고 한 기획이…… 너무 커져 버렸어요."

"네, 팀장님. 관심이 이렇게나 어마어마할 줄은 예상 못 했어요. 다른 날도 아니고 연말이라 대부분 가족들과 오붓하게 보낼 걸 예상하고 싱글들로만 기획한 건데, 기혼인 신청자들이 많아도 너무 많아요."

미선과 혜진은 말을 하면서도 상을 당하고 바로 출근한 하진의 눈치를 살폈다.

최 실장과 백아현은 북 콘서트의 전체적인 콘셉트와 무대 디자인 등 각자 맡은 파트로 정신이 없었다.

순간적으로 질러 놓은 일에 직원들만 피곤하게 된 것 같아 미안했다.

일도 일이지만 직원들에게 말을 해야 했다. 자하가 삼촌의 유언으로 하진의 명의가 된 것을. 그래야만 직원들이 불안과 궁금함에 우왕좌왕하지 않고 지금처럼 일에 전념할 테니까.

회의실로 직원들을 불러 그간의 일에 대해 설명했다. 우선 자하의 소유주가 이젠 자신이란 사실부터 밝혔다. 그리고 북 콘서트 인원을 50명으로 늘리자고 했다. 한편으론 부담스러웠지만 그렇게 하고 싶었다. 또 그래야 할 것 같았고.

길어진 회의로 점심시간이 미뤄지고, 처리할 일들로 사무실엔 하진만 남았다. 한숨을 돌리려 의자 깊숙이 몸을 기대는데 핸드폰이 울렸다.

3일 내내 삼촌에게 발길을 했던 박 영감이었다.

기력 많이 딸리셨을 텐데 몸은 괜찮으신지 모르겠네……

"네."

—출근은 했고?

"그럼요. 했죠. 일이 얼마나 많은데요."

—그렇겠지. 이제 사장인 거 뽀록났으니 이름값 하고 살려면 우리 진이 더 바빠지겠네. 그래, 점심은 먹고 일하는 거냐?

"아침을 늦게 먹었더니 아직 점심 생각 없어요. 할배는 드셨어요?"

—나야 진작에 먹었지. 그래, 알았으니까 일해라.

"할배."

—왜?

"조만간 갈게요. 국밥 먹어요, 우리."

—……

금세 알겠다고, 좋다고 할 줄 알았는데 답이 없었다.

"할배?"

—그래, 우리 밥 먹자. 밥 먹으면서 그동안 우리 진이가 궁금해하던 얘기 다 해 준다, 내가. 것도 공짜로다가.

하진이 궁금해하던 얘기는 삼촌과 박 영감의 인연이었다. 그들의 오래된 역사에 대해.

"네."

—일해.

전화를 끊은 하진은 다시 의자에 깊숙이 몸을 기대 눈을 감았다.

일하라는 박 영감의 무심한 듯하면서도 걱정이 잔뜩 배인 당부가, 하진만이 알 수 있는 당신만의 담담한 위로가 귓가에 미풍처럼 맴돌았다.

박 영감의 말처럼 당분간은 열심히, 정신없이 일을 해야 할 것 같다.

그래야…… 살 것 같으니까.

그래야만 말없이 소풍을 간 삼촌이. 보고 싶은 삼촌이…….

내내 침묵하던 심장이 일순간 터질 것처럼 아팠다.

"아…… 아."

어딘가에 봉인해 둔 슬픔과 두려움이 난데없이 툭 하고 무책임하게 터져 버렸다.

"으흣…… 삼촌."

심장이 금방이라도 터질 것 같아 하진은 가슴을 두 손으로 꼭 눌렀다. 그랬더니 슬픔이 눈물로 걷잡을 수 없이 흘렀다.

현수 삼촌이…… 너무나 보고 싶었다.

얼른 무릎을 세워 얼굴과 마음을 감췄다.

이렇게 해야 할 것 같았다. 그래야 이 모습을 삼촌에게 보이지 않을 것 같았다.

아팠다. 누군가가 거친 돌멩이로 심장을 사정없이 긁어 대는 듯했다. 그런 이유로 서럽고 아픈 울음이 한층 더 격해졌다.

모든 게 무서웠다. 삼촌 없이 이 자하를 혼자 이끌어 갈 생각에.

삼촌의 친절한 안내와 현명한 지침 없이 앞으로의 인생을 뚜벅뚜벅 온전히 헤쳐 나갈 생각에.

"괜찮아……."

그 순간, 머리 위로 부드러운 손길이 느껴졌다. 아이처럼 떼를 쓰듯 울면서도 혹시나 하고 고개를 들었다.

하진의 얼굴은 눈물범벅이었다.

………강수호.

강수호는 하진을 내려다보며 머리칼을 쓸어내렸다.

"괜찮아, 하진."

언젠가 지금과 똑같았던 삼촌의 손길이, 익숙한 온기가 느껴져 하진은 큰 소리로 펑펑 울어 버렸다.

더 이상 감추려 들지 않고 감정을 놓아 버렸다.

강수호로 인해.

강수호를 믿고.

강수호니까.

집으로 왔다. 그것도 점심시간에.

오는 도중 무단 조퇴를 언급하며 걱정하는 하진에게 수호는 회사에 전화를 했으니 괜찮다며 아이처럼 칭얼대는 그녀를 달랬다.

거대한 강아지들의 우레와 같은 환영을 받으며 집에 들어선 지 20분쯤 지난 것 같았다. 모든 게 진정세로 돌아선 하진은 강수호가 건네는 잔을 받아 테이블에 놓았다. 동일한 컵을 들고 온 그도 맞은편에 앉았다.

어색하거나 무안하지 않고 왠지 모르게 편했다.

아이처럼 엉엉 우는 모습을 다른 사람도 아닌 자하의 라이벌, 3부작을 쥐락펴락하는 계약자 강수호가 봤는데도 마음이 무겁지 않았다.

테이블 위로 그가 오른손을 내밀었다.

"……."

"손 줘 봐."

의문을 던지기도 전에 머그잔을 감싸고 있던 하진의 한쪽 손이 당겨졌다. 그는 그 손에 깍지를 꼈다. 이젠 제법 익숙하기까지 한 동작으로.

"……."

무슨 의도인지 몰라 눈으로 물었다. 뭐하느냐고, 무슨 의미냐고.

"링거, 같은 거야."

"……링거?"

혼잣말 같은 질문에 강수호는 잡은 손을 더 꼭 쥐었다. 그러자 온기가 좀 더 확연히 느껴졌다. 일전에도 느낀 거지만 강수호의 손은 의외로 따뜻했다. 막연히, 인상과 인성이 차가워 손도 그만큼이나 차가울 거라 생각했는데 예상외로 온기로 가득했다.

마치 지금 한 손 안에 있는 붉은 머그잔처럼.

"하진 슬픔은 강수호한테, 강수호 마음은 하진한테 전해지라고."

"……."

"남김없이 전부 다."

약간의 떨림을 숨기지 않은 채 말했다.

이상했다.

아주 오래 알아 온 사람인데 이전에는 전혀 알지 못했던 사람 같았다.

그 주위로 흐르는 기운이 그전과는 많이 다른 듯도 했다. 그 변화가 삼촌의 빈자리로 현재 중심을 잃은 하진을 위로하기 위해서만은 아니란 걸 알았다.

정확히 어느 시점부터라고 자신할 수는 없지만 강수호가 그녀에게 전하는 감정과 눈빛이 달라졌다는 걸 어렴풋이, 아니, 분명하게 느끼고 있었다.

삼촌의 말대로 천천히 스미고 번져서 어느새 물들어 버린다는 그런 감정처럼.

몸보다 마음으로, 마음보단 영(靈)으로, 이미 눈치채고 있었다. 하진이 자신의 마음과 감정의 변화를 알아챈 것처럼…….

"이렇게 서로에게 조금씩 수혈해 주자."

"……."

"매일."

"……."

"하루도 빠짐없이."

"……."

"서로가 서로로 인해 채워지고 꽉 찰 때까지."

강수호는 깍지 낀 손을 풀고 하진의 손을 자신의 큰 손으로 감싸듯 꼭 쥐었다. 엄지손가락으로 하진의 손을 부드럽게 쓸어 주는 동작엔 숨길 수 없는 애정이 담겨 있었다.

"계약자는······."

하나로 이어진 둘의 손을 보며 그가 말을 삼켰다.

하진은 이어질 말을 기다렸다. 자신을 계약자라 칭하는 그가 무슨 말을 할지 궁금했기에.

"······오래전부터 피계약자한테 물들어서 꽉 채워진 상태였어."

"······!"

예상치 못한 고백에 놀란 하진은 그에게 잡힌 손이 굳어 버린 듯했다.

"오직."

긴장한 손 근육을 풀어 주려는 듯이 강수호는 섬세하게 손을 쓸어 주었다. 그의 부드러운 터치로 근육은 서서히 평소대로 돌아왔다.

"하드보일드한 자하 편집장으로."

작지만 분명한 웃음소리가 하진의 입에서 새어 나왔다.

하진의 눈과 입, 반달을 품은 듯한 손끝 전부에서도 웃음꽃이 피었다.

빨갛게 부어오른 눈을 하고 웃음을 보였다. 소중하고 귀중해 황홀하기만 한 웃음을.

신중하게 고민하고 고백한 수호의 긴장감은 안중에도 없다는 듯, 웃음소리는 조금씩 커져 갔다. 이내 수호의 가슴에서도 꽃비가 내렸다.

사무실에서 서럽게 울던 하진의 울음소리에 멈추었던 심장이, 이제야 다시 제대로 뛰기 시작했다.

온몸을 떨면서 우는 모습을 보며 위로를 말하고 안정을 주려 했지만 실상은 두려웠다.

처음 듣는 하진의 울음소리가 그의 심장을 마구 긁고 할퀴었기 때문이다.

감정을 꽁꽁 싸매고 있던 하진이 얼마나 아프고 슬픈지, 얼마나 무섭고 두려워하는지 전부 다 느껴지고 전해졌다. 그 아픈 울음소리로.

장례식장에서도, 현수를 바다에 뿌리던 그날도 하진은 빈틈없이 모든 걸 완벽하게 처리했다. 그 어떤 감정도 표출하지 않은 채.

수호는 그 모든 것들을 뒤로하고 웃어 주는 하진이 고마워 품속에 꼭 안았다.

자신이 그런 것처럼, 하진이 강수호로 천천히 물들어 전부 다 채워지길 바라며 또 하나의 심장을 가슴 깊숙이 끌어안았다.

하진과 수호가 서로를 피부처럼 또 표피처럼 감싸며 애틋하게 시간을 공유한 건 딱 저녁 전까지였다.

서로의 존재만으로도 위안이 되던 순간, 그 충만했던 시간은 하진이 이김사의 팟캐스트 진행 상황을 묻는 그 시점부터 반감되고 말았다.

그녀를 매료시켰던 강수호의 최면은 경쟁사의 이벤트 앞에서 맥없이 무너졌다.

"크리스마스?"

고급스런 블랙 셔츠의 팔 부분을 접어 올린 채, 방금 두 사람이 비운 흰 접시를 들고 수호가 대답했다.

"정확히는 크리스마스이브."

강수호는 자신만큼이나 세련된 접시를 능숙하게 들고 싱크대로 향했다.

이 집에 들어선 이후 그는 그녀를 위해 존재하는 개인 집사처럼 모든 근육을 오직 하진을 위해서만 사용하고 있었다.

그 이유로 강수호는 그 어떤 발레리노보다 우위에 있었다. 헌데…….

"뭐야? 난 한다고 한 적 없어. 할 마음도 없고. 말했다시피난, 팟캐스트 자체를 응원하는 것뿐이야. 장르 문학을 위해서."

강수호는 뒤돌아 하진을 응시했다. 그 눈빛은 표적을 노리는 것처럼 위험하고 강렬했다. 그야말로 평소의 서늘하고 예리한 수준으로 리셋되고 리턴된 상태.

"그렇게 봐도 소용없어. 난 그때 내 의지 표명 확실히 했어."

"뭐라고?"

"싫다고."

"왜 싫은데?"

"기억해 봐. 내가 그때 뭐라고 하면서 거절했는지."

하진은 또다시 그 지난한 말싸움을 반복하기 싫어 굳이 자신의 입으로 되풀이하는 어리석은 짓은 하지 않았다.

이 계절만큼이나 시린 눈빛을 한 강수호가 그녀의 맞은편에 앉았다.

"미리 말하지만, 난······."

하진은 너무 무겁지 않게, 그러면서도 분명하게 말할 필요가 있다고 판단했다.

"지금 굉장히 상처 입고 헐벗은 가여운 영혼이야. 알다시피 내 영혼의 안식처와 멘토를 잃었어. 그래서 하는 말인데, 괜히 진 빼는 행동은 하지 말아 줬으면 해. 상식적으로. 또 인간적으로."

"······."

"아님 이성적으로."

선수를 치는 입장 표명에 강수호는 특유의 팔짱 끼기 신공을 보였다. 그 뒤 자연스럽게 따라붙는 입술을 꽉 깨무는 행동까지.

하진은 마음을 단단히 먹었다. 곧 훅 하고 들어올 기습적인 공격에 대비해.

"네 말대로······."

"······."

"아프니까 더 해야 한다고 생각해, 난."

"무슨 말이 그렇게 비인간적이고 비상식적이야?"

아, 반응했다. 수호의 정공법에 걸려들고 말았다. 명백한 실수였다. 답을 하는 순간 대화가 시작되는 것을.

"삼촌이 바라셨던 건, 비밀스런 공작새가 아니라 타고난 아름다운 날개를 펼 수 있는 자신감을 가진 하진이야. 난 그 시작이 바로 팟캐스트라고 생각해."

강수호는 삼촌을 만나 독대라도 한 것처럼 자신 있게 말했다. 여하튼 말로 상대하기는 껄끄러운 남자였다.

"그건, 그야말로 강수호의 개인적인 생각이고 판단 미스야."

하진은 점점 싸움으로 변질돼 가는, 치열한 토론의 양상을 띠는 이 순간이 싫어 계산이 내포된 선량한 미소를 보였다.

"이 시점에서 친절하게 설명을 보태자면, 난 나대는 걸 싫어하는 지극히 동양적인 사고와 정서, 정적인 세계관을 가진 무난한 취향의 일반적인 작가일 뿐이야."

하진은 자신의 개인적인 취향과 성향을 '덕후'로 규정하고 일반화한 강수호의 오만함이 듣기 거북하고 싫었지만 여전히 선한 미소를 잃지 않으려 노력했다.

이 모든 전혀 하진답지 않은 노력은 어제오늘 마음의 거리만큼 강수호와 미묘한 공감과 열기로 가능한 일임을 부인할 수 없었다.

"이김사가 공들여 기획한 팟캐스트는 편집장 하진을 초대한 자리야. 또 편집장 하진이 반드시 필요한 자리고. 작가인 공작새나 예지인이 아니라."

"그래, 알아."

하진의 쿨한 인정에 순간이지만 강수호의 굳은 눈매가 풀렸다. 얼마 가지 못해 다시 원상 복구됐지만.

"나도 인정할 건 쿨하게 인정하는 사람이야. 근데 편집자 하진으로도 난 그 팟캐스트에 동참할 마음이 없어. 하지만 응원하는 차원에서 그런 공개적인 방송에 매우 적합한 편집자를 추천해 줄 테니까……."

"이 프로젝트를 기획한 유 실장과 내가 적합하다고 판단한 편집자는 다른 누군가가 아니라 하진이야. 자하의 편집장."

하진의 말을 가로챈 강수호는 못을 박듯 말했다.

아닌가 했더니 결론적으로 참 까칠하시다니까.

"좋아. 그렇게 자하의 네임 밸류가 중요하다면 우리 회사에 유능한 편집자가 나 말고 한 명 더 있어. 그 편집자를 추천할게. 그럼 됐지? 그러니까 이제 그만해. 말했다시피 난 지금 정상이 아니라고. 아파. 그럼 강수호도 나와 같이 아파해 줄 수 있잖아."

애교가 아주 살짝 깃든 간곡한 표명에도 강수호의 입가 근육은 풀리지 않고 있었다.

"아픔의 표현을 내 결정을 지지해 주는 걸로 대신하면 더 바랄 게 없고."

이번에도 말끝에 미소를 보이는 것을 잊지 않았다. 이 순간 구성진 신파는 아니더라도 얼마간의 쇼는 분명히 필요하니까.

"난 편집자가 아니라 편집장이라고 했어."

"강수호, 그거 굉장한 오만이고 편견이야. 편집자와 편집장은 한 끗 차이라고. 실력도 직함도."

말장난 같은 응변에 강수호는 어이없다는 표정을 지었다. 짐작은 했지만 약간의 조크도 전혀 먹히지 않았다.

"하진……."

또 나왔다. 저 파급력 강한 공명을 담은 아련한 목소리.

"내 바람은……."

작정을 했는지 오늘은 우울함을 내포한 눈빛까지 사정없이 발사했다.

"다른 걸 다 떠나서 우리가 몸담고 있는 이 장르 문학을 이웃 나라만큼, 아니, 그 반의 반만큼이라도 확장시키기 위한 내 노력과 수고를 다른 누구도 아닌 네가 조금만 도와주길 바라는 것뿐이야."

강수호는 촉촉한 저음과 아련한 눈빛으로, 소신과 강한 울림이 있는 언어적 유희로 하진을 마구 충동하고 뒤흔들었다.

왜 여태껏 몰랐을까…….

저 톤 낮은 음색과 기막히게 잘 어울리는 프로페셔널한 연기력을.

자신이 목표한 상대에게 제 자신을 한껏 낮추며 마음을 심란하게 하고 혼란스럽게 하는 저 기막힌 내공을 모르고 있었다.

저 남자의 기막힌 연출력을 비난하면서도 단칼에 거절을 못

하는 자신은 대체 뭔지.

하진은 이 순간 신스틸러 저리 가라 연기하는 강수호가 얄미웠다.

그리도 사람의 마음을 간지럽게 하더니 노림수가 있었다.

저 남자를 어쩌면 좋을까…….

마음은 아직까지 슬픔 속을 기어가고 있는데 골치까지 아파왔다.

그전처럼 화를 낼 수도, 말싸움을 하고 공격하듯 약을 올릴 수도 없는 이 애매모호한 분위기에.

12월도 이젠 2주밖에 남지 않았다. 크리스마스까지는 일주일이 남아 있었다.

이 상황에서 장르 문학 출판인들은 두 가지 핫이슈로 의견이 분분했다.

장르업계 1인자 이김사와 무섭게 치고 올라온 자하와의 기획력 한판 승부.

앞서 일주일 후로 다가온 이김사의 팟캐스트 소식에 업계 원로들은 흡족해하는 분위기였다. 출판사가 팟캐스트의 인기를 바탕으로 다수의 독자를 확보할 수 있다는 점을 떠나 결국엔 모든 장르 출판사에 수혜가 돌아갈 것이 분명하다며 훈훈해했다.

좀 더 솔직히는 이김사의 든든한 뒷배, 글 마당의 눈치를 보는 이가 상당수였다.

이에 반해 자하의 북 콘서트에 대해선 설왕설래하는 분위기였다.

의도와 기획은 나쁘지 않으나 대상이 지나치게 여성에게 편중된 기획이라는 평가가 지배적이었다. 그래서인지 원로들은 일찍부터 관심 밖으로 치부했고 업계 중진들은 자금과 노력에 비해 이김사의 기획을 절대 앞지르지 못할 거라는 의견이 대다수였다.

"아니, 누가 우리 회사 잔치에 훈수해 달라고 했나?"

자하의 이벤트가 외부에 알려지고 난 후 연일 들리는 업계의 난타가 지겨운지 혜진은 아침부터 예민해질 대로 예민해진 상태였다.

"그러게 말이에요. 왜 우리 회사는 뭘 해도 논란거리가 되는지 모르겠어요. 더군다나 이번에 젊디젊은 우리 편집장님이 대표가 된 것에 대해서도 이래저래 말이 많아요. 단독으로 운영하기엔 위험하다는 반응도 심심치 않고."

더한 말을 들은 듯했지만 미선은 그 이상의 발언을 아꼈다.

"이게 다 우리가 잘나가서 다들 배 아파 하는 소리겠지. 또 팀장님이 이김사 사장님이랑 뭔가 있다는 소문이 나고부터 더 난리야. 이러다 이김사랑 합치는 거 아니냐는 소리도 돌고……. 아, 짜증 나!"

점점 하진을 닮아 가는 혜진과 미선은 어디서 무슨 소리를 들었는지 지금의 아현만큼 표정이 좋지 않았다.

아현은 어느 타이밍에 들어가 저들만큼 충직한 발언을 해야 하나 싶으면서도, 오늘 새벽부터 증세가 심해져 쑤시듯 콕콕 찔러 대는 배를 부여잡고 있었다.

불안감은 거의 확실했지만 아현은 절대 사실을 확인하고 싶지 않았다.

"그러니까요. 아주 유치찬란한 단어들을 써 가며 둘 중 누가 우위를 잡고 업계 발전과 혁신을 선도해 나갈지 아주 시장통 저리 가라 말들이 많으니……. 아, 아현 씨!"

흥분해 말을 하던 미선은 갑자기 주저앉는 아현의 머리를 간신히 부여잡고는 놀람과 당혹감에 연신 그녀의 이름을 불렀다.

때마침 사무실로 들어온 하진은 바닥에 무릎을 꿇고 의식을 잃어 가는 아현을 온몸으로 지탱하고 있는 미선에게로 곧장 달려갔다.

잠에 빠져 있는 아현을 확인한 하진은 미안함과 놀람, 안쓰러움과 미련함에 마음이 복잡했다.

119를 불러 병원에 와 진단을 받기 전까지 하진은 불안해했다. 하지만 의사가 말해 준 병명으로 인해 그 불안은 참을 수 없는 분노로 변질됐다.

하진은 응급실에 있는 아현을 1인실로 옮겨 달라고 요청했다.

일을 이렇게 만든 빌어먹을 하륜 자식이 오기 전까지 아현을 어수선한 응급실에 둘 수 없었다. 하륜이 오면 난타전이 일어날 게 분명했기에 미리부터 타인의 시선을 차단하고 싶었다.

그때, 병실 문을 열고 하륜이 들어섰다. 연락을 받고 얼마나 급하게 왔는지 셔츠의 단추도 제대로 못 잠근 채였다.

창가에서부터 무거운 걸음을 옮겨 하륜의 앞에 선 하진은 있는 힘껏 뺨을 날렸다.

"……진아."

맞은 뺨 위에 손을 올린 하륜은 매섭게 노려보는 하진을 멍하니 쳐다봤다.

"도대체 어떻게 생겨 먹은 인간이니?"

"무슨 소리야. 아현이는 왜 이런 거고? 어디가 아픈 건데?"

누워 있는 아현이 걱정스러운지 하륜이 다급하게 물었다.

"만약 네가 내 동생이었다면, 이 정도로 안 끝났어."

여전히 답은 않고 제 말만 하는 하진을 이번에는 하륜이 채근했다.

"그러니까 묻잖아. 아현이가 왜 이런 건지, 넌 왜 이렇게 화가 난 건지."

하진도 똑같이 묻고 싶었다. 도대체 언제까지 하륜의 뒤치다꺼리를 하며 살아가야 하는지. 그 지리멸렬한 가족이란 이름으로…….

"임신이래, 백아현."

그 순간 수호가 병실로 들어섰다. 하지만 흥분과 분노로 제정신이 아닌 하진은 주위를 둘러볼 여유가 없었다.

"……!"

"난 네가 이 아이의 아빠라고 생각하는데, 아니야? 백아현의 연락을 받은 넌 분명 거절 않고 만나고 있었고, 몇 번이나 회사 근처로 와서 백아현을 부추겨 셋이 같이 만나자고 개수작을 부렸잖아. 그래서 너란 인간이 저 배 속에 있다는 아이의 아빠 같은데, 아니냐고!"

하륜은 놀란 얼굴로 침대에 누워 있는 아현을 응시할 뿐 답을 하지는 않았다.

"참 놀라워, 너란 인간."

"……."

"백아현이 사정하며 매달려도 내가 지금의 네 처지라면 백 번이라도 거절하고 매몰차게 잘라 냈을 거야. 그게 인간에 대한 최소한의 예의 아니야?"

하륜은 침대로 향했던 시선을 비로소 하진에게로 돌렸다. 그의 눈빛은 이제 놀람보단 차분함, 하진에 대한 복잡한 감정들로 가라앉아 있었다.

"내가 너한테 시달리는 건, 그래, 같은 탯줄 잡고 태어난 죄로 빌어먹을 팔자라고 쳐. 근데 백아현은 우리랑 전혀 상관없는 남이야."

"……."

"네 자신 하나도 감당 못 하면서 책임이란 말이 당연히 나와야 될 이 상황을 만들고 싶었냐고, 너란 인간은!"

하진은 몇 년마다 되풀이되는 이 지난한 과정들이 진절머리 나게 싫었다.

나이를 먹으면서 몸의 모든 기관이 커지는 것처럼 마음도 분명 옳은 방향으로 성장할 텐데, 하륜은 도통 현실감각 없는 피터팬처럼 굴었다.

이 세상은 결코 피터팬을 위한 네버랜드가 아닌데, 모자라고 부실한 하륜은 선량한 꿈을 아직까지도 꾸고 좇으며 사는 듯 보였다.

하진은 이 순간 삼촌의 부재를 너무도 절실히 절감했다. 며칠 전 홀로 소풍을 간 삼촌이 너무도 미웠다.

여전히 변함없이 이 지경, 이 타령인데 도대체 뭘 배려하고 다르게 생각해 보라는 건지.

"진아, 나는……."

"백아현 상사로서 내가 해야 할 일은 할 거야."

"……."

"그 이후는 너랑 백아현 문제야. 그러니까 나한테 피해 오지 않게, 나까지 싸잡아 욕먹지 않게, 너 자신을 팔아서라도 조용히 해결해. 대전에 계신 부모님들 절대 아시지 않게. 두 사람 결혼시키자는 그런 어이없고 미친 결론이 나오지 않게 처신 똑바로 하라고."

하진의 매몰찬 적의에 하륜은 일체 말을 아꼈다.

"그리고 이 시간 이후로 다시 한 번 내 앞에 나타나면……."

"하진!"

일순간 삼촌이 돌아온 줄 알았다.

하진이 가족을 향한, 동시에 스스로를 향한 독설로 아플까 봐 소풍 간 삼촌이 그녀를 부르는 줄 착각했다.

바람과 달리 목소리의 주인은 강수호였다.

하진과 하륜의 중간에 서서 누구도 지지 하지 않고, 어느 누구도 두둔하지 않는 사람은 공정하고 냉정한 강수호였다. 그런 수호를 확인한 하진은 시선을 창가로 돌렸고 하륜은 조용히 병실을 나갔다.

하진은 자신이 내뱉은 모진 말들로 인해 강수호가 하륜을 쫓아 나갔을 거라 예의 짐작하고 비로소 긴 한숨을, 내내 답답했던 호흡을 내쉬었다.

"팀장님……."

순간 들려오는 아현의 목소리에 하진은 침대 쪽으로 몸을 돌렸다. 그녀는 소리 없이 죄인처럼 울고 있었다.

"울지 마. 그렇게 울 일 아니니까……."

"아…… 아니에요, 팀장님."

"뭐가 아니야?"

"배 속의 아이, 하륜 씨 아이 아니라고요……."

그 말을 끝으로 아현은 소리 높여 울음을 터트렸다.

그 시리고 뼈아픈 후회의 통곡에 하진은 멍하니 그녀를 응시할 수밖에 없었다.

수호는 대낮부터 술잔을 비우는 하륜을 말리지 않았다. 어떤 말로 대화를 시작해야 할지 판단이 서지 않았기에.

모진 말을 내뱉은 하진을 이해하라는 말도 할 순 없었다.

동생의 질타로 다시금 지난 과거와 현재의 자신을 자책하며 비하할 게 분명한 친구의 마음을 어떤 말로 위로해야 할지, 수호로서도 쉽게 답을 내리지 못했다.

하진이 이 자리에 없다고 해서 하륜의 기분을 맞춰 주는 기만적인 행동은 하고 싶지 않았다. 지금 이 순간, 그녀도 분명 아파하고 있을 것을 알기에. 어쩌면 하륜보다 그런 말을 하고야 만 그녀가 더 많이 아플지도 모르기에.

"가서…… 내 동생 달래 줘."

"……."

"난 정말 괜찮으니까 하진이 달래 주라고. 우리 진이 지금 속이 말이 아닐 거야. 이 일로 옛날 일들까지 떠올라서……. 내가 실수를 좀 많이 했어야지."

해도 너무 많이 했지, 하며 하륜은 새삼 누군가에게 도움을 주기 위해 했던 일들이 결국엔 하진에게 짐이 되었던 것을 떠올렸다. 그리곤 아프고 시리게 웃었다.

"걱정 마. 이 자리에서 일어나자마자 달래 주러 갈 거야. 근데 지금은 오래된 내 우정이 눈앞에서 청승을 떨고 있으니까 네놈이 먼저야."

수호의 대답에 술잔을 단숨에 비운 하륜이 피식 웃었다.

"난 이 소주 한 잔이면 되니까 넌 가서……."

"내 여자는 너하고 비교도 안 되게 열 배, 스무 배로 위로해 줄 거야."

이렇게 밝힐 생각이 아니었는데 하진을 위로해 주라며 저리도 가슴 아프게 말을 내뱉는 하륜으로 인해 수호는 제 마음 한 조각을 보일 수밖에 없었다.

"나중으로 미루지 말고 지금 가서 달래 줘. 안 그럼 넌 내 동생 남친으로 불합격이야, 인마."

수호는 일말의 동요도 하지 않는 하륜을 보며 빈 잔을 채웠다.

"알고…… 있었어?"

"짐작은 하고 있었지. 근데……."

하륜은 수호가 채운 술잔을 또 단숨에 삼켜 버렸다.

"내가 물어보고 확인할 입장이 아니라서 묻질 못했어."

하륜의 분위기로 미루어 짐작해 그가 두 사람의 사이를 눈치챈 것이 꽤 오래됐을 거라 생각했다.

"내가 아끼고 사랑하는 두 사람의 만남을 축하해 주고도 싶고, 우리 하진이 눈에서 눈물 보이게 하면 죽여 버린다고 뻐기면서 호언장담도 하고 싶었는데…… 내가 그럴 주제가 아니더라. 지금까지 하진이 등골만 빼먹고 내내 고생만 시키다 결국엔 날개를 꺾어 버린 내가 무슨 자격으로 오빠 노릇을 하겠어."

하륜은 대학교 때 피라미드에 빠져 감금당했던 일을 떠올리는 듯했다. 결정적으로 하진이 강수호의 손을 잡을 수밖에 없었던 그 사건을.

"무슨 소리야, 당연히 자격 있지."

술잔을 든 하륜이 멍하니 수호를 쳐다봤다.

"네 덕에 하진이 유학 안 가고 내 손 잡았잖아. 고맙다. 내가 하진이 쳐다볼 수 있게 해 줘서. 또 이렇게 내 여자로 만들 수 있게 기반을 만들어 줘서."

늦어도 너무 늦은 실토에 하륜은 벌게진 눈을 뜬 채 거친 숨을 삼켰다.

"미친놈."

"……."

"고맙기는……."

수호의 빈 잔을 채우려던 하륜은 '아니야. 너 조금 이따 내 동생한테 가야 하니까 마시지 마' 하며 자신의 술잔만 가득 채웠다.

내미는 수호의 빈 잔을 연신 손으로 밀어내며 자신 앞의 잔을 채우는 하륜의 표정은 지금까지와는 달랐다. 방금 전까지 괴로움으로 점철됐던 하륜은 온데간데없고 광대를 한껏 부풀리며 웃는 하륜만이 있었다.

수호는 그 모습을 보며 하진이 하륜의 반의 반만큼이라도 단순하고 솔직하면 얼마나 좋을까 싶었다. 하륜에 비해 너무나 생각이 많은 하진 때문에, 수호는 그녀와 하고 싶은 일을 하나도 하지 못하고 있었다.

며칠 전 팟캐스트에 대해 이야기를 나눈 이후, 요요처럼 통

통거리며 도통 품속에 가득 들어오지 않는 하진 때문에 수호
는 하루하루 애가 닳았다.

이런 그의 상태를 눈앞의 친구 녀석은 짐작도 못 할 테지
만.

금요일 저녁, 수호의 위협과 성화에 하진은 그의 집으로 퇴
근을 했다. 하지만 머리가 복잡해 시선을 창가에 둔 채 손에
든 잔을 만지작거리기만 했다.

손안에 있는 게 단단한 컵이 아니라 황토였다면 어렵지 않
게 작품 하나가 나왔겠다 싶을 정도로 하진은 손가락을 부산
스럽게 움직였다.

임신한 백아현은 휴직을 신청했다.

올해 마지막 날 열릴 북 콘서트로 일찍부터 마감을 마친 상
태라 북 디자이너의 부재가 크게 문제되지는 않았지만, 전후
사정에 대비할 겸 당분간 프리랜서를 구해야 할 것 같았다.

아현의 사생활에 대해선 왈가왈부하고 싶지 않았다. 사람의
마음이란 게 꼭 의지대로만 진행되는 게 아니라는 걸 누구보
다 잘 아는 하진이었다. 그 모든 이유로 하륜과 연애를 시작하
고서 다른 사람의 아이를 임신한 아현을 이해할 수 없다며 논
란의 중심에 세워 이러쿵저러쿵하기 싫었다.

이토록 마음이 무거운 건, 그 이전에 한 짓이 전부 욕먹을

것투성이었다고 해도 어제 병실에서 하륜의 뺨을 때린 건 명백한 실수였다는 걸 부인할 수 없기 때문이었다.

오해했던 일에 이렇다 할 언급 없이 이대로 있으려니 불편했다.

"다른 쌍둥이도 하진, 하륜만큼 다를까 싶어. 마치 정반대로 걸어가는 사람들 같아, 너희 둘."

강수호는 낯익은 머그잔을 든 채 소파에 앉아 있었다.

"무슨 소리야?"

"무슨 소리긴. 말 그대로야. 너희 둘, 마치 대척점에 있는 것처럼 다른 방식으로 살고 있잖아."

"예를 들면?"

"스물세 살 때부터 몸과 맘을 불태운 하진과 달리. 아, 맘이라고 하면 어폐가 있으려나."

"강수호, 지금 이 상황에 꼭 그런……."

"서른두 살의 하륜은 현재 동정이란 거지. 숫총각."

"……!"

이게 다 무슨 소리야. 숫총각이라니…….

"네가 잘못 들은 것도 아니고, 내가 착각하거나 잘못 알고 있는 것도 아니야. 또 중간에 그 순백의 다짐과 결계가 깨졌다는 소리도 못 들었고."

하진은 이해 가능한 답을 빨리 내놓으라는 듯 수호를 노려봤다. 그에 강수호는 여유 있는 자의 장난스런 눈빛을 했다.

"빨리!"

결국 참지 못한 하진이 소리를 빽 질렀다. 그런 그녀를 귀엽다는 듯이 쳐다보던 수호가 웃음기를 거둔 얼굴로 이야기를 시작했다.

"네가 생각하는 하륜과, 내가 옆에서 보고 알게 된 하륜 사이엔 굉장한 갭이 있어. 그런데 그걸 다 말할 순 없고……. 이번 일과 관계된 것 한 가지만 말하자면 하륜은 아직까지 여자와 자 본 적이 없는 동정인 게 확실해."

그리 엄청난 신념이나 굳은 절개라고까지는 할 수 없지만 그동안 적지 않게 연애를 했던 하륜이었다.

"왜냐고 묻는다면, 금전적으로 당당해질 때까지 연애는 해도 관계는 갖지 않겠다는 게 하륜의 방식이야. 타인의 아픔에 그냥 지나치지 못하는 자신의 고질적인 성격상 고생시킬 게 뻔한데 욕심만으로 여자를 안지 않겠다고 했어, 네 쌍둥이 오빠."

이게 무슨 엉터리 바보 같은 궤변인지.

인간이 원래 이타적인 동물이란 건 알고 있었다. 타인에게 친절한 행동을 하면 스스로 기분이 좋아지는 그런 이상한 부류.

그렇다 해도 하륜은 그 선을 넘었다. 아주 오래전에.

그 적정선만 유지했다면 피나는 인내 없이 원하는 사람을 안고 맘껏 사랑할 수 있었다. 그런 이유로 하진은 하륜이 그리 대단한 결단의 아이콘이라고 생각되지 않았다.

"그러니까 하진과는 전혀 다르다는 거지."

"무슨 소리야?"

"넌 그때 순간의 감정으로, 전후 사정 상관없이 혼란스런 마음만으로 날 안았잖아. 그러니까 하진에 비해 하륜은 신사고 상당한 어른이란 거지. 그것도 극강의 인내심을 가진 순수 청년."

"그럼, 난 순수하지 못한 하드 버전의 처자고?"

하진의 비유에 강수호는 웃으며 그녀의 곁으로 다가왔다. 그러곤 들고 있던 커플 머그잔을 아무 곳에 두고는 그녀를 번쩍 들어 자신의 허벅지 위, 매우 위험천만한 장소에 앉혔다.

수호의 허리를 양다리로 감싼 모양의 도발적인 자세가 된 하진은 얼굴이 잡힌 채로 그와 마주했다. 아주 근거리, 마치 접사 렌즈의 피사체처럼.

"다행이지 않아? 난 하진 스타일을 좋아하거든."

강수호는 긴 손가락으로 그녀의 입술 주위를 건드리며 기분 좋게 작은 얼굴을 배회했다. 마치 타이밍을 노리는 검은 자칼처럼.

"그건 강수호가 전혀 순수하지 않아서겠지."

검은 자칼의 수준 높은 보디는 아래위 할 것 없이 하진을 유혹하듯, 동시에 위협하듯 리드미컬하게 움직였다.

수호의 입술이 기분 좋은 호선을 그렸다.

"강수호는 순수하지 못하다."

"……."

"하진이 나한테 바라는 게 순수였나? 큰일이네. 난 그런 쪽으로는 전혀 순진하지 않은데. 그럴 수도 없고."

하진은 성숙한 야누스의 얼굴을 만지고 싶었지만 그에게 뺏긴 우선권으로 인해, 몸에 맞춘 듯 착 감겨 있는 블랙 셔츠 단추에 손을 댔다. 순간적으로 움찔하는 반응이 짜릿하고 재미있어, 단추의 라인을 따라 지그시 손을 놀리며 강수호의 표정을 여유 있게 즐겼다.

"전혀 그럴 수 없는, 야하고 섹시한 여자를 만났거든."

수호는 얼굴을 배회하던 양손을 내려 허리를 잡았다. 그리곤 마주한 두 사타구니의 굴곡을 여실히 느끼도록 적당한 힘으로 내리누르며 비비길 반복했다.

발달된 가슴근육이 강하게 요동치는 굴곡을 지나 얼굴에 다다른 하진의 손가락은 강수호의 턱 선을 따라가다 입으로, 인중으로 길을 만들었다.

"난 전혀 그런 부류가 아닌데……. 야하고 섹시하다니 대체 어떤 여자를 말하는 거야? 난, 약하고 섬세한 여자라고."

하진도 그와 동일한 무언가를 바랐지만 미묘한 정적과 가파른 쾌감을 뒤로한 채 섣불리 육체만이 주는 감동을 주고받고 싶지는 않았다.

이 아찔한 감각의 비행이, 숨결을 타고 넘어가는 짜릿한 전율이 좋았다.

진작부터 난동을 부리는 하반신의 자극 또한 좋았다. 야해서 좋고 흥분돼서 더 좋았다.

수호와의 섹스는 결과적으로 늘 만족스럽고 좋았지만 둘 사이에 변화가 생긴 지금, 이전까지와는 다른 패턴의 흥분을 느껴 보고 싶었다. 이 모든 감각의 시작을 제가 직접 주도하고 싶고, 그녀의 성향대로 새로운 스타일을 만들어 보고 싶었다. 이로 인해 로맨스 소설의 신을 쓸 때 약간의 팁과 도움을 받는다면 그 또한 더할 나위 없이 좋을 테고.

그런 이유로 하진은 점점 정욕으로 거친 숨을 내뱉는 강수호의 입술 주위를 맴도는 기교를 결코 서두르지 않았다.

앞으로 한참 남았다. 시도해 보고 싶은 많은 경계와 감각적인 지점들이.

닿을 듯 말 듯, 스치듯 정주하듯, 줄 듯 말 듯 감질나는 기교와 달콤한 호흡에 수호는 넋이 나갈 것 같았다. 하반신은 이미 만신창이가 된 지 오래였다.

자신만의 우물 앞에서, 환희로 가는 길목 직전에 어이없이 잡힌 발목 때문에 완전한 기지개를 펴지 못하는 남성은 수호만 알 수 있는 신호로 신음을 하고 있었다.

철저하게 계산된 강한 정신력으로 어느 하나도 허락하지 않은 하진은 잔인한 요부이자 냉철한 집행자였다.

"심지어 순진한 난, 키스를 어떻게 하는지도 몰라서 헤매고 있잖아. 이렇게 하는 건가, 아니면 이렇게 비스듬히 코를 피해서……."

본능에 굴복해 붉은 입술을 삼키려는 수호의 입술을 민첩하게 피한 하진은 그의 목에 자신의 입술을 깊게 묻었다.

"……!"

수호는 짜릿한 흥분과 충격에 호흡을 삼켰다.

이 순간 하진이 뱀파이어였다면 모든 피를 주고서라도 입술을 삼키고 싶었다.

절절 끓어오르는 몸이 사정을 하고 있었다. 이 지옥에서 벗어나게 해 달라고.

제 목을 핥고 빨아 대는 지독한 자극에 하반신은 진작부터 격렬한 몸부림을 치고 있었다.

"······이러는 거 싫어?"

무슨 말을 할 수가 있을까······.

"싫으면 말해. 근데 괜찮다면······ 참아 줬으면 좋겠어."

하진은 순한 어린양이 된 듯 칭얼거렸다.

그 모습은 정확하게 강수호의 취향이었다. 그 자신도 이제껏 몰랐던 그의 또 다른 일면.

가르랑거리는 나른한 고양이처럼 저를 올라탄 하진의 언어와 색체가 도발적이라 머리에서 발끝까지 전부 다 짜릿하고 아찔했다.

하진, 정말 여러 가지로 사람 뒷목 잡게 만드는구나.

"난 지금 기분이 좋거든. 계속 마음이 너무 많이 아팠는데······."

정신적 지주였던 삼촌의 부재를 말하는 듯했다.

"그렇다고 바로 강수호랑 사랑을, 관계를 나눌 수는 없잖아. 그런데 이렇게 있으니까 뭔가 위로받는 느낌이 들어."

어느새 셔츠 단추를 전부 연 하진은 수호의 가슴에 손을 얹고 긴장한 근육들을 해부하듯 만지고 느끼며 그를 고문했다.

"생각해 보니 내 몸 전부를 아는 강수호와 달리 난 아는 게 너무 없잖아. 그래서 이번에 집중적으로 공부하고 싶은데…… 어때?"

"……!"

"찬성인가?"

손에 날개가 달린 것도 아닐 텐데 그녀의 손은 어느새 수호의 바지 훅 부분에 머물러 있었다.

수호는 오묘한 윤기를 띤 하진과 눈을 마주했다. 순간 만족스런 사정을 한 것처럼 쾌감과 함께 전율을 느꼈다 말한다면 하진은 오만하게 웃겠지.

"……대답해 봐."

"하진……."

"참고로 난 오늘 강수호를 머리에서 발끝까지 전부 다 삼켜 버릴 생각이야."

결국 바지의 훅을 푼 하진의 손은 허리의 아슬아슬한 경계선을 지나 진작부터 아우성치고 있던 남성에 성큼 닿아 있었다.

"대답, 안 할 거야?"

모든 혈관이 과부하로 터지는 아찔한 쾌감에 젖어 수호는 눈을 감아 버렸다. 대답은 그걸로 충분히 대신한 듯했다.

이 모든 일은 공작새를 새장 안에서 꺼내 유일한 사육사를 자처하는 강수호의 손으로, 그만의 방법으로 사회화해 길들이기 위해 시작되었다.

취지와 목적은 그것이었는데 분명한 명제가 전복됐다.

"……!"

고위험, 고수위, 고퀄리티의 고아한 하진으로 인해 주위가
한순간 어둠과 불꽃으로 어지럽게 뒤엉켰다.

숨이 쉬어지지 않았다.

잔약하면서 동시에 가혹한,

거침없는 집행자 하진으로 인해.

포획 완료

　내일은 팟캐스트 첫 방송일이었다. 그로 인해 회사가 어수선했지만 그중에서도 가장 흥분 상태인 인물은 당연히 이번 일을 기획하고 진행까지 맡은 유 실장이었다.

　더군다나 요사이 본사 순문학 브랜드에서 운영하는 팟캐스트 진행자 중 한 명인 중견 작가의 단편집, 초판 3천 부도 채 나가지 않은 현 실정에서 장편도 아니고 단편집인 신간이 보름 만에 파격적으로 3쇄 증쇄에 들어갔다는 보도가 대대적으로 있었다. 그러니 유 실장이 기대와 흥분, 동시에 긴장을 느끼는 건 당연했다.

　누구보다 장르 문학 시장의 미래를 낙관하는 유 실장이기에 이번 기회로 장르 문학의 제2의 부흥기를 일으키고 싶어 했다.

"사장님, 내일 생방송 보실 거죠?"

"네, 당연히 그래야죠."

수호의 반응에 유 실장은 다소 긴장한 듯한 표정을 지었다.

"첫 시도란 사명감 때문에라도 잘할 테니까 부스 밖에서 점수 매기듯 구경하시는 건 하지 말아 주세요. 아무래도 첫 방송이라 긴장될 것 같고, 자하 편집장도 우리 이김사 직원들이 우르르 몰려와 보는 건 좀 불편해하지 않겠습니까?"

"그래도 첫 방송인데 응원하고 지지하는 차원에서……."

"전 정말이지 매우 잘할 자신 있다니까요. 이게 어떤 기회인데 실수를 하겠습니까. 그러니까 사장님은 방송 전에만 응원해 주시고 큐 사인 들어가면 인터넷으로 보세요."

순수한 부탁이 아닌 위협이 가미된 제안을 한 유 실장은 사무실을 나갔다. 아무래도 부담을 많이 느끼는 듯했다.

수호는 내일 그와 공동 진행을 맡은 하진이 걱정됐다. 혹시 하진도 유 실장처럼 긴장하면서 결정을 후회하고 있는 건 아닌지…….

그날 수호는 하진의 철저한 각본과 세밀한 연출 아래 미국 유명 작가의 하드코어 포르노물에 버금가는 영화를 한 편 찍었다.

그 결과 오케이 사인을 받은 게 팟캐스트였다.

절대 하지 않겠다는 하진의 의중을 전복하기 위해 수호가 온몸으로 치른 고수위 신은 말로 다 표현할 수 없을 만큼 야하고 희생적이었다. 게다가 엔딩은 피눈물 나게 전투적이기까지

했다.

새어 나오는 신음 한 번 제대로 마음껏 지르지 못하고 하진에 의해 가닥가닥 발라지며 얻은 성과인데 생방송을 견학하지 말라니…….

하진의 농익은 공작으로 새로 태어난 수호는 몸도, 마음도 정상이 아니었다. 틈만 나면 하진을 품고 싶다는 충동 장애를 남몰래 겪고 있었으니까.

수호는 회사 사무실이라는 제한적 공간을 인지하며 난립하는 세포들을 애써 잠재우는 데 집중했다.

그때 핸드폰이 울렸다.

강수호를 견디고 참고 인내하는 버전의 '갓수호'로 만든, 하드보일드한 하진이다.

"응."

―전화했었어?

"점심 같이하자고 걸었더니 안 받아서 유 실장님이랑 먹었어. 무슨 중요한 일이기에 전화도 안 받아?"

―할배랑 점심 먹었어. 난 또 내일 팟캐스트 때문에 무슨 일 생겼나 해서 걸었어. 아무 일도 없는 거지? 그럼 끊는다.

"하진."

―응.

"괜찮아?"

―뭐가?

"내일 첫 생방송이잖아. 유 실장은 아무래도 긴장하는 것 같던데. 너도 공동 진행자니까 혹시나 해서."

걱정이 밴 수호의 말에 하진의 웃음소리가 들려왔다.

─책으로 먹고사는 사람이, 제일 잘 알고 좋아하는 책 얘기하는데 긴장될 게 뭐가 있어. 전혀 모르는 분야에 대해 전문가들이랑 배틀하듯 토론하는 것도 아니고……. 아, 미안. 다른 사안 없으면 끊어. 할배 지금 당신 연배의 어르신 만나셨는데 부르신다, 인사하라고 그러시는 거 같아. 끊는다.

"하진!"

전화는 '하진스럽게' 툭, 불친절하게 끊겼다.

역시 장르 업계에서 하드보일드한 편집장으로 정평이 난 그녀다웠다.

순간 억울한 생각도 들었다. 하진에게 철저히 농락당하고 사육당한 몸은 이 순간까지도 애욕의 도가니에 빠져 허우적거리는데 그녀는 저리도 일상적이고 냉담하다니.

이대로 이렇게 완패당하고 싶지 않았다.

내일 있을 생방송을 자신하는 하진에게 작은 선물을, 그만이 가능한 사랑의 메시지를 전하고픈 마음이 생겼다.

사랑은 그 무엇도 아닌 오직 사랑으로만 확인하라는 누군가의 충고처럼 그들의 관계를, 하진의 마음을 뜨겁게 확인하고 싶었다.

처음 시도하는 일이라 이렇게 할 일이 많은 건지, 어려운 일을 자처했기에 어려운 건지, 일주일 앞으로 다가온 북 콘서트 준비는 해도 해도 끝이 없었다.

무엇보다 갑작스런 아현의 빈자리를 비롯해, 중간중간 발간되는 서평단 모집 일까지. 결국 인력이 부족하다는 게 가장 큰 난제였다.

자하는 컴퓨터 프로그램 추첨 대신 일일이 신청자의 리뷰나 신청 이유를 확인하고 서평단을 선택했다. 그 같은 수고는 처음으로 서평단에 입문하고 신청하는 이들에게 더 많은 기회를 주려는 의도였다.

"팀장님, 이번 임 작가님 서평단, 전경이 신청한 거 아세요?"

혜진은 알 수 없는 말을 툭 던져 놓고는 깔깔거리고 웃었다.

"그게 무슨 소리야? 전경이라니?"

"전경이요, 전투경찰. 그것도 풋풋한 22세 청년이 신청했어요. 임 작가님 이번 책, 19금이잖아요. 제목이 직설적이고 야릇해서 그런지 신청을 했더라고요. 그러면서 같이 생활하는 전경들이 기대하고 있으니까 꼭 뽑아 달라고……."

말을 끝맺지 못한 혜진은 또다시 깔깔거리며 모니터를 주시했다.

서평단은 보통의 경우 늘 신청하는 사람이 대부분이지만 간혹 블로그 활동을 전혀 하지 않던 이들도 신청을 하곤 했다. 블로그는 물론 서평단 모집을 담당하는 혜진은 그들에게 먼저 기회를 주는 타입이었다.

복불복이긴 해도 서평을 꾸준히 올리는 이들보다 더 솔직하고 서툰, 그러면서도 신선한 평이 나올 수도 있다는 의도에서였다.

서평단도 그렇고 여러 가지 일로 잠시 잊고 있었는데 내일
은 이김사에서 진행하는 팟캐스트 첫 방송날이었다.

뒤늦게 하진의 공동 진행에 대해 알게 된 직원들은 응원을
하면서도 너무 잘돼서 이김사만 덕 보는 거 아니냐는 우려도
했다. 장르 문학 전반의 발전과 홍보를 위한 일이긴 해도 이김
사와 경쟁을 하는 입장에서 평이 좋을 수만은 없었다.

"참, 일전에 말씀하신 거요……."

"일전에 말한 거라니?"

"왜, 그거요. 다른 회사랑 차별화해서 여주 나이 확 끌어 올
린, 걱정스럽고 심란한 기획이요."

하, 걱정스럽고 심란이라……. 여주 나이가 그리도 큰 압박
이 될 줄은 몰랐다.

모두가 동일하게 먹는 나이라도 기본적으로 꿈과 로망이 만
연한 로맨스 세계에서는 제외하고 부정하고 싶다는 건지.

"으응. 근데 왜?"

혜진이 의자를 돌려 하진을 보더니 진지한 표정으로 입을
뗐다.

"그 안에 대해 적합하다고 생각되는 로맨스 작가랑, 그 나잇
대를 주인공으로 한 일본 만화랑 해외 장르 소설 찾아서 정리
한 거 오늘 밤에 팀장님 메일로 보낼게요. 검토해 보세요. 그
리고 기획서 작성하면서 생각해 봤는데요……. 그 위험천만한
기획안, 찬성이에요."

혜진의 얼굴엔 고심한 흔적이 역력했다.

"의미도 있고…… 새로운 독자층을 끌어들이기 위해서 색다른 시도는 필요하다고 생각돼요."

"……."

"그리고 언젠가 신문에서 봤는데, 안 팔릴 것 같은 책이라도 편집자나 출판사가 책임감을 갖고 계속 독자들에게 전달하는 힘이 필요하다고 그러더라고요. 우리가 순문학을 하지는 않지만, 공감이란 큰 줄기와 함께 삶의 의미에 대해 반성하면서 정신적인 만족과 즐거움을 주는 문학의 순기능은 다르지 않고 같잖아요."

늘 든든하게 뒤를 받쳐 주는 혜진이었지만 이 순간 그녀의 존재감에 새삼 미소가 지어졌다.

"무엇보다 새로운 시도는 항상 필요하고요. 그렇죠?"

자신을 빤히 보는 하진의 시선에 혜진은 너무 진지했나 싶은지 피식 웃으며 제 앞의 모니터에 집중했다.

아무래도 편집자를 한 명 더 뽑아야겠다고 생각했다. 혜진이 편집 팀장이 되면 자연스레 새로운 편집자가 필요할 테니까.

요사이 한층 성숙해지고 단단해진 혜진에게서 시선을 거둔 하진은 내일 있을 생방송을 대비해 이김사에서 보내 준 서류를 검토했다.

내일 첫 회에서 다룰 판무 작품과 작가, 편집자 하진이 추천하는 로맨스 작품에 대한 별점까지 두루두루 확인할 게 많았다.

서류를 검토하던 하진의 생각은 자연스레 강수호로 이어졌다.

그날, 그녀는 처음으로 자신의 주도 하에 간접 섹스를 경험했다.

그 일로 깨달은 건, 어떤 스타일의 섹스건 상대가 강수호라면 대단히 흡족하다는 것이었다. 또한 그날 경험한 다양한 시도와 느낌을 신으로 구체화해 강렬한 19금 소설의 한 대목을 완성했다.

이로써 강수호는 하진 인생에 꼭 필요한 남주이자 파트너로 등극했다.

이런 사실을 그가 알게 된다면 3년 만에 재회한 그날처럼 자신을 이용했네, 농락했네 하며 여러 반응을 쏟아 낼지도 모르겠다.

"팀장님, 핸드폰 울려요. 아주 징하게."

혜진의 핀잔에 겨우 생각에서 벗어나 전화를 받았다.

"네."

—바빠?

이전에도 강수호는 자주 연락을 해 왔지만 요즘은 하루에 한 번씩 일기를 쓰듯 전화를 했다.

"똑같지. 근데 왜?"

—오늘 북 콘서트 일로 야근할 건 아니지?

"아니야, 그건."

—그럼 기다리고 있어. 퇴근하고 데리러 갈게. 우리 집에

가자.

요즘 들어 가장 두렵고 무서운 말, 우리 집으로 가자.

동일한 제목의 노래도 나온 걸로 아는데 가사가 상당히 궁금했다. 강수호처럼 강력하고 초절정으로 하드한 19금 버전인지.

"무슨 일인데?"

—그야 내일 생방송 잘하라는 의미로 몸보신시켜 주려고 그러지.

퍽이나 몸보신시켜 주겠다. 그날 일에 대해 보복을 하면 모를까.

"괜찮아. 그리고 할 일도 있어. 알잖아, 갑과 을의 계약."

—그건 네 능력 문제인 거고. 난 널 보살펴 주려는 거야. 동시에 내일 우리 이김사에서 진행될 팟캐스트 잘 부탁한다고 로비하는 거고. 그러니까 기다려. 끊는다.

전화는 매너남의 전형인 강수호답지 않게 끊어졌다.

아무래도 점점 물들어 닮아 가는 것 같다.

수혈하는 것처럼 서로를 채워 가자고 하더니 강수호는 점점 하진의 나쁜 점만 닮아 가고 있는 듯했다.

강수호의 표현을 빌리자면 일명 불친절한 하진스럽게.

인터넷으로 팟캐스트 부스를 본 적은 있지만 실제로 녹음

부스 안에 선 하진은 묘한 기분을 느꼈다. 묵직한 책임감과 함께 약간의 긴장감도 생겼고.

방송은 10분이 채 남지 않았다.

하진은 미리 받은 원고를 확인하며 맞은편에 앉아 긴장의 정점을 찍고 있는 이김사의 핵심 브레인 유 실장을 쳐다봤다. 저러다 호흡곤란으로 생방송 도중 기절하는 건 아닌가 하는 우려도 들었다.

불현듯 부스에 들어서자마자 유 실장이 한 질문이 생각났다. 출현 결정은 감사하지만 긴장되지 않느냐고…….

강수호는 하진의 유혹을 끝까지 버틴 제 공로로 이번 팟캐스트에 참여하는 줄 알고 있지만, 사실은 삼촌을 위해 수락했다. 분명 이 모든 걸 보고 있을 삼촌을 위해.

본격문학으로 시작해 장르 문학을 누구보다 사랑한 삼촌의 생각에 동조하고 힘을 보태기 위해 이 순간 부스 안에 있었다.

"하진 편집장님, 3분 후 시작입니다. 밖에서 카운트할 겁니다. 우리 긴장하지 말고 파이팅합시다."

"네, 유 실장님도요."

하진은 긴장 풀라는 의미로 웃음을 보이며 유 실장을 독려했다.

"네, 긴장하지 말고!"

밖에서 카운트가 시작됐고 금세 생방송 불이 켜졌다.

"여러분, 안녕하세요. 오늘 첫 방송되는 장르 문학 최초의 팟캐스트 '트루 러브'의 진행을 맡은 유해진입니다. 그리고 제

맞은편에 앉아 계신 분은 저와 공동으로 진행해 주실, 자하 출판사의 하진 편집장님입니다. 인사하시죠."

유 실장의 소개에 하진은 마이크 가까이 입을 댔다. 그러자 긴장과 흥분보다는 알 수 없는 기대가 앞섰다.

"안녕하세요. 자하 출판사의 하진입니다. 반갑습니다."

인사를 시작으로 팟캐스트를 진행하게 된 짧은 스토리가 이어졌다. 또한 작품을 고르는 기준과 편집자 추천작 소개, 독자들의 질문에 답하는 코너 소개와 독자들 스스로가 처음으로 장르 문학에 입문하는 독자들을 위해 책을 추천하고 서평을 소개하는 코너 등, 앞으로의 다양한 전개에 대해 소개가 이어졌다.

"오늘 저희 '트루 러브'가 소개할 첫 작품은 어느덧 장르 문학, 그중에서도 판무의 고전이라고 말할 수 있는 공작새 작가의 처녀작으로……."

유 실장이 사전에 논의한 작품이 아닌 공작새의 작품을 거론하는 순간 하진은 부스 밖에 모습을 보인 강수호와 눈을 마주했다.

강수호의 눈은 웃고 있었다. 마치 내 선물이야, 하는 얼굴로.

그녀는 당장에라도 밖으로 나가 강수호의 멱살을 잡고 싶었지만…….

"하진 편집장님도 공작새 3부작 읽어 보셨죠?"

유 실장은 질문을 하면서도 약간은 긴장한 얼굴을 하고 있었다.

미안하다는 듯, 자신도 강압에 의해 어쩔 수 없는 질문이었다는 걸 한껏 어필하는 나름 억울한 표정이었다.

"네, 읽었습니다."

"제가 지금까지 말씀드린 것처럼 공작새의 초기 3부작은 판무 소설 작가를 꿈꾸는 많은 이들에게 지대한 영향을 주었는데요, 편집장님은 공작새의 작품을 어떻게 보셨는지 궁금합니다."

공작새가 보는 제 작품 세계는 무엇이었는지라…….

사실 공작새 3부작을 썼을 때의 하진은 제 작품에 대해 깊게 생각할 수 없었다. 그러기엔 너무 어렸고 너무나 많은 일들 때문에 머릿속이 복잡했었다.

지금 떠올려 보면 단 하나의 생각을 하면서 글을 썼다.

재미를 주는 소설을 쓰자고. 누가 봐도, 어느 연령 때가 봐도 빠져들 수밖에 없는 재밌는, 읽고 싶은 책을 쓰려고 노력했다.

"저 또한 재미있게 읽었습니다. 공작새의 초기 작품이라 그런지 재미 면에서는 모든 캐릭터와 장치들이 통합적으로 어우러져 터치할 부분이 없는데 작가의 가치관이나 세계관은 정립이 되지 않은 듯해서 그 점이 살짝 아쉬웠습니다."

하진은 그때의 자신을 떠올리며 지금까지도 미진하게 느끼고 있는 부분을 가감 없이 이야기했다.

"저희는 지금 공작새의 초기 3부작에 대해서만 이야기하고 있는데요, 편집장님은 이후에 나온 작품들도 읽어 보셨나요?"

"네, 읽어 봤습니다."

"어떠셨습니까? 대부분의 독자들은 초기 작품을 넘어서 작가의 세계관이 확실하게 정립되어 가고 있다고 평가하는데, 편집장님도 그 부분에 동의하시나요? 아니면 다른 의견이 있으신가요?"

초기 작품을 넘어섰다는 그 짧은 평에 하진은 아주 오래돼 박제가 될 뻔한 긴 숨을 삼켰다. 더없이 고맙고 감사해 마음속으로 깊이, 깊이 안도했다.

오늘까지 하진을 끈질기게 괴롭히던 것은 단순 표절은 아닐지라도 누군가의 문구와 뉘앙스를 가져와 하진만의 스타일대로 꾸민 것에 대한 어쩔 수 없는 불편함, 죄의식이었다.

"……이후의 소설들은 초기 3부작과는 전혀 다르기에 단순히 넘어섰다는 평가보다는 소재를 다루는 능력이 점점 더 전문화됐다고 말씀드리고 싶습니다. 또한 초기 작품이 철저히 재미 위주였다면, 그 이후의 작품들은 재미와 의미, 이를테면 인간애와 그 속에서의 복잡한 감정들을 세밀화해서 나타내려는 시도와 노력이 보여 개인적으로 초기 3부작보다 이후의 작품들에 더 후한 평가를 주고 싶습니다."

하진은 저자인 공작새로서 하고 싶은 이야기를 솔직하게 고백했다.

독자들과 삼촌의 평가처럼 3부작 이후의 작품들이 더 좋다는 그 이야기를 이제는 곡해 없이, 왜곡 없이 믿고 싶었다. 그래서 이 오래된 체증 같은 멀미를, 무거운 죄책감을 벗어 버리고 싶었다.

이후 공작새 작품에 대한 유 실장의 개인적이고도 디테일한 소회가 보태졌고 저자인 하진은 이를 경청했다.

"아, 이 이야기는 비밀인데 이김사 사장님께서 개인적으로 공작새의 대단한 팬이십니다. 가끔은 꿈도 꾼다고 하시더라고요. 공작새를 직접 만나 사인을 받고 포옹을 하는 꿈이요. 정말 대단한 팬이지 않습니까? 많은 팬들이 이렇게 공작새의 차기작을 기대하고 있는데 업계에서 공작새와 유일하게 선이 닿아 있다는 하진 편집장님은 다음 작품에 대해서 따로 들은 소식이 없으신가요?"

하진은 다시 한 번 부스 밖에 팔짱을 끼고 서 있는 강수호를 노려봤다. 그러자 그는 두 손을 번쩍 들어 머리 위로 큰 동그라미를 그리더니 이내 어설프게 변형된 하트를 만들어 보였다. 경직된 미소까지 곁들여서.

어이가 없었다. 강수호의 위기 능력 관리와 저토록 절실한 생존 본능에.

"작가님과 개인적인 친분이 있는 건 아니고 일적으로 몇 번 뵌 적은 있는데요. 다음 작품은…… 내년 여름 중에 출간되는 걸로 알고 있습니다."

"이거 정말 판무 팬으로서 대단한 희소식이 아닐 수 없네요. 마지막으로 지극히 개인적인 질문입니다. 공작새 작가님 혹시 여성분이신가요?"

강수호나 이 기획안을 준비하고 진행하는 유 실장이나 사심과 꼼수가 가득했다.

두 인간 모두 공과 사를 전혀 구분하지 못하고 있었다. 그것도 첫 방송부터.

하진은 궁금함과 기대감으로 눈을 반짝이는 유 실장을 보며 담담하게 말했다.

"그 부분은 작가님의 사생활에 대한 침해일 수도 있어 언급을 자제하겠습니다. 이 방송을 듣는 독자님들, 그 점 이해해 주시길 바랍니다."

"아, 정말 아쉽네요. 대부분의 판무 팬들이 정말 알고 싶어 하는 사안인데요."

유 실장은 탄식하며 아쉽다는 말을 몇 번이나 거듭하고는 겨우 다음 코너를 진행했다.

이후의 시간은 빠르게 지나갔다.

공작새 작품에 별점을 매긴 후, 하진은 제가 추천한 로맨스 소설의 작품 해설을 했다. 그리곤 마지막으로 서평에 대한 소신을 밝혔다.

"오늘날 장르 문학이 이처럼 발전해 온 건……."

유 실장은 계속하라는 듯 고개를 끄덕였다. 어떤 의견을 내놓든 마무리는 자기가 받아 정리를 하겠다는 의도로 보였다.

하진은 침을 삼키며 이야기를 이어 갔다.

"독자 여러분들의 사랑과 관심 덕분입니다. 그중에서도 계속 신간을 구입하면서 누구보다 발 빠르게 서평을 올려 주시는 분들의 몫이 크다고 생각합니다. 오늘 첫 방송을 하는 저희 '트루 러브'보다 먼저 장르 소설이란 매개체로 모여 장르 문학 시장을 확장할 수 있도록 밑거름이 돼 주시는 서평가분들과 독자분들께, 진심으로 감사의 인사를 드립니다."

하진은 이 순간 독자이자 저자이자 편집자였다.

"앞으로도 지속된 사랑과 관심 부탁드리며 섬세하고 성실한 서평으로 장르 문학에 새로이 발 디딜 독자분들의 믿을 수 있는 길잡이가 돼 주시길 바랍니다. 또 그러기 위해서 오늘 첫 발걸음을 한 저희 '트루 러브'도 책임감을 갖고 중립적인 입장에서 진행하도록 낮은 자세로 늘 노력하겠습니다."

하진의 마이크를 유 실장이 이어 받아 간단한 소회와 앞으로의 각오를 밝혔다.

이것으로 '트루 러브'의 첫 회가 끝이 났다.

하진은 오늘 방송에 대해 성과보다 시도라는 점에 후한 점수를 주고 싶었다.

삼촌이 바라는 것도 이러한 것이리라. 결과를 떠나 꾸준히 나아가려고 노력하는 것.

하진이 외부와 단절된 채 신비주의에 묶여 공작새로만 남는 것이 아닌 사람들과 같이 호흡하고 성장하길 바라는 마음……

그 마음은 부스 밖에서 긴장감을 안고 지켜보는 강수호의 마음과도 동일한 것이리라.

걱정하는 마음과 정비례한 마음,

바로 사랑.

의도를 알 수가 없어 수호는 마냥 좋아할 수만은 없었다.

분명 조율이 안 된 공작새에 대한 기습적인 질문을 듣고 공격할 거라 예상했는데 결과는 전혀 아니었다.

그는 제 몸 위에 올라타 자신을 내려다보는 하진의 마음에 대해 그 어떤 추정도 할 수 없었다.

머리에선 기대와 어떤 상상의 나래를 펴느라 불가했고, 몸에서는 절대 잡히지 않을 것 같은 불길과 욕망 때문에 불가했다.

"저의가 뭐야?"

묻지 않을 수 없었다. 그렇다고 진실을 말할 하진이 아니지만 마냥 궁금증을 안고 이 순간을 제대로 느끼지 못하는 불상사는 막고 싶었다.

"저의라니?"

스커트를 입은 채 하진은 강수호 위에 앉아 있었다. 상상만으로도 아찔한데 그것이 실제로 일어나니 머릿속이 아득했다.

"벌을 주면 모를까, 이렇게 상을 주는 이유가 뭐냐고."

"이게 상일지, 벌일지 그건 진도를 더 나가 봐야 알 수 있는 거 아닌가?"

의도를 알 수 없는 묘한 미소를 지은 하진이 둔덕을 밀착해 유혹하듯 비벼 댔다.

너무도 선명한 열감과 쾌감에 수호는 미칠 것만 같았다.

"좋았어? 강수호."

"……뭐가?"

"공작새를 아슬아슬한 사지에 내버려 두고 한 발짝 떨어져서 우리 안에서 벌어지는 상황을 구경하는 거 재미있었냐고."

질문은 상당히 은유적이면서도 직설적이었다.

"난 공작새의 순발력과 현명함을 믿으니까…… 물론 걱정도 했지, 마음 졸이면서."

"아하, 걱정을 하긴 했구나. 난 강수호가 그 상황을 좋아하는 줄 알았지. 착각했네, 내가."

"……."

"미안해."

전혀 예상하지 못한 발언에 수호는 당황스러웠다.

"이건 말이야, 내가 미안한 마음에서 주는 상이야. 마음껏 누려 봐."

하진은 뇌쇄적인 미소를 그리며 입고 있던 짧은 캐시미어 니트를 벗었다. 그러자 심플한 브래지어가 드러나며 그 안의 탐스런 무덤과 열매도 함께 모습을 보였다.

"근데 난 마술에 걸려서 사랑을 나누고 싶어도 어쩔 수가 없어."

"……!"

"강수호 혼자 누리고 즐겨야지. 그 대신 내가 정말 최선을 다할게. 여태 안 해 본 것도 전부 다 실행해 볼게. 내가 또 못 해 보고 안 가 본 길에 대한 호기심과 창작력이 남다르잖아. 이래 봬도 공작엔 일가견이 있는 공작샌데."

하진은 묶고 있던 무채색의 머리끈을 잡아 빼 손목에 끼고 머리를 자연스레 풀었다. 마치 수호의 눈에 자신을 각인시키고 아로새기려는 듯이.

그 정확하고 잔혹한 계산은 여지없이 그를 자극하는 불씨가
됐다.

강수호의 위에 올라탄, 웨이브진 머리를 한 화이트 버전의
하진. 숨이 턱 막혔다, 기가 막힌 연출과 치밀한 각본에.

"그러니까 오늘은 강수호 혼자 받고 다음엔 꼭 답해 줘. 오
늘의 이 고마운 마음과 깊은 감동을 한 편의 서사시로……."

"……."

"참. 근데 창의적이어야 해."

하진은 밀착된 하반신을 자연스럽게 스치듯 일어나서는 반
강제적으로 누워 있는 수호의 가슴을 한 손으로 슬쩍 건드리
며 지나쳐 갔다. 수호는 신음과 탄성이 절로 나오려는 걸 악으
로 참았다.

"나, 강수호가 그렇게 사인받고 포옹하고 싶어 하는 공작새
잖아. 그런 공작새한테 이 정도의 최상위 서비스를 받으면 그
이상의 답례가 있어야지 않겠어? 안 그래?"

하진은 생방송 도중 저를 긴장하게 만든 죄에 대한 대가를
톡톡히 받아 내려는 듯 그에게 동일한 긴장감을 선물했다.

언제 어느 쪽에서 공격해 들어올지 모른다는 긴장감을 느
끼면서도, 하진의 몸 상태 때문에 사랑을 나눌 수 없어 욕망을
조절하며 수위를 유지해야 한다는 처절한 압박감에 미칠 것
같았다.

이 모든 게 수호에겐 장애물이었다.

하진의 노림수가 바로 이것이란 생각이 들었다.

몸이, 본능이 원하는 대로 느끼지 못하고 괴로워하라고. 그러면서도 바라고 또 바라게, 열망하고 더 열망하게끔 유도하고 있었다.

역시 스토리 창작에 탁월한 공작새다웠다.

두 번째였다.

간접 섹스만으로 지상낙원을, 타락 천사를 경험한 건.

⟨⟨⟨⟨⟨⟨∘

도대체 누가 어떤 취지로 북 콘서트를 처음 언급했느냐는 듯 몇 안 되는 자하 직원들의 눈빛이 시리도록 아프게 하진만을 공격해 댔다.

처음부터 끝까지 세세한 준비 과정과 정성이 필요한 북 콘서트는 시작부터 난항을 겪었다.

인기투표로 뽑힌 유 작가님은 북 콘서트의 취지와 목적에 공감을 하면서도 부담스럽다고 몇 번이나 출현을 고사하다 연락을 끊었다. 결국 궁지에 몰린 하진은 예지인이라는 필명을 밝히며 자신도 로맨스 작가이며 장르 문학 발전을 위해 선처해 주십사 부탁했다. 또한 작가님이 원하면 작가 연합에도 가입하겠다는 의견까지 어필하며 강하게 매달렸다.

천하의 대쪽 같은 공작새가 눈물 장착하고 두 손 고이 모아서.

다행히 유 작가님은 예지인에게 관심이 있었다면서 앞으로의 친분과 교류를 약속 삼아 북 콘서트 출현을 허락했다.

일을 벌이고 만든 주체이기에 끝까지 책임을 지기 위해 그 같은 눈물 나는 공작과 절절한 구애를 한 줄은 꿈에도 모르는 직원들은 아침부터 이 모든 일의 원흉인 하진을 잡아먹을 듯 노려봤다.

그 반항은 차기 편집장으로 낙점된 혜진이 가장 강력했다. 그녀는 자신의 끗발을 본능적으로 아는 듯했다.

"팀장님, 어디서 인력 좀 구해 보세요. 우리 가지고는 턱도 없어요. 이거 보세요. 어디 반나절 넘게 노력한 대가가 요만큼이라도 보이는지."

북 콘서트를 위해 자하 사무실 바로 밑에 위치한 카페를 이틀 동안 통으로 빌렸는데, 정오부터 꾸민다고 설쳐 댔는데도 실내는 휑했다. 오늘은 파티를, 내일은 청소를 위해 이틀을 빌렸는데 아무리 봐도 넓고 넓었다.

작은 규모이긴 해도 한 해의 마지막 날에 연인, 가족들과의 시간을 대신하는 이벤트라 되도록 아름답고 화사하게 꾸미고 싶었다. 자하를 믿고 사랑해 주는 독자들이 오늘을 한 해의 가장 기쁘고 의미 있는 날로 느낄 수 있게.

"하진아……."

순간, 전혀 예상하지 못한 익숙한 목소리가 들려왔다. 그날 병원에서 모진 말과 함께 뺨을 맞고 사라진 하륜이었다.

하진이 미안한 마음에 선뜻 아는 체를 못 하고 머뭇거리는 사이, 그 타이밍을 미선이 기가 막히게 잡아챘다.

"어머, 안녕하세요. 저 기억하시죠? 일전에 함께 술도 마셨는데……."

"당연히 기억하죠. 같이 곱창 구워 먹은 사이인데."

"네, 맞아요. 곱창 인연! 너무 반가워요. 오늘 저희 행사하는 거 알고 오셨구나! 이렇게 먹을 거 잔뜩 사 오신 거 보니까. 감사해요. 우리 최 실장님이 가장 좋아하시겠어요. 저희랑 초대된 독자분들까지 전부 여자라 청일점은 최 실장님뿐이라고 어색해하셨는데. 그렇죠, 실장님?"

벽 끝에서 천장에 풍선을 매달던 최 실장의 입가에 미소가 번졌다.

"저쪽으로 가셔서 최 실장님 좀 도와주세요."

하진의 눈치를 보던 하륜은 미선에게 이끌려 최 실장이 있는 쪽으로 몸을 움직였다.

"그런데 어떻게 알고 오셨어요? 저희 팀장님이 연락하셨어요?"

"저, 블로그 들어가서 보다가……."

"어머! 그러셨구나."

블로그는 무슨. 혹여 봤다고 해도 이 자리에 쉽게 오지 못할 하륜이란 걸 알고 있다.

이 모든 공작에는 강수호가 개입한 듯한 익숙한 냄새가 났다. 타 회사의 행사에 참석하지는 않지만 모든 걸 지켜보고 있다는 강력한 어필.

그야말로 강수호다웠다. 철두철미하고 의뭉스러운 게.

콘서트는 저녁 7시에 시작될 예정이었기에 출출할 관객들을 위해 간편식과 각종 과일, 빵, 음료를 준비하고 작은 기념품까지 마련했다.

이 자리를 빛내 줄 샴페인은 강수호가 통 크게 쐈다. 북 콘서트에 관여하고 싶은 티를 노골적이고도 강하게 내는 통에, 하진은 큰마음 먹고 샴페인을 담당하라는 특별 허가를 내주었다. 그 같은 하명에 강수호는 고맙다며 톡톡 터지는 키스를 밤새 퍼부었고.

정각 7시.

일찌감치 자리를 잡은 오늘의 초대 손님이자 소중한 독자들은 아기자기한 규모의 행사에 다들 만족하는 눈치였다.

총연출을 맡은, 본인은 모르지만 이미 내정된 차기 자하 편집장 혜진이 마이크를 잡았다.

"안녕하세요, 저는 자하에서 기획과 편집을 맡고 있는 신혜진입니다."

혜진의 인사에 참석한 모두가 진심으로 박수를 치며 반겨 주었다.

뒤에서 지켜보던 하진은 순간 목이 메었다.

삼촌이 지금 이 자리에 있었다면 얼마나 좋아했을까…….

하진은 얼른 침을 삼키고 숨을 가다듬으며 두 주먹을 꼭 쥐었다.

절대로 울지 않기 위해서. 절대 북받쳐 이 자리를 뛰쳐나가지 않기 위해서.

혜진은 그동안 자하의 발전을 곁에서 지켜봐 준 독자들에 대한 감사의 마음과, 앞으로의 비전과 현재 진행 중인 일들을 간략하게 설명했다. 그리곤 내년에 진행될 3040 세대 독자를 타깃으로 한 성숙한 버전의 스토리 라인을 짧고도 강렬하게 예고하며 독자들의 호기심을 자극했다.

"북 콘서트가 본격적으로 진행되기 전에 한 가지만 말씀드리겠습니다."

내내 열에 들뜬 듯했던 혜진의 표정이 사뭇 진지하고 진중해졌다. 목소리 또한 분분했던 지금까지와 달리 한 톤 낮아져 차분했다.

"자하가 이 자리에 있기까지 저희의 정신적인 지주 역할을 해 주신 고 진현수 사장님과, 돌아가신 사장님의 뜻을 이어받아 앞으로 자하를 이끌어 주실 하진 편집장님, 진심으로 감사합니다. 그리고 존경합니다. 당신의 앞선 감각과 뜨거운 열정을."

참고 있던 눈물이 결국 터졌다.

하진이 차마 하지 못한 말을 대신해 줘서 고마웠다. 또한 이 모든 걸 꿈꾸고 가능하게 만들어 준, 사랑하고 존경하는 삼촌에게 감사했다.

잔치는 끝이 났다.

조마조마해하면서도 동시에 설레며 준비한 북 콘서트가 비로소 막을 내렸다.

그녀들만의 작은 잔치는 끝이 났지만 심장은 아직까지도 두

근거리며 여전히 뜨거웠다.

하진은 제가 느끼는 이 뜨겁고 아쉬운 감정을 오늘 이 자리를 함께한 독자들도 전부 다 느꼈을 거라 믿었다.

콘서트는 11시에 끝났지만 여운이 남은 독자들은 선뜻 자리를 떠나지 못했다. 그로 인해 카페는 12시까지 사람들로 북적였다.

그중 제일 바쁜 사람은 하륜이었다. 개인 사정으로 중간에 빠진 최 실장을 대신해 그는 쓸모와 쓰임에 상관없이 무척이나 단정한 얼굴 하나로 모든 여자들의 관심과 호기심의 표적이 되었다.

무거운 물건을 옮길 때도, 자리에서 이탈한 풍선을 고쳐 맬 때도, 주저앉은 현수막을 다시 걸 때도, 엉킨 전선을 풀어 음향 기기를 손볼 때도, 작가가 사인을 할 때 독자들을 조용히 줄 세우고 정리하는 일을 도맡을 때도 하륜은 사람들 중 가장 빛나 보였다.

행사가 모두 끝나고 몇몇 독자들의 택시를 잡아 주는 일도 스스럼없이 자행한 하륜은 여자들에게 젠틀맨이자 매너남으로 등극한 듯했다. 혜진의 말에 의하면 번호를 물어본 여자들이 꽤 된단다.

하륜을 비롯해 모두가 떠난 빈 카페에 하진은 홀로 남았다.

잠시 홀로인 이 시간이 감사했다.

그녀들만의 감동과 웃음, 스토리가 있던 실내는 다시 일상이란 이름으로 온도가 내려간 채였다. 그렇다 해도 흐뭇했다.

그 시간 동안 분명 삼촌이 이곳에 함께했을 거라는 생각만으로도 충분했다. 조금도, 하나도 아쉽지 않았다.

하진은 수호를 기다렸다.

이젠 그녀가 있는 곳에 그도 함께했다. 그렇다고 해서 무턱대고 서로의 공간을 침해하려고 들지는 않았다. 이렇게 큰일을 끝마치고 조금의 아쉬움과 약간의 헛헛함이 들 때 두 사람은 함께 있길 바랐다.

북 콘서트보다 일주일 먼저 진행한 팟캐스트는 반응이 좋았다.

독자들에게 회자되어 인터넷 다운로드 횟수도 적지 않았다. 모두들 새로운 시도에 초점을 맞추는 분위기였다.

주도한 출판사의 홍보라는 필연적인 사안을 염두에 두더라도 장르 문학을 위해 이김사의 기획이 옳다는 여론이 많았다. 지금의 장르 문학을 지탱하고 지지해 주는 독자들을 위해, 또 앞으로 찾아오고 다가올 새로운 독자층을 위해서라도 이김사가 기획한 팟캐스트는 충분히 유의미했다.

올해도, 내년에도, 그다음 해에도 자하의 라이벌일 게 너무나 자명하지만 하진은 진심으로 박수를 쳐 주었다. 라이벌이자 '진짜 연인'이란 타이틀을 하나 더 추가한 강수호에게.

"뭐해?"

강수호였다. 항상 적당한 타이밍에 등장하는 남자.

"굳이 온다고 한 강수호 기다리지."

정문이 닫혀 있기에 건물 뒷문으로 들어오는, 저에게 천천히 다가오는 그를 하진은 눈에 새겼다.

참으로 오래된 인연이었다. 이상하면서도 특별한 인연이었고.

20대 초반 겁도 없이 인연의 붉은 실을 내밀었던 하진.

그 비겁한 손의 의미도, 비틀어진 속내도, 감춰진 검은 눈물의 무게도 모른 채 아무것도 묻지 않고 그녀의 붉은 실을 덥석 잡아 준 사람.

7년의 시간을 지나 3년이란 각자의 삶과 공백을 거쳐 다시 만난 우리.

강수호, 우린 결국 서로에게 어떤 의미와 이름으로 뿌리를 내리게 될까.

"오래 기다렸어?"

"아니, 다들 방금 갔어. 불청객 하륜도 그렇고."

하진은 하륜을 언급하며 강수호를 길게 노려봤다.

"그렇게 볼 게 아니라 고맙다고 안아 줄 일 아니야? 모든 일을 마무리하고 완수한 하륜은 오늘 엄청 좋았다면서 대만족 하던데."

역시나 그럼 그렇지. 강수호 각본 없이 하륜이 독단적인 발걸음을 했을 리가 없다. 하륜은 유독 하진 앞에서는 작아지는 존재니.

하진은 조명 아래 빛나는 무대 위에 걸린 현수막을 읽어 내려갔다. 그 작은 목소리에는 자부심이, 어떤 결기와 굳은 의지가 담겨 있었다.

"자하 출판사 창사 3주년 북 콘서트……."

3년이라니. 보여, 삼촌? 벌써 3년이라네. 우리가 만든 또 다른 모양의 이야기이자 꿈의 공작소가.

"출판사 이름, 왜 자하야?"

강수호는 문득 궁금하다는 듯 물어 왔다. 하진은 자연스레 그날의 기억을 떠올렸다.

조금은 흥분되고 설레어 새로운 각오와 특별한 바람을 읊어 주던 삼촌이.

"삼촌이 소도에서 저녁 하늘을 보는데…… 보랏빛으로 물든 노을이 너무 아름답더래. 그 자리 그대로 까만 밤과 조우할 정도로. 그만큼 누군가에게 위로가 되고 위안이 되는 출판사를, 그런 출판사만이 만들 수 있는 책을 꼭 출간하고 싶다고 하셔서……."

하진은 제 말을 경청하는 수호를 지그시 바라봤다.

"그래서 강수호에게 이별을 말했었어. 아픈 삼촌이 그런 출판사를 꿈꾸시기에. 그때의 난 여러 가지를 생각할 여유가 없었어."

"……"

"삼촌의 병명으로 무너진 가슴이 무서운 병의 속도에 또 한 번 무너진 상태라…… 삼촌의 바람 말고는 무엇 하나 돌아볼 겨를이 없었어."

수호는 하진과 마주하고 앉아 차분히 그녀의 변명을, 그때의 상황을 들어 주었다.

"진심으로 미안해, 강수호. 그때 그렇게 이별을 고해서……."

강수호가 상처 받은 얼굴로 언급했던 것도 있지만, 하진도 언젠가부터 늘 그 부분이 걸리고 아팠다. 그때의 강수호가 지금과 같은 복합적인 의미와 무게는 아니었을지라도 오랫동안 의지가 되어 준 사람이란 건 분명했는데 타이밍이 좋지 못했다.

상황이, 여물지 못했던 하진 스스로가 선택을 종용했다. 무척이나 이기적이고 사적인 방향으로. 또한 필연적인 선택이었단 핑계로 오랫동안 강수호를 잊고, 지우고 살았다.

진심 어린 고백에 강수호는 한동안 하진을 바라보기만 했다. 마치 그녀의 마음을 다 안다는 듯이.

"……갑작스럽기는."

"……."

"그런데 이게 다야? 더 없어?"

강수호는 진심인지 장난인지 모를 묘한 얼굴을 하곤 따지듯, 뭔가를 바라듯 물었다.

"뭐야. 진심으로 사과했잖아."

"사과를 말로만 하는 거야?"

얍삽하기는……. 역시 챙길 땐 확실하게 챙기는 성격이었어. 저 사업적 마인드.

"뭐가 더 필요한데?"

하진은 무언가를 더 기대하고 기다리는 듯한 강수호를 보다 본능적으로 주위를 둘러봤다. 그러다 테이블 위에 놓인 작은 병 안에 담긴 미니 꽃다발을 발견했다. 그녀는 빛의 속도로 냉큼 꽃을 빼 와 그에게 건넸다. 정중하게 두 손으로.

"내 평생 남자한테 꽃 주긴 처음이다."

"프러포즈하는 거야?"

"……!"

어이가 없어 하진은 그저 바라보기만 했다.

"그렇잖아. 새로운 한 해가 다가오는 이 타이밍에 부케와 한 쌍인 부토니에르 느낌의 꽃을 주는 건."

"쓸데없는 소리 할 거면 이리 줘. 버리게."

하진은 꽃을 뒤로 숨기려 하는 강수호의 팔을 잡고 억지로 뺏으려 했다. 그 순간, 그녀의 손가락에 반지가 끼워졌다. 심플한 얼굴을 한 아주 얇은 실반지였다.

쳐다보고 여기 있었구나, 하고 인식하지 않으면 끼고 있는 것조차 잊어버릴 정도로 중량감이 느껴지지 않는, 깃털처럼 가벼운 반지.

"낀 걸 잊어버릴 때도 있을 거야. 얇고 가벼워서. 그렇다고 반지가 하진 손에 없는 건 아니야. 난 너한테 그런 존재라도 좋아. 당분간은……."

"……."

"내가 옆에 있다는 걸 잊지 마."

하진은 반지가 강수호를 닮아 실하다 생각했다.

"그것만 잊지 않으면 돼."

강수호는 그녀가 부담을 느끼지 않을 정도로만 자신을 인식시키려 했다. 그의 말대로 당분간은.

여러모로 현명한 남자다.

"잊지 않아……."

저를 배려하는 그만의 스타일을 알기에 고마웠다, 그런 강수호가.

"라이벌을 누가 잊고 살겠어. 친구보다 적을 더 가까이 두라잖아. 걱정 마. 뭐, 곧 완벽하게 자하가 1위 자리 탈환해서 2인자로 주저앉혀 줄게. 그렇다 해도 완전히 내치지는 않을 거야. 인간미 있게, 인간적으로다가."

하진은 반지를 낀 손을 들어 보이며 손가락을 리듬감 있게 움직였다. 마치 승자의 여유를 부리는 것처럼.

"그런 일은 없을 거야. 팟캐스트로 이김사 호감 지수는 물론이고, 출판사 인지도도 예전에 비해 한층 업그레이드됐으니까."

자신감 넘치는 그를 그냥 보고만 있을 하진이 아니었다.

"아니지, 호감도 상승이 부수와 매출 상승으로 이어지지는 않지. 자하처럼 개성을 기본으로 한 막강 라인업이면 모를까. 강수호, 라이벌을 아끼는 마음으로 충고 하나 할까? 이김사는 말이지, 독자적인 색이 없어. 너무 이것저것 다 하는 느낌이라고, 아이덴티티 없이."

하진은 분위기에 취해 라이벌에게 절대 하지 말아야 할 고급 정보를 흘렸다.

"이김사를 그렇게 생각한단 말이지."

무언가를 되씹는 듯 골몰하는 강수호를 보며 하진이 가볍게 어깨를 으쓱했다.

"좋아. 올해 한번 제대로 해 보자, 하진."

승자의 충동질에 강수호는 제대로 자극을 받았는지 사뭇 결기가 느껴지는 저음으로 통고했다. 영원한 라이벌의 호언장담에 승부욕과 전투력이 상승하기는 하진도 마찬가지였다.

"그래. 그럼 정정당당하게 겨루자는 의미로다가……."

"……."

"키스 어때?"

하진의 장난스럽고도 솔직한 도발에 강수호는 끙 하는 표정을 짓더니 이내 비호처럼 달려들었다.

하진은 어느새 강수호 허벅지 위에 앉아 있었다.

그녀가 아는 선에서 제일 탄탄한, 그런 이유로 무척이나 위험한 자리에 위치한 하진은 이번 하반기 신간 라인업 승률 면에서 우세한 전적을 자랑했듯 한발 먼저 입안으로 저공 침투했다. 일적인 면에서 그러했듯 키스로도 그를 잔뜩 약 올리며 그동안의 숱한 경험치와 타고난 필로 한껏 기량을 뽐냈다.

삼촌의 응원 문구처럼.

핫하게.

하드보일드한 하진스럽게.

수호천사를 야금야금 점령했다.

에필로그

만화방 카페에 들어선 지 30분 가까이 지났지만 이런 최신식 분위기는 지난 시절 추억의 만화방만큼 낯선지 강수호의 눈은 지면으로 가라앉지 못한 채 실내를 부유했다.

무언가를 찾는 듯도 하고 자신의 기억 속 공간과 현재를 비교하는 듯도 한 게 하진이 맨 처음 이곳에 왔을 때와 상당히 비슷한 표정을 짓고 있었다.

초아와 가끔 만나는 만화 카페가 아닌 회사 근처를 검색해 찾은 이곳은 마치 벌꿀들의 집처럼 좁다랗게 나뉘어져 연인들이 찾기에 안성맞춤이었다.

"신기해?"

"익히 알던 만화방이 아니라서 섭섭하다고 해야 할지, 어색하다고 해야 할지. 낯설면서 지난 기억들이 새록새록 떠오르기도 하네."

"강수호가 만화방에 대한 추억이 있었어?"

신기했다. 그 시절의 만화방은 대체적으로 어둡고 칙칙한 공간이라 깔끔한 젠틀맨 강수호는 싫어했을 것 같은데, 만화방에 개인적인 추억이 있다는 게 의외였다.

놀란 눈을 한 하진을 빤히 보던 강수호는 자신만 아는 비밀스런 무언가가 있다는 듯 옅게 웃었다.

"요즘은 이런 만화 카페가 대세래. 참, 다른 기사에서 봤는데 술을 파는 북 카페도 있대. 아주 잘된다더라. 주인이 인터뷰한 걸 봤는데 곧 2호점도 낸대. 우리도 이 둘을 크로스오버 해서 하나 차려 볼까? 반반씩 투자해서. 어때, 강수호?"

하진이 눈빛을 빛내며 물어 왔다.

"몰랐네. 하진한테 일반적인 한국인의 정서가 흐른다는 걸."

"무슨 소리야?"

"누가 해서 잘된다고 하면 너도나도 다 덤벼들어 같이 망하는, 그런 독특한 연대감 말이야."

하진은 제 사업적 안목을 그런 식으로 평가절하당하자 어이가 없었다.

그를 한 번 노려본 하진은 이곳에 올 때마다 늘 추종하듯 보는 마스다 미리의 만화책을 집어 들고 한쪽 벽에 기댔다.

요즈음 그들의 관계로 보면 옛날 드라마의 주인공들처럼 응당 강수호의 가슴이나 등에 기대야 하건만, 하진은 벽을 선택했다. 그가 벽보다 못하다는 의미로.

"하진."

그의 은밀한 부름에도 하진은 들은 척을 하지 않았다.

"돌려 말하지 말고 삼촌과 하진의 지난 시간을 추억하고 기념하기 위해서 사업을 해 보고 싶다면, 투자 고려해 볼게. 또 독자들의 반응을 실시간으로 확인할 수 있는 점은 매력적이니까."

"……!"

"단, 조건이 있어."

치사하게 조건은. 역시 강수호다. 재회한 그때도 공작새 판권을 운운하면서 갖은 꼼수로 정나미 떨어지게 하더니.

"안 궁금해? 어렵지 않은 조건인데?"

"들어나 보자."

하진은 별 관심 없지만 넓은 아량으로 들어는 보겠다는 표정을 지었다. 그 모습에 강수호는 웃었다. 그 웃음에 기분이 좋아진 하진도 따라 웃음이 나오는데…….

"하륜을 자하의 북 디자이너로 취직시켜서 키워 줘."

"……!"

기가 막혀서, 너무도 어이가 없어서 웃음이 나왔다. 시니컬한 코웃음이.

"자하가 만만해? 지금 누굴 어디에 취직시켜? 어이가 없어서 정말. 그리고 백아현이 퇴사한 것도 아닌데 무슨……."

"그 직원은 다시 출근할 일 없어."

"무슨 소리야? 왜 그렇게 장담해?"

"보통의 사람이라면 다시 출근하기 어렵다는 소리야. 누구보다 본인이 불편하고 힘들 테니까."

강수호의 표정은 차갑고 단호했다. 기존에 하진이 알던 차가운 인성에서 좀처럼 변하지 않았다. 타인에게 쉽게 아량을 베풀지 않는 것도.

"하진, 네 오빠 전공이 뭐야?"

갑자기 웬 전공? 그래, 그 인간도 4년 동안 비싼 학비를 내면서 무언가를 전공하긴 했었지, 아마.

"디자인이야. 그것도……."

"난 강수호가 이렇게 빤하고 뻔한 인물인지 오늘에서야 알았어. 디자인 전공했다고 다 디자인해? 그럼 난 지금 고전문학 강의하고 있어야겠네. 근데 강수호는 전공이…… 뭐야?"

질문의 강도가 세지고 많아질수록 강수호의 눈은 얄팍해지고, 좁은 벌집 구조의 방은 알 수 없는 분노와 열감으로 후끈해졌다.

"……미안. 그때는 서로에 대해 잘 몰랐잖아. 고교 동창이라는 사실만…… 알았어, 미안해. 얘기해 봐. 경청할 테니까."

단호한 표정을 짓던 강수호는 그녀의 저자세에 눈가의 힘을 풀었다.

"기억하는지 모르겠지만 하륜은 시각디자인을 전공했어. 상도 많이 받았고. 중간에 벗어나기는 했지만 감각이 없지 않아. 없다면 그렇게 몇 번이나 상을 받지는 않겠지."

하륜이 디자인으로 상을 받았다는 건 금시초문이었다.

디자인을 전공했다는 사실만큼 믿기지 않았다. 또한 그 인간에게 그런 창의적인 부분이 있다는 게 마치 신화처럼 현실성 없이 느껴졌다.

"네 말대로 전공했다고 디자인 잘하는 거 아니야. 그런데 하륜은 전공과는 별개로 디자인에 대한 안목이 있어. 내가 몇 번이나 확인했어."

"답 나왔네. 난 전혀 모르겠는 하륜의 그런 부분을 확신하고 확인했다면 이김사에서 키워. 그럼 되잖아. 굳이 이런 소모적인 이야기를 할 필요도 없고."

"그러고 싶은데 이김사는 보는 눈이 많고 본사와 긴밀하게 닿아 있어. 그런 이유로 갑자기 채용된 하륜이 불필요한 논란의 대상이 될 수도 있고. 그러니까 자하에서 2년만 경력 쌓게 해 주면 우리가 스카우트할게."

"……."

"나도 그 이상은 자하에 두지 않아."

하진은 도대체 강수호가 하륜과 어떤 사이이기에 이러나 궁금했다.

인간성이 나쁘지 않고 시도 때도 없이 순수하다는 건 알지만 그게 요즘 시대에 그리 큰 장점이나 스펙이 될 수는 없거늘, 강수호가 하륜을 수호천사처럼 챙기는 이유가 궁금했다.

"하나만 물어."

그는 그녀의 표정에서 궁금증을 읽었는지 고개를 끄덕였다.

"도대체 왜 그렇게 하륜을 챙기는 거야? 약점 잡힌 거라도 있어? 아님 하륜이 언젠가 물에 빠진 강수호를 살려 주기라도 한 거야? 하륜이 아마 수영은 꽤, 아니, 무지 잘…….."

"단점은 있지만 선량한 인성에 좋은 친구야. 또…….."

강수호는 여전히 하륜을 불신하고 그 어떤 평가도 내리고 싶어 하지 않는 하진을 빤히 봤다. 강렬한 그 시선은 마주하기 불편할 정도였다.

"내 여자 오빠고, 가족이야."

"……!"

정말이지 할 말 없게. 심장이 얼어붙는 상황을 연출하는 데 타고난 것 같았다.

강수호가 저를 어떻게, 어떤 의미로 생각하는지 이미 알고 있기에 감격의 눈물은 물론이고 핑크빛 신파나 로맨스 소설 속 억지 감동의 발산 같은 건 하지 않았다. 사실 그러기에 적합한 공간도 아니고.

그렇다 해도 저런 눈빛으로 제 감정을 가감 없이 보이는 강수호는 섹시했다. 이 터무니없는 장소에서 저런 간지럽고 낯 뜨거운 고백을 한 그를 당장 눕혀 해부학적으로 꼼꼼히 맛보고 싶을 만큼.

그러나 지금은 절대 할 수 없는 일이니 대신…….

"정말 투자할 거야? 나중에 딴소리하는 거 아니지?"

"계약서 쓸까?"

그의 눈빛이 만화 카페에 들어선 이후 가장 총기 있게 빛났다.

"좋아, 써. 이런 문제일수록 정확해야 하니까. 나중에……."

"나중은 무슨."

"……?"

"우리 집으로 가자."

또, 또 우리 집으로 가잔다. 대낮부터 사람을 얼마나 씹어대며 괴롭히려고.

강수호는 벽에 기대 절대 떨어지지 않으려 애쓰는 하진을 단번에 일으켜 벌집 구조의 작은 밀실을 빠져나가려 했다.

이 인간 손에서 얼마나 기가 쪽쪽, 체액이 왕창왕창 빨릴지 잦은 경험으로 너무도 잘 아는지라 조금 더 머물고 싶었다.

삼촌의 기운과 응원을 느낄 수 있는 이 추억의 공간에서.

그 시절 한없이 위축된 자신을 바로 세워 준 이 고마운 장소에서.

끝내 놓지 않고 포기하지 않는 꿈이 한 개인을 얼마나 견고하게 성장시키는지 가르쳐 준 바로 이곳에서.

조금만,

아주 조금만 더.

소 도 의
눈 내리는 겨울밤

하진과 하륜이 똑같이, 동일한 모습으로 걱정하고 우려하는 것처럼 삼촌의 상태는 결코 좋아 보이지 않았다.

"오랜만이네……."

"안녕하셨어요."

수호는 하진의 삼촌이 자신을 분명하고 정확하게 기억하고 있다는 걸 알았다.

그 많은 시간이 지났는데도 동네 만화방과 전혀 어울리지 않았던 만화방 주인은 여전했다.

그저 조금의 연륜이 느껴질 뿐, 묘한 분위기와 특유의 지성 미는 지금도 똑같았다.

"내……가 보자고 해서 놀랐나?"

그는 힘들어 보였다.

지금의 그 질문만으로도 충분히.

하륜을 통해 만나고 싶다는 연락을 받았을 때, 수호는 놀라지 않았다. 마치 당연한 수순처럼 꼭 한 번은 봬야 하는 분과 드디어 만나는구나, 그런 감정이었다.

"아닙니다. 가끔 생각했습니다. 경영에 그리도 소질이 없으셨던 분이 지금은 어떠신지 궁금했었습니다, 저도."

수호의 답변에 환자인 게 너무도 분명한 하진의 삼촌이 웃었다. 연하게.

이상하게도 그 미소에서 하진이 느껴졌다. 어딘가가 뚜렷하게 닮은 것이 아닌데도 순간순간, 동작과 분위기에서 하진이 보였다.

"전 그때나 지금이나 남의 물건을 허락 없이 가지고 가는 건, 설령 그게 만화책이라 해도 도둑질이라고 생각하니까요. 책을 도둑맞고도 웃어 버리시는 만화방 사장님과 다르게."

오래전 그들의 인연을 떠올리게 하는 사건을 부러 언급하는 수호를 보며 현수는 그제야 미소를 지었다. 그때와 똑같은 미소를.

"여전하구나…… 강수호는."

"그런가요."

"그래, 여전해. 고지식하고…… 제 마음 다 알면서 모르는 척 버티는 것도. 표정 없는 얼굴로 우리 꼬맹이 뒤만 졸졸 따라다니는 것도 그렇고."

역시나 하진과 동일한 피가 얼마간 있어 그런지 당하고 있지만은 않았다.

"따라다닌 거 아닙니다. 쫓고 있던 거죠."

왜곡된 지난 기억을 바로잡으며 그가 진실을 규명했다. 그러자 현수는 지금까지와는 다르게 조금 큰 소리로 웃었다. 환자가 이렇게 웃어도 되나 싶을 정도로 크게.

"그래, 그때도 강수호는 하진이 앉았다 일어난 자리만 쫓아앉았지. 둔한 우리 꼬맹이는 그것도 모르고……. 장르 업계를 뒤집을 소설만 구상하느라 네 존재는 전혀 몰랐지. 같은 반 아이로, 제 오빠 친구로 인사하기 전까지."

그랬다. 하륜과 친구가 되기 전부터 각종 희귀본은 물론이고 그 당시는 구하기 어려웠던 미국 만화책을 비롯해 서울에서 가장 다양한 만화책을 보유한 만화방의 단골이었던 수호는 그때, 그곳에서 하진을 처음 봤다.

윤기 가득한 긴 머리를 무용수처럼 꼼꼼히 묶고 위아래 동일한 컬러의 후줄근한 추리닝을 입고 있는 하진에게 수호는 어이없이, 이유도 모른 채, 그냥 자연스러운 감정처럼 사로잡혀 버렸다.

스스로 사춘기인가 하는 의심과 확신을 해 가며, 그 감정이 어떤 시작이었음을 그때는 전혀 몰랐었다. 그저 무식할 정도로 보고 쫓기만 했을 뿐.

"우리 진이…… 부탁한다."

"……."

"알겠지만 본인이 구축한 이미지와 달리 너무 여려. 진이

가 회수하려는 공작새 3부작…… 문청을 꿈꾸는 이라면 누구나 기존 문학과 작품에 영향을 받는데, 진이는 자신이 누군가의 영감과 표현을 마음대로 가져와 썼다고 자책하고 있어. 그게 전혀…… 아닌데."

"……"

"가지를 따라가면 표절이, 줄기를 따라가면 아류가, 그리고 뿌리를 따라가면 그냥 영향을 받은 거라고 어느 대가가 그러던데……."

많은 말을 한꺼번에 뱉어 낸 현수는 힘들어했다. 말을 해야 하고 수호는 들어야 한다는 바람과 의지가 강하게 느껴졌다. 누구도 아닌 당신이 한없이 아끼고 사랑하는 하진을 위해서.

"진이는 그 경우 모두 해당되지 않아. 뿌리라고도 할 수 없는 잔뿌리를 자신만의 독특한 방식과 언어, 차별화되는 세계관으로 표현한 것뿐인데…… 너무 크게 히트를 쳐 부담스러웠던가 봐, 우리 꼬맹이가. 그러니 여리다는 거겠지만."

수호는 그제야 하진이 그토록 공작새 3부작에 연연했는지 이유를 완벽히 알게 되었다. 그녀는 이 세상에서 없애 버리려는 거였다, 공작새 초기 3부작을.

문득 어느 시대 금서를 접하고 그것에 매혹당할까 수도사들을 죽인 너무도 유명한 소설이 생각났다.

하진은 그만큼 없애고 싶은 거다, 자신의 소중한 분신이자 기록을.

"우리 진이…… 그렇게 쫓다 또 놓치지 말고 꽉 붙들어…… 지켜 줘."

"안 놓쳐요, 절대."

수호의 맹약에 현수는 또 웃었다.

"궁금한 게 있습니다."

그는 수호를 보며 고개를 끄덕였다.

"그때, 그분이요…… 예전에 술 드시고 사장님께 찾아와서 행패 부리고, 울고 하시던 그 어른. 하진이랑 만나기 전에 그분을 잠깐 뵀습니다. 공작새 대리인으로 3부작 판권을 넘기라고 어마어마한 금액을 말씀하셨어요. 하진이가 제시한 금액이라고는 도저히 상상도 할 수 없을 정도의 금액을."

수호는 저를 공작새의 대리인이라며 판권에 대한 이야기를 하던 박 영감을 만나고 한참을 생각했다. 대체 어디서 그를 본 적이 있는가, 하고.

그러다 불현듯 생각이 났다.

오래전 하진의 삼촌이자 만화방 사장님에게 행패를 부렸던 그 사람과 동일 인물이라는 걸.

"박 사장님은…… 내가 사랑했던 여자의 부친이셨어. 그 사람도 진이처럼 장르 소설가를 꿈꿨지. 그분은 공부는 물론이고 다방면으로 뛰어나 기대를 한 몸에 받는 딸이 어느 날부터 헛된 꿈을 꾸기 시작한다고 생각하셨고……. 나이 차이 많이 나는 불순한 가정교사 덕분에."

"……."

"그 사람…… 진이랑 참 많이 닮았어. 눈길이 가는 생김새

393

도 그렇고 퉁명스럽게 툭툭 말하는 것 같지만 어른들한테 유독 잘하는 것도."

표정 하나하나, 고통 때문에 정도 이상으로 파동하는 근육들로 인해 섬세한 감정들이 전부 느껴졌다. 하진을 닮았다는 그분을 얼마나 사랑했는지…….

"처음 탈고한 원고를 품에 안고 급하게 날 만나러 오던 그 사람이 트럭에 치여 맥없이 떠나고 그 사람 기일이면 어김없이 만화방으로 찾아오셨지. 그러다…… 우연히 우리 진이를 보셨고."

하진에게서 잃어버린 딸을 느껴서 다가간 거겠지, 그 박 영감은. 그러다 그녀를 진심으로 아끼게 됐을 테고.

그때 얼마든 상관없으니 판권을 넘기라던, 장르 쪽에서 전설로 통하는 박 영감의 표정이 생생하게 떠올랐다.

"강수호."

"네."

"우리 하진이…… 많이 사랑하는 거 맞지?"

다 알면서. 아주 오래전부터 미처 인지하지 못했던 자신보다 자신의 마음을 더 잘 알았던 분이 할 질문은 아니라 생각했지만, 지금도 그렇고 앞으로도 변할 수 없는 사실이라 수호는 진중하니 답을 했다. 그러니 아무 걱정 마시라고.

"네."

"그럼…… 원 플러스 원으로 하륜도 부탁해."

하륜을 언급함에 있어 표정이나 뉘앙스에서 약간의 장난기와 어쩔 수 없는 진심이 동시에 느껴졌다.

"하륜이 지금 하는 일, 그 아이한테는 독이야. 그 아이는 돈과는 거리가 먼 일을 했으면 좋겠어."

수호도 그 의견에 동의했다. 타인에게 감정이입을 너무나 쉽게 하는 그가 유혹과 음모가 많은 금융권에서 일을 한다는 건, 제 살을 깎아 먹는 것과 같았다.

"하륜이 디자인으로 상을 꽤 많이 받은 걸로 기억해…….
그러니까 그 능력을 키울 수 있게 도와줘. 아마 하진이랑 가까이 붙여 놓으면 별일은 없을 거야."

"명심하겠습니다."

수호는 진심이기에 하진의 삼촌이 더 이상은 걱정하지 않았으면 했다.

하진이 귀한 만큼 하륜도 그 못지않았다.

"그리고 내가 이 집 말고 집이 한 채 더 있어. 나중에라도 하륜이가 사고를 치면…… 그때를 대비해 마련한 건데…… 사실은 우리 꼬맹이한테 주고 싶었어."

힘이 드시는지 이번에는 숨을 아주 깊이, 천천히 복식호흡을 했다.

그러고도 금세 말을 하기가 어려운지 눈을 감고 약간의 시간을 붙잡고 있었다.

너무도 확실한 불안감이, 절대 피해 갈 수 없는 죽음의 그림자가 현수에게 가까이 다가오는 것을 수호는 온몸으로 느꼈다.

"그때 기억나……. 진이가 만화방에 아무도 없는 줄 알고 자기가 살고 싶은 집, 키우고 싶은 강아지 그리면서……."

수호 역시 다 기억하고 있었다. 하나도 빠짐없이 전부다.

혹여 하진과 눈이 마주칠까 모자를 쓰고 다니던 그는 책을 읽다 깜빡 소파에서 잠이 들어 버렸다. 얼마나 지났는지 모르지만 삼촌에게 자신이 꿈꾸는 공간을 하나하나 설명하던 하진의 목소리를 듣고 눈을 떴었다.

"그래서 그 집, 여태 손 안 대고 있었는데……."

"이제 보니 하룬이가 삼촌을 꼭 닮았네요. 마냥 퍼 주는 게."

"그런가. 뭐, 내 조……카니까……."

수호의 응수에 현수는 지금의 모습이 계속 생각날 정도로 아름답게 웃었다.

사람이 아름다울 수 있다는 걸 유명한 다큐나 어느 이야기 속 주인공의 성공 스토리가 아니라 지금 이 자리에서 현수를 보고 깨달았다.

죽음을 앞에 두고도 사랑하는 가족을 위하는 그를 보며 가족의 빈자리가 어떤 상처를 줄지, 가족이란 존재가 어떤 희망을 줄 수 있는지, 또 타인의 이해와 사랑이 다른 이에게 얼마나 큰 용기와 가능성이 될 수 있는지 수호는 지금 이 순간 배웠다.

"하진이가 꿈꾸던 집은 이미 마련했습니다. 물론 강아지도요."

결코 자랑하고픈 마음으로 한 소리는 아니었는데 놀람과 함께 기특해하는 현수를 보니 말하길 잘했다 생각됐다.

"……그러니 그 집은 나중에 하륜이 결혼할 때 하륜이 와이 프랑 공동 명의로 해서 주겠습니다. 그러니까 처삼촌께서는 아무 걱정 마세요."

"……!"

한 번쯤 불러 드리고 싶었다.

멀지 않은 미래에 불러 드리고 싶었지만 오늘의 이 만남으로 그날이 결코 오지 않을 것을 알았다. 수호는 고마운 분께 조금 먼저 처삼촌이라는 호칭을 불러 드리고 싶었다.

그런 수호의 마음을 짐작했는지 현수가 또다시 옅게 웃어 보였다.

진심으로 감사의 인사를 드리고 싶었다.

꿈의 공작소로 인해 공작새 하진도, 공작새를 보기 위해 그곳에 찾아간 조련사 강수호도 무척 행복했다고.

"고……마워…… 조카사위."

"아닙니다, 삼촌."

"조카사위……. 우리 말이야, 사진 한 장 찍을까?"

"……!"

"……차후에 말이야, 하진이가 결혼 문제로 애먹일 때 아주 좋은 보험이 될 거야. 오늘 찍은 귀한 사진은."

잠시 착각했다.

수호는 하진을 이 정도로 길들인 게 자신인 줄 알았다.

오늘에서야 알게 됐다.

고집불통, 소통 부재의 대명사인 공작새를 오랜 시간 사랑과 믿음으로 길들인 사람은 따로 있었다.

사진 한 장으로도 공작새를 충분히 좌지우지할 수 있는, 늘 한결같은 마음으로 지켜보고 사랑을 준 사람.

"그럼, 찍을까?"

—fin

작가 후기

처음 이 소설을 구상한 건, 작년 겨울 〈서른아홉〉이 나올 즈음이었습니다.

이런 내용(공작새 길들이기)을 구상 중이니 인터뷰를 해 달라는 제 요청에 당시 편집자님은 저희 로설 업계 이야기가 재미있을까요? 하면서도 처녀작을 회수하고자 하는 여주의 명분과 상황이 메리트가 있다 판단하시곤 적극적으로 인터뷰를 해 주셨습니다.

이후 다른 출판사의 편집자분을 세 명 더 인터뷰하고 나온 아이가 공작새 길들이기입니다.

드라마 작가가 자신의 일터인 방송국과 작가, 연기자들의 이야기를 쓰는 것처럼 저도 제가 몸담고 있는 이곳 장르 업계 이야기를 써 보고 싶었습니다. 동시에 장르 문학을 사랑해 주시는 독자분들과 장르 문학의 미래도 함께 고민해 보고자 했습니다. 만족도와 완성도를 떠나 조금은 하고 싶은 이야기를 써서 담담합니다.

지금 전 또 다른 이야기를 준비 중입니다.

작정하고 쓰는 로맨틱 코미디인데,

제목은 '오! 마이 길버트' 입니다.

다들 아시죠?

우리의 영원한 우상인 빨간 머리 앤을 사랑하며 기다려 준 길버트.

헌데, 걱정입니다.

쓰는 저야 자기만족에 빠져 혼자 배꼽을 잡을 수도 있지만 독자분들은 저마다 웃음 코드가 다를 테니까요. 그렇다 해도 코미디로 정했으니 굳세게 나아가야겠지요.

늘 언급하듯 제 목표와 지향점은 나름의 철학과 세계관이 스리슬쩍 내포된 호방한 여주의 유쾌한 액션극입니다.

어찌 보면 이 모든 걸음이 그 영역 안에 드는 대한제국비사를 써내기 위한 일련의 수련이자 과정인지도 모르겠습니다. 현재는 그 길로 가는 도중 내실과 순발력을 다지기 위해 다양한 시도와 모험을 하는 중입니다.

2015, 겨울로 들어서는 이 계절
다미레.